神々の夕映え

众神的晚霞

[日] 渡边淳一 著
王星星 译

图书在版编目（CIP）数据

众神的晚霞 /（日）渡边淳一著；王星星译. -- 青岛：青岛出版社，2020.7
ISBN 978-7-5552-9209-8

Ⅰ.①众… Ⅱ.①渡… ②王… Ⅲ.①长篇小说-日本-现代 Ⅳ.① I313.45

中国版本图书馆 CIP 数据核字 (2020) 第 081567 号

神々の夕映え by 渡辺淳一
Copyrights：©1978 by 渡辺淳一
This edition arranged through OH INTERNATIONAL CO. LTD.
Simplified Chinese edition copyrights：©2020 by Qingdao Publishing House Co., Ltd.
All rights reserved.

简体中文版通过渡边淳一继承人经由 OH INTERNATIONAL 株式会社授权出版

山东省版权局著作权合同登记号 图字：15-2017-237 号

书　　名	众神的晚霞
著　　者	［日］渡边淳一
译　　者	王星星
出版发行	青岛出版社
社　　址	青岛市海尔路 182 号（266061）
本社网址	http://www.qdpub.com
邮购电话	13335059110　（0532）68068026
策　　划	刘　咏
责任编辑	杨成舜
特约编辑	初小燕　赵璧君　申惠妍
封面设计	沉清 Evechan
封面插图	沉清 Evechan
照　　排	三河市海新印务有限公司
印　　刷	三河市海新印务有限公司
出版日期	2020 年 7 月第 1 版　2020 年 7 月第 1 次印刷
开　　本	32 开（880mm×1230mm）
印　　张	9.25
字　　数	160 千
印　　数	1-10000
书　　号	ISBN 978-7-5552-9209-8
定　　价	42.00 元

编校印装质量、盗版监督服务电话　4006532017　0532-68068638
本书建议陈列类别：日本　当代　畅销　小说

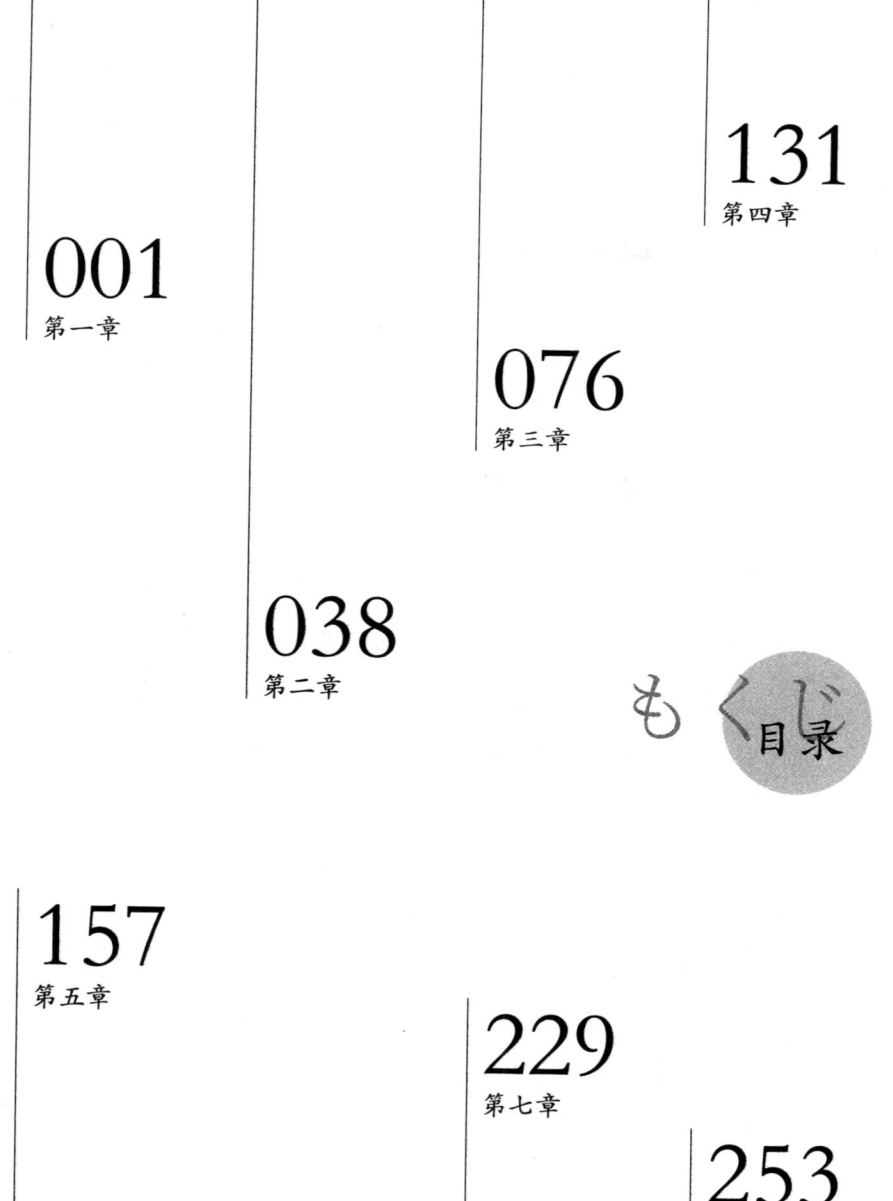

001 第一章

038 第二章

076 第三章

131 第四章

157 第五章

194 第六章

229 第七章

253 第八章

もくじ 目录

主要人物介绍

①**村中繁夫**：小说的第一叙述者，三十六岁，已婚。因所在团队的医学实验出现意外情况，辞去东京的工作，只身来到T城的私人医院，担任外科医生。外表冷漠，在和病人及家属打交道的过程中，对医生的职责产生了怀疑。

②**院长**：谨小慎微，比较惧内，总是带着股懦弱的气息；为人圆滑，聪明敏锐，有着民营医院经营者追求利润最大化的本性。

③**清村（护士主任）**：工作认真，为人严厉，与院长夫人走得很近，属于院长夫人在医院的亲信。

④**茂井千代（215号房）**：状态近乎植物人的脑血栓患者，三十四岁，已卧病在床两年。与茂井诚治育有一子一女。

⑤**茂井诚治**：茂井千代的丈夫，贫困户，三十八岁，沉默寡言。自妻子患病后，不得不常年陪护瘫痪的妻子。对妻子态度粗鲁，陪护期间，经常偷偷离开医院。

⑥**村上里（215号房）**：茂井千代的临床，五十二岁，患有风湿性关节炎。经常向医护人员表达自己对茂井诚治的不满。

⑦**小森（军队）：** 医院职员，因说话有军队的作风，便有了"军队"的绰号。敬重和信任村中，时常和村中小酌几杯，吐露医院复杂的人际关系。

⑧**院长夫人：** 外表和善，为人精明，善于经营人际关系，是医院的实际掌权人。

⑨**桐子：** 二十六岁，善良直爽，在餐厅工作，是村中在T城惟一可以敞开心扉的人。平日里喜爱同村中讨论病患的事情，能点中村中的痛处，却也因不了解现实生活中的复杂情况而无法理解村中的真实想法。

⑩**护士长：** 为人势利，讲话唠叨，对村中的工作态度极为不满，经常向院长夫人汇报医院的情况。

⑪**阪田先生：** T城信用合作社理事长，五十六岁，性情温厚，育有两个女儿。希望村中能够让备受病痛折磨的妻子轻松走完生命的最后一程。

⑫**阪田夫人（213号房）：** 子宫癌晚期患者。被病痛折磨数月，最后在家人的陪伴下平静死亡。

⑬**牟田志津子：** 牟田明朗的母亲。独立，坚强，和母亲共同抚育明朗。在抚育明朗的过程中，活得越来越明媚。

⑭**牟田明朗：** 八岁，生来患有脆骨病，身体严重畸形。已接受多次手术，依然无法站立。

第一章

清晨睁开眼时，外面正在下雪。我没有朝外看，躺在床上就感受到了雪的来临。遇上雪天，房间里的空气似乎会膨胀发白。雪下得悄无声息，但我知道，大雪已经覆盖了周围的一切。置身在清冷的空气中，我想起今天是元旦。

昨天到今天，已经过去了一年。从今天起就是新的一年。今年是昭和五十几年来着？没多久我就想起了答案。那该是一九七几年呢？七后面的数字却一时卡了壳。我有些赌气，很快又意识到了自己的无聊。

在床上躺了一阵，我想起报纸已经送来了，于是起身下床。虽然下雪天会稍稍暖和一些，但即便如此，只穿法兰绒睡衣还是会冷得打战。我小跑到家门前，把报纸从信箱中抽了出来。元旦当天的报纸有厚厚的一沓，抽出来的时候有些费劲——年年都是如此。拿着报纸往床边跑的时候，我停下来透过阳台上的窗帘边角往外瞧，果然是在下雪。视野里的屋顶白雪皑皑，就连从屋顶上探出来的电视天线都被雪裹成了圆柱状，远处的防雪林已然成了白茫茫的一片。

下大雪的元旦有多少年没见了呢？去年的元旦似乎是个晴天，前年是什么天气已经记不清了。或许是因为赶上了大雪，所以窗外看不到一丝人影、车影。如果只盯着阳台上的窗户看，落雪就像是一条白色的河流。我出神地看了一会儿，又钻回被窝翻开报纸。元旦的报纸和从前一样，充斥着"希望""奋进""未来"等字眼。与此同时，"萧条""失业"之类的词也不断地映入眼帘。只是，绝大多数报道应该都是一周或十天前写出来的。翻看完一遍新闻标题后，我又一次涌起了睡意。

昨晚回到家已是凌晨三点多。夜里十二点，新年的钟声刚刚响起，巡警车就呼啸起来。我被一通电话叫出家门，走进医院一看：四五个人挤在过道上，看诊室的病床上躺着一位六十多岁的老人。据说，老人是在看电视的时候突然倒地不起的。

"平时都好好的，去年春天血压还是160mmHg，医生说不算很高，我们便没有太担心。"老人的儿媳解释道。除了儿媳，老人的妻子、儿子也来了，只是都不如儿媳沉着。听着儿媳的表述，我给老人听诊后，又量了血压。他心脏跳动正常，血压 155mmHg，也不算很高，但老人面色潮红，轻微地打着鼾。老人的肺部与躯干似乎没什么异常，左侧手脚灵活自如。把他的手拿起再放下后，手也会自然垂降。我试着用针去戳他的右手臂，毫无反应，只有膝跳反射异常活跃。从临床上看，这种症状最有可能是脑溢血引起的半身偏瘫。

我当即决定让老人住院观察，并嘱咐护士给老人打点滴，戴氧气面罩。老人的家属先是看着护士忙前忙后。过了一会儿，老人的儿子小心翼翼地开口问："我爸爸没事吧？"我告诉他，病情究竟如何，得看患者什么时候能从昏睡状态中清醒过来，如果二十四小时后依然意识不清，就有点儿麻烦。儿子思索了片刻，又问我："要是没及时醒过来，是不是就救不回来了？"

"也不是。昏睡两三天后才醒的情况也是存在的，但醒得越迟，身体情况就越差，后遗症也越严重。"我如是解释道。

老人的儿媳看着昏睡中的老人的泛红脸庞，摩挲着他的手说："刚开年就得了这样的病，爸爸太可怜了。"

打完降压针，我用转移床把老人转移到了二楼值班室旁的 201 病房，给他打点滴，戴氧气面罩。在此期间，他基本上一动不动，只有在插鼻氧管时，才终于摇起了头，仿佛心里并不情愿。然而，这只是人在鼻黏膜被刺穿后正常的条件反射，并不是有意为之的举动。脑溢血一旦发作，就只能静待病人自行醒转，吃药打针都没什么明显的作用。我对家属说，病房里来再多的人也无济于事，只留两三个人陪护就行，请剩下的人出去。然后，我又嘱咐老人的儿子和儿媳，有什么情况请立即联系护士，说完就离开了病房。

等回到值班室，时间已过凌晨两点半。虽然值班室里有暖气，但还是有股凉意顺着走廊传了过来。我洗了个手，在老人的病历上填写了初步观察结果。这时，去病房的护士也回来了。值夜班的护士一共有两名，脸上都微带倦意。突然，她们郑重并异口同声地对我说："已经是新年了，祝您新年快乐。"

"元旦凌晨就来了急诊病人，今年可能不走运。"

听我这么说，两个护士又笑着说："早就习惯不走运了。"说着，她们躺到沙发上，把毛毯盖在身上。

"你们闲时也该稍微休息一下。"我说着站起身来。

如果从医院的后门走，那么到我家所在的公寓步行用不了一分钟。今天凌晨，我抄近路回家时还没有下雪。当时，厚厚的云层已铺满了天空，不过在积雪的反射光下，我完全用不着费力找路。如此看来，雪应该是我凌晨回家之后下起来的。回到家，我喝了杯白兰地，就上床睡觉了。一直睡到今早都没被吵醒，看来那位老人的病情大概是稳定下来了。我拿起枕边的电话打到医院值班室，询问凌晨那位老人的情况。

过了早上八点，值白班的护士主任就和昨晚的夜班护士换了班。她同样先说了句"新年好"，然后对我说："目前没有出现异常情况，病人一直在昏睡。今天早上已经按病历里的医嘱给病人打了点滴，现在刚打完。"

"病人出现再次发烧的症状了吗？"这是我最关心的一个问题。护士主任告诉我，今早八点测量时，体温是37.2摄氏度，脉搏每分钟70次，血压165/110mmHg。我让她中午再给病人打一次早上的点滴，然后又试探着对护士主任说："我现在刚起，下午再查房吧。"护士主任停顿片刻，回复了句"好的"，声音里似乎包含着些许不满。

从除夕①到三号的四天时间里，我会一直在医院当值。当然，我也可以回家，不用一直待在医院里。然而即便如此，连续上四天班还是有些难熬，而且凌晨又来了急诊，三点才回到家。我本来还想着要不要把这个情况给护士主任解释一下，但转念一想也没有说的必要，于是就止住了话头。"那下午早点过来吧。"听着护士主任严肃的声音，我应了一声，背对着窗户继续睡觉。

---

① 除夕：日本把公历的12月31日叫作"除夕"。

再次睁开眼时，房中的光线更加明亮了。窗外传来了孩子们的欢笑声。不知他们是不是在扫雪，那声音仿佛被淹没在了雪里，听得不是很清楚。我看了看枕边的时钟，差五分十二点。我躺在床上抽了支烟，又贪恋地汲取了一会儿床上的暖意，然后起身下床。如同往常那般，下床的瞬间带来一阵细微的震动。我打开暖炉，拉开阳台的窗帘。雪依然在下，早上起床时还有留白的窗户上的玻璃，如今已几乎被白雪覆盖。

我在散发着暖意的暖炉前换下睡衣，又洗了把脸。因为昨夜回来得晚，我把白兰地当安眠药喝了，现在白兰地酒瓶和酒杯就那样散落在桌子上。我把酒杯放回到洗碗池，照了照镜子，昨天刚剃的胡子又冒出了头。本来还纠结今天是元旦，要不要再剃一剃，但屋里太冷，我又不想把剃刀贴到自己的脸上，便作罢。

我住的公寓一共有三层。听说院长在建这栋公寓时，原本是想把它当作员工宿舍，但现在除了三楼，其他两层都住着医院员工以外的人。我住的房子在三楼最左边，内有一室一厅一卫，采光很好。租这套房子的时候，院长告诉我，它是整栋公寓中最好的一套房子。这栋公寓建在整个城镇的高地上，站在阳台上，越过眼前几栋新建的住宅，还有住宅前方的建材存放场，就能望到广阔的平地。我喜欢这里夏天的日落景象。到了冬天，这里的景致则过于单调，截断一片白茫茫的唯有那片被白雪覆盖的防雪林和四处屹立的白杨树，一切都显得广袤清冷。此外，这里还有一个缺点：公寓楼的左后方是机场，或许是因为临近起降跑道，头顶上时常会突然掠过轰鸣声，有时会将我吵醒。但不知是不是因为风向的关系，冬天的时候几乎听不到这种声音。

如同往常那般，我准备抄近道，从公寓北侧走到医院后门。然而，今天这条路被大雪给封住了，我只能硬着头皮往前走，感觉积雪已经没到了膝盖。无奈之下，我只能回到大路，朝着医院的正门走去。医院前的半圆形广场似乎已经扫过一次雪，然而清扫后又重新积起了约有十厘米厚的雪，停在右手边的货运面包车也被大雪覆盖了。医院门口孩童那么高的门松同样被大雪掩埋，只有下方的松枝微微露出了一点绿色。

我在门口掸了掸头上和肩上的雪，去了二楼的值班室。从除夕到一月三号这几天，医院只接急诊，当值的护士们都聚集在了楼上的值班室里。

一进值班室，三个白班护士就异口同声地说道："新年快乐，今年也请多多关照。"我回以同样的话，接着又说："也没什么可快乐的……"大家都笑了。

时间已是下午一点。护士们似乎是吃完午饭，刚从食堂回来。

"凌晨来的那位患者好像有点儿发烧。"护士主任说着就给我看了温度表。从上午八点到十二点，显示体温的那条红线缓慢爬升，停在了 37.9 摄氏度的位置。去病房一看，只见老人因长时间发烧而变得满脸通红，嘴唇干裂。他的疼痛反应微乎其微，无疑还陷在深度昏睡中。护士给他上了氧气机，早上又打了点滴，老人依旧是一声一声地打着响鼾。

病房里，他的儿子、年迈的妻子以及两个像是亲戚的男人，正枯坐着。

"他怎么样了？"我诊察完准备离开时，老人的儿子开口问道。儿子的年纪看起来早已过了三十岁。我回答说："稍微有点儿发烧，不能掉以轻心。"他又问有没有什么退烧的办法。

老人是脑溢血引发的中枢性发热，没法像治感冒发烧那样采取降温措施，即使吃退烧药也不会有明显的效果，反倒只会刺激末梢血管。我本想对老人的儿子说这些，但解释起来又很复杂，就只是说："我们已经做了很多。"儿子陷入了沉思，年迈的妻子也垂下了目光。

从放在温度表上的病历卡里，我了解到老人现年六十五岁，名叫金井昌次郎，就住在本地，经营着一家棉被店。看到这里，我想起自己曾经路过那家店。它在本市的国道边，店门前总是陈列着各色棉被。在有着三万人口的 T 城，人们提起棉被店，大致说的就是那家店了。

"我爸爸没事吧？"儿子问了和凌晨同样的问题。说实话，我不敢断言老人一定会没事，如果发烧继续加剧，昏睡的程度就会加重，情况不容乐观。"还要继续观察，现在一切都不明朗，今晚可能是关键。"老人的儿子看了我一眼，接着又看向老人。我检查完老人下身的留置导管，随后离开了病房。

之后的查房很快就结束了。元旦的假期较长，需要做手术的患者早在去年十二月初就做完了手术，大部分赶在月末前出了院。目前，未出院的病人中比较麻烦的是 211 号房的哮喘病患者、213 号房的子宫癌患者和 215 号房的脑血栓患者。

患哮喘的老人家近来病情稳定，没有再犯。子宫癌患者是一位四十八岁的妇女，估计还有两三个月可活，从大学附属医院转院过来时，癌细胞已经转移到了腹膜的位置，早已回天乏术、时日无多。因此，元旦期间的查房不像是查看患者的病情，倒更像是到各个病房走一圈，互道新年祝福。重复个几十遍后，我稍微感到有些厌烦。说是过元旦，但就我自己来说，昨天到今天根本没什么不同，其他患者或许也是如此认为。

巡视了近一圈，当我最后走到 215 号房前时，护士主任像是突然想起来一般对我说："诚治夜里又不见了。"

茂井千代是去年秋天从 S 市的综合医院转来的脑血栓患者。一般来说，血栓病只会引发病灶部分的神经麻痹，但不知是不是因为脑内的浮肿太过严重，她几乎全身麻痹，大脑也出现了问题。被送来的时候，茂井千代已经说不出话了，也几乎理解不了我们说的话的意思。病发一年半后，她依然瘫痪在床，毫无恢复的希望。她的状态近乎于植物人，到如今依旧没有丝毫转变。此刻，看到了我，她也没有只言片语。五十多名住院患者中，没说"新年好"的就只有她一个。

　　接收茂井千代的时候，我感到很心塞。这样的患者即便住了院，病情也不会好转。我们只能不断地照顾她的生活起居，像是喂饭、换裤子等等。我也不是厌恶这样的工作，只是在完全没有看护设施的医院里，护士的人手严重不足，如此一来，必然需要患者家属承担一定的护理工作。我说了心里的担忧。和患者一起过来的福利机构的员工说，患者的丈夫会在一旁陪护，这一点不用担心。那名员工还解释说，患者的丈夫早在半年前就辞了工作，专心陪护患者。他之前在距离本市八公里远的地方种田，自妻子病倒后就抛荒了。他们家还有一个就读于四年制农业高中的女儿和一个正在上初中一年级的儿子，但目前两人都要上学，所以没办法在患者身边陪护。住院时福利机构派人跟过来，是因为患者家是贫困家庭，他们选择接受医疗扶助。

"请一个护工确实更好,但病人现在全身瘫痪,找不到可以护理下半身的人……"福利机构的员工略带歉意地说道。照他说的来看,我们也没有拒绝接收病人的理由,加上院长也表示同意,于是我接收了她。

病人的丈夫叫茂井诚治,是个三十八岁的健壮男人。询问他妻子的病史和家族病史时,他总是说不到点子上,让问话的人大费周折。茂井诚治有着宽阔的肩膀和瘦骨嶙峋的大手。不过,或许是因为一年没种田,相对农民来说,他的肌肉有些松弛,肤色也比较白。

诚治的话很少,几乎没主动开口说过话。我去查房的时候,他总是在妻子的床边看漫画,要不就盯着隔壁床患者的电视。我曾经还有点儿担心,这个粗笨的男人是不是真的能替意识不清的妻子换尿布、喂饭。不过听护士说,嘱咐他做什么,他就会照着做,只是动作粗鲁。有时一个不高兴,他也会把病人放在那里一天都不管不顾。总之,性格相当捉摸不定。

一开始的时候,护士们都很同情要陪护瘫痪妻子的诚治,后来却渐渐开始对他感到不满。

"你告诉他,他就一言不发地听着;第二天再去看,一切照旧。病人没有意识,发不了牢骚,但也不能借此偷懒啊。昨天，隔壁床的村上抱怨臭得受不了，要我们帮病人换尿布。"

护士说的，我能理解，不过一个大男人陪护瘫痪的病人两年，有了偷懒的念头也是人之常情。我这么辩解着，可护士们说，哪怕是男人，既然做了陪护，就要好好履行自己的职责，不然她们就很难办。护士们的情况，我也清楚，只是患者一直瘫痪在床，护理松懈下来，大概也是没有办法的事情。现在的千代即使有人搭话也无法给出回应，就像一台只会进食和排泄的机器。自然，她也不能做动作，整天像扎了根似的躺在床上，和植物人的状态一模一样。诚治每天在她身旁无聊地看着漫画。

诚治是在元旦凌晨失去踪迹的。

"早上量体温的时候没看见他，我还以为他去上厕所或到别的病房玩去了。问了隔壁床的村上，才知道从凌晨就看不到他的人影了。"一旁的护士说。千代住的是双人病房，她的床位靠近门口。诚治总是在妻子床下的地板上铺张垫子，人就睡在垫子上，可现在垫子和棉被都被叠起来收在床下。

之前，他也有几次招呼都不打一声就回了位于沼田的家。他们家是贫困户，没多少钱，除夕也没什么可玩的地方，诚治如果离开医院了，也只能是回了自己的家。可隔壁床的村上又说，她从夜里十二点开始睡觉，在那之前，诚治一直都待在病房里看电视。诚治有一辆旧金杯车，但在过冬期间，车的蓄电池没电了，防滑轮胎也磨损了，他就一直没有开过。发往沼田的巴士一小时一趟，最后一班在晚上九点发车，再往后就没车了。

"难道他冒雪走回去了？"护士主任一脸惊异地说道。其实，凌晨三点过后才开始下雪，如果他在一点左右离开了医院，那时候还没下雪，路面应该会被降雪前的寒气冻硬。

我又一次想起来今天是元旦，就说："孩子们都回了家，诚治会不会是想和孩子们一起过年？"护士主任说："如果是那样的话，也该告诉我们一声啊。"护士主任的话确实在理。下这么大的雪，他要是回了沼田，现在就不方便回医院了。

千代躺在床上，对丈夫消失的事情仍一无所知。她身上和腿上为防止夜间因无意识的动作摔下床而系上的绳子依然保持着原样。千代原本瘦小，近来身体又缩了一圈，脖子和手指甲上都有了纹路。她的病历卡上登记的年龄是三十四岁，比丈夫小四岁，外表看上去却像个近四十岁的女人。"千代女士，您丈夫不见了啊。"护士边解绳子边说。千代没有答话，只用玻璃球般的眼珠看着护士。

"算了，问您也问不出什么。"听着护士漫不经心的话，千代还是用小女孩般的目光看着天花板。她身上总有股汗液、尿液与除臭剂混合的刺鼻气味,然而今天,不知道是不是因为换过衣服,她穿的内衣干净清爽,没有闻到汗酸味。

"诚治之前没有表现出离开医院的迹象吧?"护士主任问隔壁床的村上里。村上里今年五十二岁,半年前因患风湿性关节炎住进了医院。她右膝有积水,现在左手关节肿胀。"凌晨新年钟声敲响的时候,他还坐在那里看电视,之后我睡了,后来发生了什么就不知道了。"窗边的水泥台上摆着一台十二英寸的彩色电视机。听村上里说,诚治在和她一起看电视的时候,有时会毫无预兆地换台,为此两人吵过很多次,要让护士来调解说和。诚治最喜欢看的节目是唱歌和女子职业摔跤。

"马上找农业合作社,请他们联系诚治家里。"诚治家没有电话,要和他联系只有一个办法,就是通过农业合作社,让他到附近的邻居家用无线电呼叫医院这边。对护士们来说,诚治的离开就意味着自己工作量的增加,过年放假期间人手本来就不够用,千代没人陪护,问题会很严重。

"要走也得先说一声啊。"护士主任再次发出了抱怨,但人已经走了,现在说什么也没有意义。我回到值班室,再次看起今天凌晨急诊病人的温度表来。从凌晨到现在,红色圆珠笔画出的线恰好上升了一度。是不是之前打的点滴没起作用呢?这么想着,我便交代护士把退烧剂加到点滴里,说完就离开了值班室。

下了楼梯来到前边的候诊室，只见近十个病人正坐在环绕着柱子的圆形沙发上看电视。电视上，身着年节盛装的明星正在做口技表演。病人们看到我就低下了头，有几个说了声"新年好"，与先前的寒暄一模一样。我原打算接下来去走廊前端的后厨看看，走在路上又改变了主意，直接回了办公室。什么时候去后厨都能吃上饭，而我现在没什么食欲，也懒得和爱聊闲天的阿姨们再互道一次新年祝福。

办公室里，当值的"军队"坐在秘书长的旋转椅上，腿搭在桌子上，也和其他人一样在看电视。军队姓小森，之前在自卫队待过，说起话来带着点儿军队的作风，于是大家就给他起了个"军队"的绰号。我一进办公室，他就慌忙把脚放下来，像是在作重大汇报一般对我说："谨祝新年快乐，今年也请您多多关照。"我只回了句"多多指教"，随即在他对面坐下。

"您坐我这里吧。"他似乎对坐了秘书长的椅子这件事感到不好意思。我说不用，随即在没有扶手的文员椅子上坐下来，点了支烟。

"雪下得真大啊，再怎么扫也赶不上积雪的速度。从早上起，飞机好像也全部停飞了。"军队说。双层玻璃窗外除了纷纷扬扬的雪，什么都看不见。雪下得这么大，确实来不及清出跑道。"说是瑞雪兆丰年,但下成这样也不行啊。"出身新潟农村的军队说了这么一句后就站起了身,拧开屏风暗处的电炉开关,烧起了热水。

"秘书长的办公桌上有已经给您分好的贺年卡。"

办公桌整理得很有新年气氛,桌子上确实像他说的那样,摆放着一叠一叠的贺年卡。贺年卡堆得有高有低,给我的大概有三十张。我一张一张地看过去。这时,军队说:"我看了一下,其中有一张很奇怪。"给我的贺年卡绝大多数都是这一年来到这个地方后认识的人写的,其中一半是我的病人。老朋友知道我不写贺年卡,因此也不会给我寄;即便寄了,应该也都送到我之前的住所了。

"收件栏的字写得那么漂亮,贺年卡里写的内容却完全看不懂。"听军队这么说,我立马就知道他指的是哪一张了。那张贺年卡夹在中间位置,正面是写着这家医院的名称及我的名字"村中繁夫"的漂亮字迹。字是用墨水写的,笔触柔和婉约,一眼看去就知道是出自女性之手。然而,翻到背面一看,正文部分完全不知所云。只见长短不一的线条一时往左一时往右,处处重叠;有些地方特别长,有些地方又特别短;用的书写工具是黑色魔术笔,看起来就像是无知的婴儿随手画出来的东西。整体看来,那些线条基本都集中在贺年卡的右半边,左下方有一片大大的空白。

"我分贺年卡的时候无意间看到的，会不会是有人错把孩子乱写乱画的那张给寄出去了呢？"听着军队的问话，我没有回应，把贺年卡放在已经看过的贺年卡下方。这张贺年卡绝对不是谁寄错了的，一般人看不懂里面的内容，我却能看懂。贺卡里清清楚楚地写着"新年快乐，我八岁了，明朗"。逐字逐句仔细辨认的话，任何人应该都能看懂贺年卡里的内容。贺年卡内的文字布局相较去年有了些许进步，字也是。去年写的"七"字竖向交叉着，看起来像是个"十"字；今年写的"八"字一撇一捺大小不等，下面开了口，看起来就确确实实是个"八"字了。军队把速溶咖啡放到我面前，怀着同情般的语气对我说："我们有时候也会粗心，把只写了收件栏、其他地方画得乱七八糟的贺年卡寄出去。"我喝着新年的第一杯咖啡，点了点头。

这张贺年卡，母亲写了收件栏，八岁的孩子写了祝福内容。那个孩子生来就患有容易骨折的病症，手脚部位骨骼弯折，提笔写字很困难，于是孩子的母亲就坚持让孩子用魔术笔写字。我本想把这件事解释给军队听，又想到一旦提起话头就有的说了，于是止住了念头。比起这个，我更想知道那位母亲为什么每年都要以孩子的名义给我寄送贺年卡。我从之前那家医院转到这里后,她又打探到现在的地址,把贺年卡寄到了这里。她的锲而不舍让我感到些许忧愁。

"不过,收到贺年卡总是件让人高兴的事情。"军队说道。然而,看我一言不发,他就止住了这个话题。他看着下个不停的大雪,开口问我:"您为什么愿意从除夕开始连着值四天班啊?"

"没什么特别的原因。"听我这么回答,军队就说:"话说回来,下这么大的雪,当值可能还是个好事呢。"电视里,各路明星按照出生地分成几个小组,正在展示各自家乡的方言与民谣。我们看起了电视。没多久,军队就站起身整理起病历柜来,边整理边问:"今天凌晨来医院的那个病人怎么样了?救回来了吗?"我看着电视回答道:"可能不行了。"或许因为说的话很冷漠,军队讶异地看了我一眼,接着又说:"刚开年就挑担子,以后更有的忙了。"挑担子的意思就是目睹死亡。这种说法似乎是从用担架抬死者的做法里衍生出来的,原本只有医生护士这么说,现在医院里的职工在病人家属不在场的时候,也会使用这种说法。

"还有件事我不明白。"这样想着,我思考起了关于那张贺年卡的事情。那位名叫牟田志津子的母亲为什么会知道我现在的地址呢?是不是向我之前读过的那所大学问过呢?我本以为来到这座小城之后就不会再收到她寄的贺年卡了,理所当然地觉得离了这么远,她不可能再追到这里来,然而这种想法似乎只是我的一厢情愿。

仔细想想,早晨躺在床上想起今天是元旦后,忽然间感到心烦意乱,或许就是因为贺年卡的事情还盘桓在脑海的某一个角落里。护士、病人……除了不能讲话的千代,医院遇到的人都会对我说一句"新年快乐",而我之所以每听到这句话一次,心情就变得沉重一分,或许也是即将面对这张贺年卡的不安感在心中不断扩散所致。

不过说实话,我现在已经感到轻松多了。真的看到不想看到的东西后,内心的烦闷反而会一扫而空——不用再担心看到自己不想看到的东西了。怀着些许闲适的心情,我喝着咖啡,看着电视。过了约莫十分钟,当值的护士走进来,找军队要葡萄糖液。军队从药品库房里拿出葡萄糖液递给护士,随后摆出个下棋的动作对我说:"您要不要来一局?"我们俩的棋艺差不多,或者说,我稍微逊色一些。想着回家也无事可做,我便点了点头。军队立马从办公室的书架上拿出一副折叠式棋盘,摆在沙发前的桌子上。从咨询处的窗口看过去,那个位置是个死角,下棋时不会被人发现。

"新年的第一轮切磋来了。"军队把咖啡杯和烟灰缸带了过来,放在了棋盘的旁边。雪天里下棋能沉淀心情,让人产生新年终于到来的感觉。我们连下了三局,我只赢了一局,不知不觉时间已到了下午四点。在此期间,要说有什么重要的事情,除了又来了名急诊病人,就只剩下当值的护士前来汇报凌晨那名急诊病人的病情,以及收到消息,得知诚治确实回到了沼田两件事而已。

凌晨急诊的那位老人依然意识不清,体温逐步攀升,下午一点量出的数值是 38 摄氏度,一小时后达到了 38.3 摄氏度。三点过后,我去老人那里检查了一下,他的昏睡状态进一步加重,有时会无意识地摇头。如我所料,今晚应该就是关键时期。诚治则是凌晨一点后从医院后门离开的,似乎是一路走回了老家。他为何会在寒冬的深夜回家,还足足走了八公里雪路,背后的原因尚未明了。诚治那边说现在还在下雪,回不了医院,等天气一放晴就立马赶回来,然而今天似乎一整天都不会放晴。

"从现在开始,晚上也要锁好后门。"护士主任接着又说,"他要真有回来的意思,今天明明是可以回来的……"语气里流露出不满。话虽这么说,但让对方冒这么大的雪赶回来还是有些不近人情,况且父子三人新年团聚也无可厚非。我这么一说,护士主任就说:"无论有什么理由,都不该擅自离院。"

新来的急诊病人是一位五十岁的妇人，喝年糕汤的时候把假牙一起喝进了肚子里。假牙是一周前吞进去的，陪她一起过来的女儿也是一副担忧的样子，不过到现在这个时候，我们已经没必要采取什么治疗措施了。

　　我告诉她们，吞进去的东西总会出来，所以用不着担心。女儿就问："出来是什么意思呢？"我说只能是如厕后自己去找。听我这么说，母女两人皱起眉头，带着生气的表情对我说："我们家的厕所不是冲水式的。""那就不找了，反正假牙总会排出体外的，不用担心。"于是，母女俩都笑了起来。母亲又问："排出来的假牙还能用吗？""当然可以，清洗好了应该就没有任何问题。"听到我的解释，两人神态勉强，却还是理解般地点点头。"诊费多少钱呢？"我不知道他们做了哪些项目，就问军队。军队思考片刻后，说："只来看了个诊，没买药也没打针，就收个初诊费吧。"我无可无不可。见我沉默不语，军队说了句"五十日元"，复印了保险证正面。

　　"正月里总是有奇奇怪怪的病人过来。对了，刚才来的病人得的是什么病啊？"病人离开后，军队问我。我感到有些为难，遇上有健康保险的病人，必须清清楚楚地写上他们的病症名称。稍稍思考一阵后，我问军队写成"误吞异物症"如何。"误吞就是不小心吞下的那个'误吞'吧？"军队确认过后，就把病名写在了刚制作好的病历上。然后，我们又接着进行还未下完的棋局。军队走了几步后，开口问我："你说对刚才那个人来说，是吞了假牙更严重呢，还是丢失了假牙更严重呢？""我也不清楚。可能一开始的时候担心的是自己把假牙吞了进去，听说问题不严重之后，马上又心疼起假牙来了。"听我这么说，军队说了句"人大概就是这个样子"，然后笑了起来。他接着说："那个人会不会真的在厕所里找假牙，然后再把假牙塞到嘴巴里啊？听起来很恶心，不过说不定那个阿姨真能做得出来。"

大概是被这个想象吸引了心神，他没有注意到自己已经处于包围圈里的棋子，形势朝着有利于我的方向发展。"大意了。"他推盘认输。此时，办公室里的时钟显示时间为下午四点多一点儿。

"怎么样，要不要再来一局？"军队说道。我稍微有点儿疲惫，军队这边也时不时有电话打进来，要么就是护士来要库存的纱布，要么就是找军队帮忙给病人换床……我们根本没法安安静静地下棋。

我们决定止战，站起了身。时间刚过下午四点，周围却已经开始转暗。雪依然在下，只是雪花已经没有白天那么大了，但相应的，下雪的速度比白天更快了。"照这样下去，今天雪是不会停了。"军队说着,打开了办公室里的灯。

看着夜色渐临的窗外,我突然感到饥饿。仔细想想,今天从早晨起我就只喝了咖啡,其他什么都没吃。元旦点不了外卖,我本想去食堂吃,但现在是四点多,再过一个小时就要出晚餐了。护士们说,昨晚食堂除了平时的病人餐食,还做了跨年荞麦面,今晚应该有简单的小菜。现在正是后厨忙着准备晚饭的时候,我决定等病人都吃完饭后再去吃,就先看起了办公室里的报纸。这时,电话响了,军队接起电话,没多久就对我说是院长家打来的,然后把电话递给了我。

打电话的人是院长夫人。她用听起来比实际年龄年轻的清透声音说:"如果方便的话,来我们家吃饭吧,秘书长和护士长都在。家里张罗了新年宴席。"我与院长夫人循例互道了元旦祝福,然后说自己正在值班,就不过去了。院长夫人又说:"家里离医院近,离开一两个小时没关系。"出医院左拐后再走两百米左右,就是院长家。"难得过元旦,还要让你值班,真是对不住。现在已经是晚上了,就过来放松一下吧。"院长夫人似乎也对让我值班的事情感到抱歉。我告诉她,我是自愿承担值班任务的。她不太相信,于是我说医院来了个情况不太乐观的病人,也就是凌晨来急诊的那位老人。

或许是从院长那里听说了今早护士的汇报,院长夫人也知道病人是棉被店的店主。我告诉她,病人还在发烧,情况不容乐观。"辛苦你了。如果病人的情况稳定了,你就过来吧,晚一点也没关系。"说完,她就挂断了电话。

院长的家就在医院附近,如果想去的话,哪怕是值班也能过去,但一想到要在院长家明亮的待客室里与秘书长、护士长说说笑笑,我就觉得有些厌烦。我继续抽烟看报纸,这时院长家的保姆冒着雪走进来,手里拿着个包袱:"院长让我带过来给您吃。"包袱里有一个两层的食盒,上面一层装的是北极虾和鲷鱼,下面一层装的是炖菜、醋拌生鱼丝、红白鱼糕等,所有菜都用锡纸隔得规规整整。包袱里还有个细长型的盒子,里面装着人头马的白兰地。

我正腹中空空,便和军队一起开吃起来。"院长新年前三天都安排您值班,看来是觉得对不住您。"军队边说边在我们面前各放了个空玻璃杯和有水的玻璃杯。或许是由于腹中空空,白兰地喝起来比以往任何时候都辛辣。"真好喝啊。"品尝着昂贵白兰地的军队心情大好。"话说起来,您为什么来了这家医院呢?"军队顶着张通红的脸问道。军队爱喝酒,但是稍微喝一点就会上头。我说就是想来看一看。军队又说:"我不懂,明明大学才是更好的选择吧。"

"在这里工作很轻松啊。"我说出了自己的真心话,他却满脸怀疑。我又补充说:"这里是我自己主动要来的,并非是受原来部门的强行调遣。"听完,军队这才终于理解般地点点头:"您刚从东京过来的时候应该很吃惊吧。北海道以外的人都说这里冷冷清清的。"军队接着就拿自己认识的几个外地人举起例子来。确实,或许因为这里是美军的驻扎基地,所以这个地方给人一种西部片里的空旷感。这座城镇位于平原之中,道路宽阔,下方是火山灰地质,一直长不出茂密的大树,这些都是城镇空旷的原因所在;而北国独有的白铁皮屋顶与简易酒馆成片的景象,大概又进一步加深了这种空旷的感觉。然而,这里人情敦厚,不用对周围的人处处赔小心。我想,单凭这一点,这座城镇就很适宜居住。我把这些想法说出来后,军队满意地点点头:"我在自卫队的时候,曾经去过九州和中国地区[①],但我还是觉得这里最好。"

我们又接着喝白兰地,看电视。过了约莫一个小时,年轻的实习护士跑了过来:"金井出现了异常,请您快去看看。"她一口气把这句话说完,方才缓了口气。事发突然,我还没弄明白金井是哪个病人。"就是今天凌晨来的那个急诊病人。"听到这里,我才回想起那个老人,看护士着急忙慌的样子就知道

---

① 中国地区:位于日本本州岛西部,由鸟取县、岛根县、冈山县、广岛县、山口县五个县组成。

老人的病情有多么紧急。我走到办公室一角的水龙头前喝了口水，看向镜中。白兰地让我的眼角稍稍泛红，不过并不引人注目。我穿上喝酒时脱下的白大褂，走出了办公室。

老人的病房房门大开，四五个病人正聚在门前聊天，大概是住在附近的病人得知了这边的忙乱景象，于是就过来看看。进了病房，拿着吸痰器的护士主任转过头对我说："患者突发了呼吸道堵塞。"

老人还像白天那样仰躺在床上，但从凌晨起就一直持续的鼾声已经听不见了，鼻翼也停止了翕动。我把听诊器靠在老人的胸口，探听他的心跳。老人的皮肤很白，不像是这个年龄该有的样子，脸上那些呈地图状分布的雀斑也因此十分显眼。他已经停止了呼吸，心跳声也没了，但皮肤还是温热的，脸上也带着红晕。稍早前我还没到病房的时候，老人可能就已经咽气了。我拿下听诊器，身后的儿子问我："人已经没了吗？"我回转身点点头。老人的儿子和年迈的妻子拨开人群走上前，看向已经没了呼吸的老人。老人直挺挺地仰躺在床上，轻微张开的嘴唇上满是唾沫星子，眼角也泛着微微的泪光。他应该是因为没能吐出瞬间堵住喉咙的一口痰，最终窒息而死的。意识不清的病人常常会遇到诸如此类的意外情况，令人扼腕。

我从死者身前退开，交代护士主任处理身后事宜。"孩子他爸……"年迈的妻子用嘶哑的嗓音喊道,"除夕那天就不该喝酒啊……"听到她的抱怨,老人的儿子开口斥道:"别吵了。"

"我爸爸是怎么死的?"他强撑着问我,但我也不清楚具体情况。直接的死因是窒息,引发窒息的呼吸障碍症状估计是血液冲破血管,压迫了大脑的呼吸中枢所致。为防止这种情况出现,我们给病人打了点滴,想以此控制脑内浮肿,然而最终没能起到作用。如果要给他解释清楚,我就该这么说,而这一切只是我的想象罢了。

"大脑溢入了过量血液……"我只说了这么一句,老人的儿子就顺从地点点头。他可能仅仅是想问我句什么。"才刚开年呢……"年迈的妻子说着又哭了起来。高大的儿子俯视着自己的父亲,像是笼罩在老人上方一般。儿媳妇劝解着全家人:"爸爸坚持到了新年,这时候走也是不想给大家添麻烦。"

我再次向死者行了个礼,随后离开了病房。在护士值班室洗完手,我准备下楼回办公室。军队问我老人的情况如何,我说了老人死亡的事情。军队没怎么惊讶:"死在元旦这天可不吉利。"我点燃香烟,抽完一根后给院长打电话。院长先说了句"辛苦你了,很累吧",接着又问老人发病时严不严重。从深度昏睡和身体热度攀升的情况来看,老人无疑是大脑出现了大范围出血的症状。"我本来以为没那么严重……"院长似乎对自己今天一次都没来医院看看的行为感到抱歉,"那需要我来医院吗?"

我回答说,自己完全没提到院长,病人家属也没问。于是,院长说道:"那我就不过来了,有什么事再联系我吧。"接着,院长又邀请我去他家玩,放松一下心情。我说想稍微休息一下,回绝了院长的邀请,之后就挂断了电话。

时间已是下午六点,外面完全黑了下来,唯有大门处灯光照亮的一片空间还能看到不断落下的雪花。先前在病房看到的像是老人亲戚的男人下了楼,拿起办公室前的公用电话讲起话来。"死在元旦这天,殡仪馆和火葬场都没开门,还真是不好办啊。"军队看着窗外打电话的男人说道。我先去了趟医务室,换下白大褂,穿上外套,然后回到了办公室。

"你回来啦。"军队的表情略有些寂寞。"人都不在了,没我的事了。"说着,我用手指了指桌上的酒瓶,"白兰地还没喝完,你喝吧。"军队脸上露出困惑的神色:"那我喝了。"他平时值假期白班,今晚还要留在医院过夜。我打电话给护士,说了自己要回家的事情,随后就离开了办公室。平日里总是被外来病人和探病人员的鞋挤得满满当当的玄关处,现在只剩下摆放在角落里的三双胶靴和一双女士长靴,这肯定是赶去那位老人病房的人脱下来的。我在他们脱下的鞋子旁边穿鞋,这时男人打电话的声音传了过来:"再怎么说,也不能一直把遗体放在医院里啊……"我拉起外套衣领,走出医院。入夜后,雪下得稍小了些,寒气却更为刺骨了。

暖炉灭了一整天,屋子里寒冷彻骨。公寓楼是钢筋结构,安的是双层窗户,然而却没有集中供暖。我赶紧烧起暖炉。屋里太冷,我干脆就穿着外套喝起桌上没有兑水的白兰地。两杯下肚后,身体渐渐回暖。我脱掉外套躺在长椅上,再次看起了今早的报纸。报纸上有一篇报道叫《漫谈新春围棋界》,上面刊登了一名最近屡屡得胜的年轻棋手的照片,棋手有一张少年感十足的稚嫩脸庞。报道看到一半,电话响了。

"是我啦。先前给你打了两次都没人接,刚回家吧?"电话里传出的女声来自桐子。听到叮铃铃的电话声时,我就知道对方用的是公用电话。"我现在在你家附近,可以过去吗?"我说自己刚从医院回来,家里很冷。桐子就说,她站在外面更冷,说完就挂了电话。

我继续看起了报纸,在这期间桐子过来了。"好大的雪啊,开车过来可真不容易。"她说着脱下披肩,拍了拍头上和肩上的积雪。她进来后就立刻关上了门,就这样还是有寒气涌进了屋里。桐子罕见地梳着传统的日式发型,身穿振袖和服。"好看吗?"她在我面前转了一圈。插着簪子和梳子的厚重发型使她的鹅蛋脸更显紧绷。"怎么样？"桐子又问了一次。"很好看。"我说。"你看什么都是一副不为所动的样子，给你看没意思。"

我把白兰地倒进新玻璃杯里递给她。她稍稍平复心情，先对我说了句"新年快乐，今年也请多多关照"，然后环视着四周说："这房子真是太空了，什么都没有。"我住的是一室户，进门就是起居室，里面摆放着配套桌椅，再往里走是六叠①大的卧室，里面放了一个欧式衣柜和一张床，除此之外只剩下一个书架。家具虽少，我却并未因此觉得哪里不方便。

"新年怎么也该摆个稻草圈、镜饼之类的啊，早知道就给你带过来了。"桐子说着就走到洗碗池边，洗起了放在里面的玻璃杯。她卷起长长的袖子，踮着脚把洗好的杯子放回橱柜。我很久没见过她穿和服的样子了，上一次见似乎还在半年前，而像今天这样的打扮还是头一次看到。我走上前，从背后轻轻吻上了她的脖颈。

"别这样，头发会乱的……"在我不依不饶的纠缠下，桐子还是温顺地转过了身。站着接吻的时候，她头上的簪子微微晃动，发出细小的声响。我准备就这样走到床边去，这时桐子说要取下假发。她自己的真发质地柔软，顶在头上的其实是假

---

① 叠：一叠大约 1.62 平方米，六叠大约 9.72 平方米。

发。桐子带着认真到好笑的表情把双手放上去，慢慢地取下了假发，只顶着真发的脑袋一下子显得单调起来。我不禁发笑。桐子问我笑什么。我说，现在的发型不适合她身上的和服。"只借两天就要花一万日元。"桐子一边把取下来的假发珍而重之地放在白兰地酒瓶上，一边说道。我本以为她会马上到床这边来，没想到她又坐到沙发上，说今天还是不要做了。我问她原因，她说腰带解开就系不回去了。

从 S 市的大学毕业后，桐子进了一家商贸公司。一年前，她的一个在本市经营一家餐厅的姐姐把她请来收银，两人共同居住在富吉町的公寓里。我与桐子相识于去年夏天，不过在那之前，她就因为开车被追尾撞击，导致颈椎挫伤而来我们医院诊察过。桐子二十六岁，与我相差了十岁。她说自己大学学的是法语，却又说自己完全不会说法语。桐子算不上漂亮，只是双眼间略宽的眼距使她看起来比实际年龄更加年轻。

"腰带没系好会被姐姐发现的。"桐子说得可怜兮兮。事实上，桐子的姐姐应该早就知道我们的关系了。我把这话一说，她又给出了个奇怪的理由："这才刚开年呢。""你趁姐姐睡觉时再回去不就好了？"我说。她思考片刻后说："你总是这么胡闹。"而后开始解起腰带。

桐子关掉起居室里的灯，脱得只剩一件长衬衣后，钻进了被窝。不知是否是喝过白兰地的缘故,她的肌肤摸起来发烫。她把脸埋进我的胸口,这是她一直以来的习惯。"有医院的气味。"桐子说。这句话让我瞬间想起了死去的老人,不过桐子柔软的肌肤很快抹掉了我的思绪。桐子解开剩下的伊达带,把它缠在衬衣下的腰身上,这个举动更加激起了我的兴奋。"不要,等一下……"桐子劝解般说道,最终却还是接纳了我。

度过独属于两人的时光,从迷迷糊糊的状态中醒转过来的时候,我身上只盖了一条毛毯,左腿触碰着桐子的肌肤,有一种舒适的感觉。"喂,你困了?"桐子斜瞟了我一眼,"第一次刚开年就做这种事。"房间里没有开灯,越过桐子的肩头可以看到窗帘大开的窗户,窗外积着厚厚的雪。现在应该还没到晚上八点,四下却一片寂静,大概是因为元旦的关系。

"你说,咱俩总共见过多少次面了啊?"桐子问道。我自然答不上来,唯一能确定的是,我和她发展成现在这种关系是在去年七月份,到现在有半年了。"今天正好是第三十次,我昨天对着日记数过了。"桐子频频找我说话,而我只想睡觉。她沉默了一会儿,又在耳边问我想不想了解她更多。我说已经了解得很透彻了。桐子就说,我所了解的全是像名字、年龄、姐姐是什么人之类的表面东西,不知道她真实的样子。

"如果是和现在没有丝毫关系的事情,我也没必要追着问你。"我说。"女人听到这种话,倾诉的欲望反而会更强。"桐子说着就谈起了三年前的订婚对象。她说对方是一家银行的高级职员,长相英俊,却在交往期间同时与另一名男子有了亲密关系,自己知道后就解除了婚约。"同性恋我在周刊杂志上看到过,没想到还真的碰上了。"

说实在的,我对桐子的过去没有丝毫兴趣。她自己想提就罢了,我还不至于主动去问,这种事情听了既不会让人高兴,也不会让两个人的关系更近一层。我把自己的想法说出来后,桐子就说:"总而言之,你就是个以自我为中心的人。"接着,她又列举出我从前约会迟到、做完爱就立马背过去睡觉等种种行径。"你到这个地方来,也完全是由着自己的心思。"见我没能理解她话里的意思,保持着沉默,桐子继续说,"把妻子丢在东京,自己一个人过来,你心里就一点感觉都没有吗?"突然转向的话题让我一时不知所措。我觉得这件事与现在的我们没有直接关系,但桐子又提了一遍,于是我说道:"虽然与妻子分隔两地,但我一直给她寄钱,没有因此逃避责任。"然而,桐子却说:"寄钱不能解决问题。既然两个人结了婚,就应该一起生活,彼此爱护。即便不爱她,你也已经选择了她。"我不想回应桐子的这番说法,即便回应了,我想她也不会给予理解。

"结婚过了七年,总会出现种种问题。"听我这么说,桐子立刻反驳："你是在找借口。每次说到关键的地方,你总是把话糊弄过去。"桐子是个聪明的女人,但有时说着说着就会跑到别的话题上去。一般她在受到刺激、情绪激动时,或是喝醉酒的时候会变成这样。我懒得迎合她的节奏,况且现在我只想睡觉。

"喂,我说得不对吗?"桐子深深地盯着我说道,接着又问我为什么这么困。我告诉她,今天凌晨有急诊,我三点才睡,白天又一直在值班。桐子又问:"那,那个病人怎么样了?"听到我说病人刚刚去世,她一下子从床上坐了起来。

"也就是说,你刚从死亡的病人那里回来,接着就立刻和我上床了?"我沉默不语。桐子掀开身上的毛毯:"你给我起来,太不吉利了。"我没有理她,闭上了眼睛。傍晚起就喝个不停的白兰地渐渐发挥作用,让做爱后的身体越加疲乏。"刚看了死人就立刻和人上床,真是不像话!就算是医生也不该这样,再说我也会觉得不舒服啊。"桐子说着,就从洗碗池那里拿来一块毛巾。

"喂,用这个擦一擦,手脚都要擦。"我说没什么不干净的,桐子却听不进去了。她把毛巾放在我脸上,我只得拿起来擦拭了手和脸。"死的是什么人?"桐子问。我说了棉被店的名字。"那个老人我认识,我还去过他们店里几次。这么大的事情都不说，就没见过你这样的。"桐子收起贴身的衣服走开了，似乎是去了浴室。水流冲击瓷砖的声音响起，她又走回来对我说："你也起来洗个澡吧，碰了死人竟然还能这么若无其事地睡觉。"

"遗体不是秽物，况且病人死亡时在场，不意味着触碰了病人。"我说。桐子往沙发的方向走去，边走边对我说："你的这种想法已经被推翻过一次了。"

"这话是什么意思？"我反问桐子。

"想想被大学开除的那件事。"桐子说，"我一直想找个时间和你说的，你对待别人太冷酷了，与其说是把人当动物，倒不如说是当成一件物品。外科医生做久了可能确实会变成这样，但你的情况又与别人不一样。你没有惊讶，没有震动，面对一切都过于冷静，这一点让人喜欢不起来。"

桐子的话似乎说中了一切，但其中也有一些不太对的地方。我不是没有惊讶或震动的情绪，只是它们在我身上的表现方式和桐子稍有不同罢了，或许这与年龄、性格有关系。目睹死亡对桐子来说也许是一件非同寻常的事情，但对我来说却只不过是时常会遇上的情况之一而已。我有些后悔，之前不该把离开大学的原因透露给桐子。在这家医院，进一步来说是在这座小城镇里，知道我为什么离开大学的人只有桐子，院长也只是略知一二而已。

我之所以离开大学来到 T 城，是因为在大学做人体实验的信息外泄了。当时，我所在的研究小组正在做中断血液流向大脑的通路，观察大脑在这种情况下还能存活多久的实验。做脑部手术往往要与出血症状做斗争，深入脑中枢甚至要花费两三个小时。在这种情况下，如果能中断血液的流动，病患就不会出血，而手术的时间也会大大缩减。我们所做的，就是在病患接受脑部手术时阻断颈动脉的血液流动，观察病患大脑的状态和脑电波。当然，就算病患处于全身麻醉的状态，这种做法也不会导致病患死亡。手术中一旦逼近病患的极限，我们就会马上放开对动脉的压制，因此实验并没有那么危险。

然而，一名医生无意间谈到了这件事，部分患者就知道了这个实验。他们把这件事捅给了报社，引起了外界的关注。其实，我们所做的只是通过封闭通向大脑的动脉，来观察大脑的状态，但外界却误以为这个实验是要封闭脑血管，观察人类在这种情况下能存活多久。我们借着做其他脑部手术的机会，瞒着患者进行实验的事情进一步加深了外界的反对。患者们一致表示抗议，一些学生也参与进来，事情越闹越大。最后，大学的高层领导讨论后，给了主任教授警告的处分，身为实验实际负责人的我则引咎辞职。当然，我并不认同这个处理结果。虽然我们做的是人体实验，但并没有真正损伤人的大脑，手术的进步正需要做这样的实验。我想把这些告知外界,然而记者一旦行动起来,情感就掩盖了真相,我想说的东西都变得毫无意义。

辞职离开大学后,我稍稍自在了一些,想去一个没人认识我的地方看看。经前辈介绍,我来到了如今的这家医院。前辈与这家医院的院长恰巧是大学同学,医院正想招一名外科医生。从大学到私人医院,环境发生了巨变,但对我而言,只要能远远离开大学,去哪里都无所谓。

这些事我只对桐子说过。她问我为什么要来这座城镇的时候,我觉得说出来也没什么,就把一切都告诉她了。虽然我只是简单地说了说,但桐子听完后依旧十分震惊,叹息着说原来这么复杂,接着又发誓不会把这件事告诉任何人。我并没有犯罪,即便桐子说出去了也没什么,但像今天这个时候,她又把这件事拿出来说一遍,我的心情就不太好了。

"人的身体、死亡,在你眼里就是动物实验。你的这种态度在大学还行得通,在外面可就行不通了。"桐子说。而我现在并不想听她说教。桐子让我起身洗澡的态度很坚决,我只得爬起来走向浴室。

第二章

　　元旦凌晨离开医院的茂井诚治，隔了一天之后，在三号下午回到了医院。他原本说雪停了就回来，但二号早上明明已经放晴了，他却没回医院，就这样连着三晚待在外面。期间，护士们照顾千代，疲于奔命。虽说千代没有意识，但一天却免不了得喂三次饭，尿布也要换，一天至少要给她翻三次身，此外还有换睡衣、在她睡觉时把她绑好的活儿。今天，千代有点儿腹泻的症状，污物浸透了垫在身下的塑料布，把床单也弄脏了。过年放假期间，值白班的护士一共三个人，要照顾五十多个病人并不容易，不可能专门看着千代一个人。

　　护士长过来告诉我，诚治已经回来了。她带着一丝兴奋说："那人大概都不记得陪护是自己的事了。就因为要陪护病人，他才不用出去工作，国家还给他发钱。我看他是打算忘掉自己的职责，在医院过游手好闲的日子。这种时候，希望您能严厉地训斥他一下。要是再放任不管,他就只知道偷懒了。"护士长一口气说完这些,接着又说,"从今以后,我们深夜也要把后门关着。我问过了,他好像就是从后门逃跑的。"

听着护士长的话,我感觉自己似乎受到了训斥。除夕夜间,其实该说是元旦的凌晨,我就是从后门离开回的家。之前,护士问过我关不关后门,我说让她把门开着。如果诚治是从后门逃走的,那我可能就要承担一部分责任了。

深夜开着后门好像确实有点儿问题,之前就有没付住院费的病人趁着深夜从后门逃走。护士长要关后门,我没有意见。虽说这样一来回公寓的路就变远了,但也只是多出五六十米而已。见我点头,护士长又趁势说:"诚治现在就在病房,您是马上过去呢,还是把他叫到这里来呢?"病房里除了诚治的妻子,还住着村上里。我不好当着她的面斥责诚治,最后决定让诚治到医务室来。

下午三点,太阳已经开始往西边的防雪林那头垂落了。今天放晴了一整天,简直快令人忘了元旦时下个不停的大雪。倾斜的日光中,大叶桂樱的枝梢根根分明。我抽着烟看向窗外,这时护士长敲了敲门,身后跟着茂井诚治。

"进来吧。"护士长说完,就转过头看向身后的诚治,"听好了,医生现在非常生气,你要好好道歉,保证不会再犯,并请医生原谅你。"她又向我施了一礼："拜托您了。"随即离开了医务室。

门关上了，房间里只剩下我和诚治两个人。我再次看向诚治，他垂头站在昏暗的房间里，身上穿着褐色的毛衣和厚实的黑裤子，右膝附近泛着污垢的油光。他剃着光头，肩膀很宽，或许是因为身体略朝下弓着，两只胳膊看起来比一般人要长一些。"请坐吧。"我指了指面前的椅子。诚治戒备地看了我一眼，小心地把腿挪进桌椅之间坐下来。护士长都把话说到那个份儿上了，我不得不好好敲打敲打诚治。但从诚治乖顺的举止上看，他应该已经被护士长狠狠教训过一顿了。我现在把同样的事情再重复一次也没有意义。

我没有斥责诚治，而是询问他昨天为什么没回医院。"合作社的人去你家的时候，你说了等雪停就会回来的吧？"诚治保持着微微前倾的姿势，什么话也没说。显然，他只要不答话，沉默就会一直持续下去。无奈之下，我又接着说，他不在的时候大家都很难办，尤其正是过年放假期间，人手本来就不够，实在是麻烦。诚治依然一言不发。我想，他是不是在以此表示反抗呢？会不会被人训斥了，心里生闷气，干脆就闭口不语呢？然而，他把两手放在膝上，低眉顺眼的样子根本看不出一丝反抗的迹象。他眼神温和，看起来反倒比任何时候都顺眼。

"这三天你一直待在沼田的老家吧？"问到这里，诚治才终于抬起脸点了点头。他的右眼有轻微的斜视，那一瞬间看起来就像是在往旁边看。"在家里待着开心吗？"我问道。诚治嘴角微松，不好意思地笑了起来。不知为何，在这个时候，我感觉自己嗅到了男人的气息。

"你长期陪护老婆，可能已经忍不下去了，但也不能像这次一样把她丢在那里不管，我们会很难办的。你是辛苦，但病人可比你更辛苦啊。"说着说着，我感觉自己仿佛变成了学校老师。对一个大男人说这种话让我觉得不好意思。

诚治把手放到脑袋上大力挠头。他什么都没说，不过这副样子看起来应该是理解了我说的话。"实在想回家的时候要和护士说好了再走，不然大家都以为你还在，就忘了去照顾你老婆了。这样一来，她的病情如果突然恶化了，大家也不会注意到，知道吗？"话说到这份儿上，我自觉已经把该说的都说了。是否能让护士长满意姑且不管，诚治是成年人，说到这个地步已经足够了。

"抽烟吗？"我从口袋里拿出烟，想以此掩饰对诚治说教的尴尬。诚治略带疑惑地看看我，随即拿过香烟。"你家里有女儿和儿子吧？"我问。诚治把吸了一半的烟拿回手中，点了点头。"两个孩子留在家里应该会觉得孤独吧？"话快说出口的时候，我及时止住了。说这句话无疑就相当于赞同诚治离开医院。我转了话头，问他孩子们是不是正在放寒假。或许是没那么紧张了，诚治第一次张口回了句"是的"。我问起孩子们上学的事情，诚治慢悠悠地说：姐姐每天早上先起床，做好饭后出门上学；弟弟回来得比姐姐早；姐姐的学校离沼田有六公里远；姐姐坐早上七点半的公交车去学校等等。他每说一句都要停顿片刻。

"所以，弟弟傍晚先从学校回来，会烧好炉子等姐姐吧？"我问。诚治点点头。

"晚上家里只有两个孩子吗？"我想起了去年秋末去沼田附近出诊的事情。中心城区沿国道向北走三公里左右，就是起伏平缓的丘陵地带，草场与仓库点缀其间。路途过半处有一家废车停放场，往前左拐就是一条笔直延伸的宽阔土路。土路左右两边的田地里随处散落着防雪林与农家，大多数农家都带着储存干草的筒仓与放置农具的小屋。到了冬天的这个时候，整片田地都覆盖在白雪之下，开发局①用扫雪车才能清出一条道来。诚治的家就在那条道上，住址名称直接沿用了开垦田地时划出的分区名字，叫作"一线八号"。

---

① 开发局：日本的行政机构，管辖范围涉及河流、道路、港口、机场等。

"正月里做什么好吃的了吗？"我问。诚治笑着摇头。指望一个上高中的女儿做年夜饭未免强人所难。

尽管心里觉得有些逾矩，但我还是问起了孩子们生活费的事情。诚治说，大概一周给姐姐一次生活费，每次一万日元。这么算起来姐姐每天的花费大概是一千日元，她就用这笔钱安排生活。而她没时间做饭，基本上就吃些泡面、杯面。我见过诚治的女儿一次，那是在暑假的时候，她来医院陪护母亲。诚治的女儿虽然每天净吃泡面，但长得却很胖。她双眼凹陷，鼻子肥大，这些地方都随了诚治。

"压力很大吧？"听我这么问，诚治就说他们家每个月能拿到八万日元。我不知道福利机构是怎么算出这个数字的，又是根据什么来决定父子三人一个月拿八万日元的。按一天一千日元的标准来算，孩子们每个月的餐费就是三万日元，那么剩下的钱可能都花在了买衣服和诚治的生活上。

"正月里你们父子三个难得聚在一起，过得很惬意吧？"不知从何时起，我忘了自己是为了训斥诚治才把他叫过来的，反倒觉得他回家是一件好事。突然回想起原本的目的，我又一次对诚治说，偶尔回家没关系，但不能一声招呼都不打。诚治垂下眼睛，低头说了句"对不起"，像个大孩子一般。"回家是可以的。"我说。诚治再次打量了我一眼，慢慢地站起身。

诚治离开后,我靠着椅子,把腿搭在桌子上,朝外望了一会儿。黄昏时分,冰雪覆盖的原野常常会出现万籁俱寂的瞬间,仿佛一切都凝滞不动了。现在就是如此。午后阳光西斜,残留在雪间的细瘦枫树在雪面上落下长长的影子。远处传来吉他的声音,或许是住在210号病房的青年弹奏出来的。

到了正月的第三天,我实在是觉得疲惫了。从除夕当天算起,到今天我已经连着值了四天的白班。当然,正是过年放假期间,新来的病人并不多。中午刚过,行政当值的高田来到医务室,告诉我三十一号来了五个病人,元旦来了五个,二号来了八个,三号来了三个。其中,重病患者就是元旦凌晨送过来的金井老人,剩下的全是轻微受伤或得了感冒。说是值班,其实没有病人的时候,我是可以待在家里的。实际上,我晚上几乎都在家里。和值班护士比,我的工作似乎要轻松得多。然而,护士们值一天班后,第二天可以休息;我看似轻松,却要连着值四天班。这样的经历于我而言尚属首次。

一开始,院长问我能不能在三十一号和一号当中选一天值班的时候,我稍稍思考了一会儿,说可以值完整个假期。院长起初一脸不相信的神情,之后又问了我好几次是不是真的可以值完一整个假期。我从一开始就决定留在这座城镇过年。与其冒着大雪外出,我更愿意选择舒适的方式,待在暖气充足的医院或家里。我把这些话说给院长听后，院长说："如果你有事要外出就随时告诉我，我来换你的班。"但我并没有外出的打算。我如果外出，要么是去桐子上班的餐厅，要么是去找耳鼻科医生室井——自从送了一个病人过去后，我俩就熟识起来了，再就是去找通过围棋结识的老人大和田。然而，餐厅会放假，我和剩下的两个人也还没有亲密到可以不打一声招呼就自行上门的程度。决定连值四天班后，我反倒觉得自己得了个悠长的假期。

可连着四天下来，我难免还是觉得有些腻烦。其实，我烦的不是值班，而是每天两点一线地往来于医院与家之间，眼中所见唯有窗外的风景，也许正是这份单调让我提不起劲。不过，这种日子从前也常有，我甚至会连着一周或十来天哪儿都不去，只在医院和家之间来来回回。那种状态与现在的不同之处仅仅在于：现在白天只看急诊，因此闲暇时间很多；再就是因为要值班，所以必须清楚地告知医院自己的去向。要说这两者中究竟是哪一个让我感到疲倦，恐怕就是前者了——空有闲暇，人却被拘在固定的地方。事实上，哪怕身体上得到了放松，值班还是会给人一种受到拘禁的感觉。这种感觉一直持续，可能就会不利于人的精神健康。想到这里，我意识到诚治现在的状态与之类似。

有时我会想，诚治虽然要陪护病人，但实际上却算不得忙碌。当然，给妻子喂饭、护理下身确实不简单，但除此之外的其他时候，他都相当空闲。至少和做农活儿的时候相比，他已经轻松了大半。要是把闲下来的时间拿来看漫画，恐怕多少本都不够看。但现实情况却是，诚治始终被病人束缚着，哪怕一小时的自由时间都没有。病人不知何时就会无意识地抓脸，又或是咳个不停，把喉咙给堵住。就算有时无聊至极，时间又多得无从打发，诚治也不能离开医院。想到这里，我突然感到好笑。医生与陪护过的是一样的日子已经很奇异了，而一方说教，一方乖乖听训就更为滑稽。

　　我开始有些理解诚治了。两年多来，一直被紧紧地拴在病情毫无起色的妻子身边，任谁都会偶尔产生逃离的念头。正月那三天不回医院，与其说是心怀抗拒，不如说是安抚精神的必要之举。我后悔自己对诚治说了那些带有警示意味的话。他虽然听得认真，但内心没准儿还是没有完全接受。只要妻子还活着，他就会一直被拘禁，无法逃离。而负责监督他的我，暂时也得过同样的日子。我微觉郁闷，把眼光投向窗外。

　　日头落入西边的神社山彼端，群鸟从大叶桂樱林里齐飞入空。不知靠什么在指引，四五十只鸟追在领头的几只鸟身后，绕着雪原盘旋一圈，而后再次向着树林的方向飞去。群鸟的踪影一消失，雪地就迅速昏暗下去，夜色从四面围了过来。想起桐子七点要来，我开始收拾东西准备回家。

医务室里，药剂师高田靖子边看电视边织着蕾丝。她今天在医务室值班，在看得见雪的窗边织白色蕾丝。这副景象令人感到一阵寒意。

这是靖子在医院工作的第八年。靖子今年三十二岁，单身，据传和之前因为胃溃疡住院的一个病人关系不简单。在药剂师这个行当里，她算得上是经验丰富的老人了。高高的个子与认死理的性格，或许就是令她迟迟不走入婚姻殿堂的原因。自从我一年前来到这家医院后，靖子就一直待我很好。不知是不是因为在这里待久了，她告诉了我很多事情——上至院长、护士长的性格，下至保洁女工的男女关系。我对这一类事情不太感兴趣，但听她说说话，自己就不会那么无聊了。医院里的其他员工称她为"大奥"，据说是因为她年纪大，嘴又碎，动不动就要找院长夫人告密。我还听说，在某些方面，相比办公室秘书长和护士长，院长夫人更愿意听信她的说法。总而言之，员工们表面上敬重她，背地里则不想与她为伍。而我则没什么远离她的理由。她的缺点是一旦开口，必定要说上很久，但我也没有因此蒙受什么损失。

不知是不是因为今天心情好，我一进门，靖子就立马停下手中的活儿，给我倒了杯咖啡。她问我加不加奶精，在我回答不要后就对我说："喝黑咖啡可是会伤胃的哦。您还是医生呢，做的全是些不利于身体健康的事。"我不以为意地喝了口黑咖啡。"我喜欢边看雪天日落边喝咖啡。"靖子说。我也有同样的感觉："在这样的夜晚，独自聆听舒伯特的音乐真是再好不过了。"喝完咖啡，我对靖子说自己要回家了，有什么事再联系。或许是说得突然，靖子露出惊讶的表情，问我回家有什么事。"没什么事。"我答道。听罢，她笑了起来，问我昨天有没有打喷嚏。打喷嚏这种事当然是不存在的。见我一脸莫名其妙，她便说道："昨天，我们在院长家聊起过你。"我想，大概又是和热衷八卦的院长夫人聊起来的。见我沉默，靖子就继续织起了蕾丝，没有开口的意思。我本来也不怎么想听。刚准备起身时，靖子又追着问我："您一个人不觉得寂寞吗？"

我和桐子交往的事情，靖子应该也是知道的，那一个人的说法又是从何而来呢？她故意这么问，是不是在嘲讽我呢？我没有说话。靖子又问："您妻子为什么没跟着一起过来呢？"昨天她与院长夫人聊起来的，可能也是这件事。我依然沉默，她就说："您妻子不容易啊。"

我把从大学离职，要来这座城镇的事情告诉妻子时，妻子明确表示不想跟来。我们是从什么时候开始变得貌合神离的呢？直接的开端应该是三年前妻子的流产。妻子骨盆狭小，子宫发育不良，最终导致流产，但她却固执地认为所有责任都在医生身上。怀孕刚进入第四个月的时候，她去大阪办事，当时确实是得到医生的许可之后才去的，然后在那之后过了几天，她就出现了流产的征兆。流产的原因或许正如她所言，是因为出了趟远门，但完全归咎于医生没有任何根据。医生也不是全知全能的，撇开自己的体质问题，一味地单方面指责医生未免过于任性。我把自己的想法说出来后，妻子哭喊着问我究竟站在哪一边。万幸的是，一年后妻子又一次怀孕了。这一次她虽然打了保胎针，却还是在刚进入第八个月的时候早产，生下了三斤二两重的早产儿。孩子进恒温箱抚育了一段时间，两周后就因为黄疸太严重夭折了。妻子照旧责问负责的医生和护士，而我反倒觉得，孩子的死或许是一件好事。

　　从很久以前开始，我就对妇产科医生和儿科医生自豪地在学会上分享自己拯救了八个月大或三斤重的早产儿之类的故事心怀疑虑。早产儿的机能远低于足月婴儿，得脑瘫和智力发育迟缓的比例很高。我们外科医生常常会看到早产儿长大后的一些明显的缺陷，因此并不赞同养育情况极端的早产儿。与其做这种研究，倒不如思考如何使早产儿月份足了之后再出生。

　　我基于事实说出了这番话，妻子则说这不是一个父亲该说的话。确实，对怀胎八个月的妻子来说，孩子是没法彻底放弃的。但是，这也不意味着一切就此终结，机会仍在。我这样安慰妻子，结果她说无法理解我的想法。妻子这么说，或许是因为生产过后情绪不稳定，不过在那之前，她也多次说过类似的话。她从前就反对我只待在大学做研究，不去私立医院做医生，又对我与她那些喜好人情往来的亲戚少有联系的事情心怀不满。在我来这座城镇之前，她就时常回娘家居住，我们两地分居早已是稀松平常的事情了。院长夫人应该并不知道其中的内情。我来这里的时候，只说了自己有妻子，是一个人过来的，院长也没有过问什么。院长不是那种对别人的私事刨根问底的人，所以他的夫人也没在明面上问过这些事。

"您妻子不会觉得寂寞吗？"靖子又问了一遍。我只好回答说不知道。事实上，我不太清楚妻子内心真正的想法，目前也不想去考虑她的想法。

我拿起大衣，为她给我倒咖啡的事道了句谢，然后站起身。靖子的表情突然变得不安，问我是不是因为她的话而不开心。"没有的事，我只是想回去休息一下。"说完这句，我便离开了医务室。

回到家，我在夕阳的余晖中假寐了一小会儿，时间不长，大概二三十分钟。睁开眼的时候，昏暗下来的房间里还跳动着暖炉的火光。我按亮灯，拉开了阳台上的窗帘。昨天雪就停了，窗玻璃边缘凝结了冰花，看来入夜后气温还在不断下降。暖炉虽然烧着，却只有正对着火光的那一面脸能感受到热度，后背则一片冰凉。我把早上扔在床上的开衫罩在了毛衣外面。

差不多该吃晚饭了。医院里一般五点开始出病人餐，员工们的用餐时间是六点左右，之后保洁女工要收拾，会一直留饭到七点半，我只要赶在七点半之前过去就能吃上饭。如果遇到急诊来不及过去的时候，后厨的员工会在置物架的一角留出值班人员的餐食。倘若我现在过去，可能还会吃上温热的饭，但我已经不想再出一次门了。

我继续在沙发上躺着，打开电视，里面正在播放新闻，然后是天气预报。身穿橙色毛衣的女播音员播报说："今夜降温加剧，明日早间平原地区气温零下15摄氏度到16摄氏度，其中山地气温可能降至零下20摄氏度。"播音员的身影消失后，石狩川河口的灯塔出现在屏幕上，下方滚过"请您在休息前先关闭水管阀门"的字幕。天气太冷，水管就会被冻裂。看着字幕，我思考起水结成冰后体积会增大多少这个问题，从前学物理的时候应该是了解过的，然而现在却回想不起来。就在我思考的过程中，电视里的灯塔雪景变成了S市的街景。

我听人说，关闭水管阀门需要拧紧连接总阀门的水龙头，但自己还没关过。独门独栋自然另当别论,但公寓里的住户不止一家,即便我自己不关,水管应该也不会被冻裂,况且我还没听谁说过公寓的水管被冻裂。字幕消失后,我不由得想起了诚治不在的那个缺少父亲的家。今夜如此寒冷,孩子们会不会记得关好水管阀门呢?听说秘书长家里的水管就裂过,哪怕即刻联系自来水公司,修理也要花上两天时间。沼田的农家居所是露天环境,气温应该比城区还要低个 2 至 3 摄氏度。我为此担忧了一会儿,不过说不定孩子们早就见惯了寒冷天气,稀松平常地把阀门给关了。天气预报播完后就到了七点。或许这个时间还能吃上温热的饭菜……这么一想,我突然觉得腹内空空。桐子说会在七点左右过来,我要是不锁门,她就能自己进来。想到这里,我就在开衫外套了件大衣,向着医院的方向走去。

冰雪覆盖的路面冻得硬实,每跑一步都会发出"咯吱咯吱"的声响。刚跑了五十多米,呼出的气息就晕白了鼻尖,看来气温真的至少降到零下 15 摄氏度了。

后厨还剩一个肥胖的保洁女工,她正从自动清洗机里拿出洗好的餐具。后厨里的这个设备是院长夫人亲自设计的得意之作,一次可以清洗二十人份的餐具。我一走进去,保洁女工就对我说:"您来迟了,我刚刚还在想要不要给您打个电话呢。"

餐食除了烤制远东的多线鱼，还有炖煮的萝卜与马铃薯、裙带菜味噌汤、金枪鱼和章鱼刺身。只不过刺身是特供给值班人员的，不属于病人餐。

"每天都要值班，很累吧？"保洁女工边给我盛饭边问。这句话我已经听过不知道多少次了。还没有累到别人说的那个程度，我虽想这么说，最终还是保持了沉默。保洁女工继续往碗柜里放洗好的餐具，边干活儿边问我正月也一个人待着不回家，会不会感到孤独。

"也不是不孤独……"我含糊着回了一句，吃完饭接着就去了二楼的值班室。听值班人员说，住院的病人一切正常，只有315号房的一名高血压病人想要点安眠药。我开了服用一次的药量，随即离开。

离开家大概有三十分钟。等我回去的时候，门口摆了一双女士长靴，桐子刚刚关掉吸尘器。今天她没穿和服，在藏青色的毛衣外，套了件嫩绿色的格纹衬衫。

"家里没人的时候，不锁门可是很危险的。"桐子说完这句，接着又问我饿不饿。我说自己刚才就是去吃饭了。"笨蛋。"桐子边说边从塑料袋里拿出一个小小的保鲜盒。

"今天和姐姐一起做了什锦饭。我还想给你做个年糕汤，就带了鸡肉和鸭儿芹过来。"摆在上层的黄色保鲜盒里装着什锦饭，下面的绿色容器里则是年糕汤的材料。

"我都带来了，好歹吃点吧，可好吃了。你正月里还没吃什么应景的东西吧？"桐子说。其实，除夕夜我在医院吃了跨年荞麦面，元旦的时候也和军队一起吃了院长家里送来的下酒小菜，二号早上医院还做了年糕汤。虽然家里什么都没有，但我自己感觉还是吃过正月的应景食物了。况且，我本来也对正月要吃的东西没什么兴趣，有的吃就吃，没的吃就不吃。

我喝着白兰地说出了自己的想法。桐子有些不忿："你总是这样，对什么都无所谓。"我说："没有那回事。你特意带过来，我很感谢你的这份心意。"桐子说："就算接受了别人的心意，你也没有惊讶、开心的样子；别人怎么对你，你完全不放在心上，总是一脸无所谓的样子。说白了，你就是个冷漠的人。"就在这瞬间，我回想起妻子也对我说过类似的话。

"喂，你知道我在说什么吗？有在认真听吗？"桐子问道。我当然听进了她说的话。桐子的话并非毫无道理，还不至于令我生气。她讨厌我不把情感表达出来，但实际上是我没法表达本来就不曾出现的情感。我把这话一说，桐子就背过脸去，让我给她支烟。我把烟盒递过去，她从里面抽出一支，自己用打火机点燃了。桐子有时会出于恶作剧的心思拿烟出来抽，但这种情况只发生在她心情好或感觉烦躁的时候。和以往一样，这次也是抽了两口就被呛住了。缓和过来后,她开口说:"我没给你提任何为难的要求,只不过是特意带了年节吃的饭菜过来。你要是觉得高兴,我希望你可以坦率地把'我很高兴'讲出来。你说吃不吃都无所谓,这不是在浪费我的心意吗?"

被桐子这么一说,我只得重新说了句"谢谢",声音里还带着股似乎是刻意为之的生硬感。桐子捻灭没有抽完的香烟,说了句"你这人真奇怪",随即笑了起来。

经此一出,桐子的心情稍稍好转。她叹出一口气,边喝白兰地边看起了电视。电视里,从去年年末起就频频现身的歌手正在唱着那首经久不变的歌。我们两个看着看着,桐子突然开口说:"我看到架子上的贺年卡了,里面有一张很奇怪呢。"我想起从医院把那叠贺年卡拿回家后,就一直放在架子上没管。桐子起身把那张贺年卡拿了过来:"什么嘛,完全看不懂。"说着就把贺年卡递到我面前。如我所料,果然是牟田明朗写的那张。"顺着倒着都看不懂,简直就像猜谜。会不会是送错了,还是有人故意开玩笑写的?"

我告诉她,这张贺年卡是一个八岁的孩子一笔一画认真写给我的。她不相信,让我读给她听,我就读了。桐子听完后笑起来:"写的是'新年快乐'吗?你在骗我吧。"

我对桐子说,写贺年卡的孩子是我以前的病人,他得了病，全身骨骼屈折，因此无法正常写字。桐子被勾起了好奇心，问我孩子得的是什么样的病，为什么要给我寄写着笨拙字迹的贺年卡。"快说给我听听，那个痴呆的孩子为什么这么仰慕你。"听她用了"痴呆"这个词，我决定稍微详细地解释一下。写这张贺年卡的不是痴呆儿童，就算是为了牟田明朗的个人名誉，我也必须先说清楚这一点。

我解释说，那孩子生来就患有脆骨病，出生时子宫内部的压力都能轻易地折断他的骨骼。根据国外的病例报告，有孩子甚至在出生的过程中就骨折了十来处，还有人因此死亡，其中大概有一半人能存活下来。得了这个病的人容易骨折，不过相应的骨折部位也很容易重新黏合，不知该说是幸运还是不幸。幼儿有适应能力，他们的内脏软组织与肌肉可以根据骨骼外形的变化而变化，因此在骨折后，重新接合起来的部位会变得奇形怪状，而他们就这样带着一副异常的骨相继续存活下去。我第一次为明朗诊治时，他全身上下有十多个地方发生了骨折，这些还只是 X 光片上清晰可数的部分，算上未能成型、在 X 光片上显示不出来的软骨部分，他骨折的地方应该会更多。与骨折并发的还有神经与肌肉异常。明朗的脑骨压迫了大脑，遗留下神经抽搐等症状。

"我上大学的时候在肢体障碍儿童福利中心当过志愿者，

见过那样的孩子。福利中心的那群孩子也是腿部弯折、脖子外凸，没办法说话。"桐子说。她说的其实是脑瘫儿童，与寄来贺年卡的明朗情况不一样。脑瘫病症严峻程度不一，常见的症状只是外形极端异化而已，而明朗得的是更难治的大病。关于病因，有人说可能是胚胎发育期营养不良，也有人说可能是骨质发育不良，而无论哪一种论调，都只是推测，真正的原因还无从得知。唯一确定的是，这种病不是遗传下来的。明朗的父亲在一家大型商社上班，他们夫妻二人都是健康的人。当然，两人的亲属中也没有人得过这种病。在这种情况下，生出的孩子得了脆骨病，也只能怪运气不好。

　　明朗是在三岁时来到我当时所在的大学附属医院的。医务室里，只有就这个孩子的治疗方案讨论过很多次。之前，诊治过他的医生说三岁的年纪可以做手术，但实际上三岁还是有些早了。然而，明朗的母亲迫切地拜托我们给他做手术，说无论从哪个地方开始做都可以，希望我们能治哪里就治哪里，尽量把他的身形纠正过来。大家开会讨论后，决定先给严重外翻的左大腿与外凸的膝盖做手术。治好了这两个地方，明朗的肢体应该多多少少会舒展一些。

　　我给明朗的母亲讲解了手术内容，告诉她手术后孩子的身体状况会有所好转，但这并不意味着彻底治愈，过个几年可能还要再接受手术。实际上，对于明朗而言，最关键的问题是即便把弯曲的骨形纠正过来，明朗也不会因此感觉比从前更加舒适。因为骨骼上附着了肌肉和神经，如果这些地方的问题得不到解决，那么骨骼就依然脆弱，这种病也就不会根除。再有一点是，手术往往伴随着生命危险。对于一般人而言，三岁就能接受普通的骨折手术；对于明朗来说，却异常困难。由于肋骨变形，明朗的肺活量还不及正常标准的三分之二，而且他的内脏也因为奇怪的身形而变得脆弱不堪，整个人的体重只有三十斤。如果可以的话，手术等两三年之后再做会更加理想。可他的母亲却说，三年后孩子就到了上学的年龄，如果放任他的手脚继续这么弯折下去，他就会习惯奇怪的走姿与拿东西的方式。所以，他的母亲坚决表示要趁早做手术。

明朗母亲的话确实有一定的道理。因为明朗现在无法直立行走，只能趴在地上移动，导致右膝与左小腿外侧长出了老茧。他的右手朝外侧弯曲，活动不便，于是渐渐开始用更加灵活的脚去抓取物品。如果再这么放任下去，用脚抓取物品的习惯将会伴随他的一生。然而，手术风险很大也是不争的事实。关于这一点，我曾解释过很多次，但明朗的母亲却完全没有放弃的念头，对我们说的只有一句"拜托了"。

我把明朗母亲的意见转达给主任医师后，主任医师一时陷入了沉思。他们刚来医院就诊的时候，主任医师以为只要简单地接好骨折的腿部就行，可等到明朗住院，看到他的全身状态后，主任医师就不认同做手术了。"手术风险已经和孩子母亲说清楚了吧？"主任医师确认道。对于手术这件事，孩子的母亲比医生更为迫切。

医院最终决定手术由主任医师执刀，我只负责乙醚麻醉。这种麻醉采用的是以口罩覆盖病人口鼻，然后由上至下打入乙醚点滴的方式。这一麻醉法时常用在难以采用气管插入手段施行全身麻醉的幼童身上。在此之前，我已经做过二三十例麻醉，具备了一定的经验。采用这种方法时，病人只会在打入麻醉剂时感到些许痛苦，麻醉生效后则相对稳定下来。不过说实话，面对这次的麻醉，我完全没有信心。明朗的肺活量很低，而麻醉会极大地受到肺活量的影响。此外，他还患有慢性支气管炎，每呼吸一次都会发出"咻咻"的声响。在这样恶劣的条件下，他的身体能否支撑长达一小时的手术实在令人存疑。做手术的医生只要做好自己的手术就可以了，而负责麻醉的医生却要时时监控病人的呼吸，计算出血量，关注病人的全身状态。说句不争气的话，就明朗来说，麻醉管理比手术更困难。如果可以的话，我真想找人来替我干这个活儿。然而，身为主治医师，我没办法这么随心所欲。

"总之，就做好自己能做的吧。一旦发生危急情况，我会中断手术，不要担心。"主任医师这样说后，我的心情也变得轻松了些。

明朗的手术是从下午两点开始的。如我所料，他全身的状态并不乐观。明朗没什么体力，相对来说导入麻醉剂比较容易。但当他陷入昏睡状态后，出现了我此前一直担心的喘鸣症状。他的气管分泌出大量液体，很快就变得呼吸困难。我们立刻给他用吸痰器，结果他的全身猛烈地抽搐起来。由于体重小，麻醉区域也很狭窄，稍稍加大乙醚的点滴量，明朗就昏迷过重；而控制麻醉的用量，又会使他时不时地重归活跃期。麻醉程度就这样不间断地起起伏伏，很不稳定。

主任医师动作麻利地做完了手术，把出血量控制在了最低限度，可即便如此，手术依然耗费了将近一个小时。尽管事先想着不要催促，但手术过程中我还是忍不住多次窥视创口，询问主任医师手术还需要多长时间。主任医师"快了"的应答声也逐渐流露出焦躁。手术开始二十分钟后，明朗爆发了剧烈的咳嗽，我用吸痰器抽吸气管里的分泌液。这时，明朗的上半身突然挺了起来，停止了呼吸。我拿开吸痰器，用最原始的方法叩击他的胸口，钻到手术巾下给他做人工呼吸，主任医师则暂时停下动作等待。等明朗的脸上再次显出血色时，时间又过去了两三分钟。手术继续进行，明朗的血压依旧不稳定，喘鸣得很厉害。手术开始三十分钟后，我再一次询问还要做多长时间。"快了。"主任医师的回答一成不变。此时，他恰好接起了骨折部位的两边，接下来要用金属加固。这时的手术出血量只有200cc，但对体重很轻的明朗来说，这个量无疑已经相当严重了。明朗的血压进一步下降，喘鸣重新变得激烈起来。

我再次插入吸痰器。明朗总算恢复了呼吸，然而分泌液依然浅浅地附着在气管上，占据了一半的空间，他的血液含氧量也因此急速下降。我把输氧速度开到最大，可他的气管已被分泌液堵塞，无法顺利吸氧。血压再度下降，明朗的嘴唇透出乌青色，长睫闭锁的眼睑周围开始微微颤动。

已经到极限了。再不停下来，明朗就会死。我虽然心里这么想着，嘴上却没有开口。我没有拔吸痰器，也没有加大供氧量，只淡淡地看着明朗苍白的额头。

"你为什么不慌不忙的？"一直安静倾听的桐子开口问道。为什么呢？原因我也不是很清楚。在漫长的手术过程中，总有一些时候，人的大脑会瞬时一片空白，又或是思绪飘到了别处。

"可怕。那种没有责任心的医生真的存在吗？好可怕，可不能找这样的医生做手术。"不只是桐子这么觉得，对我而言，那同样是可怕的一瞬间。如果继续放任不管，明朗就会死去。那个时候，我虽然脑海里想着必须做点什么，但身体却没有跟上意识，一动不动的，感觉自己的神经连接在从命令切换到行动时中断了。"医生偶尔会被那样的感觉绊住，具体是什么原因我也不太清楚。"听到我这么说，桐子歇斯底里地叫喊起来："荒唐，那样根本不配当医生！"

　　看着桐子严峻的神色，我意识到自己说的话并没有被她完全理解。手术过程中，我确实产生过放弃的念头，但它存在的时间很短，还不到十秒。那个瞬间，好像有阵风从大脑里吹过，放弃的念头就这样毫无征兆地潜进来，又毫无去向地消失不见。我一个参加过战争的叔叔曾经讲述过这样一段经历：即便你知道在某个地方有被机枪打中的危险，你也产生不了从那个地方逃离的念头。叔叔说，当时他并没有因为恐惧而僵硬，而是心里想着要逃，却又觉得被打中了也没什么。那种感觉像是渴望受虐，是一种想要接近死亡诱惑的心理。哪怕面对的不是战争这样的大场面，人一旦紧张过度，也可能会转而产生一种自暴自弃的心理。我的高中同学，一个当了飞行员的朋友也说，当飞机加速，发动机全力运转，准备起飞的时候，他常常会毫无来由地产生阻断飞机升空势头的想法。要是他在这种想法的支配下停止上拉操作杆，那么飞机就会带着所有乘客径直扎进大海。他把那一瞬间称为"恶魔在大脑里跳舞"。我在手术过程中产生的放弃念头，或许就与这种情感相近。

"总而言之，这不是什么大问题。"我说。

桐子质问道："就算像你说的，那样的念头只在脑海里闪现了一瞬，但有些时候，病人的生死就在那一两秒之间。如果病人因为这个原因失去了宝贵的生命，你打算怎么办呢？"

确实，没人能保证那片刻的恍惚不会引发重大事故。但现实里，我们不会这么钻牛角尖。如果真要这么钻，我就会觉得过于苛刻了。并且，这种情感既然在人与人之间不会表现出来，也就不可能被其他人察觉了。

"我不太理解你说的意思。"桐子惊讶地说道。自己的想法没能完好地解释清楚，让我感到一阵不耐烦。

"不过，你觉得瞬间的恍惚没那么严重，必定也有一定的理由，只是这个理由仅仅是意识空白之类的敷衍说辞。"话说到这里，桐子暂缓片刻，似乎是思索了一会儿，又接着说，"其实是因为你觉得那个孩子就算死了也没什么大不了吧？"

桐子说的也不是错到离谱，可能在几乎想放弃的时候，我确实觉得明朗死了会更好。但是，这种想法和我当时大脑变得一片空白没有关系，因为最开始产生无意识空白的时候，我完全没有想过明朗的生死。所以，最初的空白是在紧张的手术过程中突然袭来的普通情感，并非专为明朗而生。我这样解释后，桐子说，只要我觉得孩子死了也没关系，哪怕仅仅只有一瞬，其实我就是在觉得自己可以杀了那个孩子。

我不知道是自己解释得不好还是桐子的理解能力不好。我不止一次说过，自己在某个瞬间产生的放弃念头与认为明朗死了更好的念头应该是两种不同的心理情感。将两者混为一谈或许也有其道理，但在我这里，它们是不同的。如果桐子非认为两者是联系在一起的，那我也没有办法。

"做手术的医生盼着病人去死，真是不像话。"桐子灵巧地摇晃着白兰地酒杯，"那孩子真可怜啊。"

我想起了明朗的母亲。五年过去了，我依然清晰地记得明朗与他母亲的面容。记忆会随着时间的流逝逐渐转淡，然而唯有他们两个的面容，反倒在岁月的流逝中变得越加鲜明。明朗的母亲也和明朗一样，额头宽阔，下巴细窄。打乙醚麻醉时，盖上黑色的罩子后，明朗的下巴被掩盖住，露在外边的只有苍白的额头和眉毛。他母亲拜托我们做手术的时候，眉眼低垂，我能清晰看到的同样也只有额头的发际线位置。我多次告知她手术风险很大，而她置若罔闻。听我说话的时候，她一言不发。我上一刻还以为她领会了自己的意思，可下一个瞬间她就说出了一句"拜托"。表面上看起来，她恳切地低着头，似乎是在认真倾听，而实际上，她从一开始就无视了我说的话，安静客气的态度中潜藏着一旦决定就绝不回头的执拗。

最终，我败给了明朗母亲的执拗。我以为她是个说什么都听不进去的人，可如今我回过神来才发现，她的坚持掌控了我。在手术过程中，我的脑海里浮现出她低头的样子。回想着她毅然决然的态度，我觉得，她其实是在拜托明朗去死。

"怎么可能呢？当母亲的不可能希望自己的孩子去死。是……是有人会杀自己的孩子，但这样的人大都有杀害孩子的特殊原因，像是生活贫苦、感情不顺什么的。这位母亲字写得那么漂亮，丈夫又在商社上班，健健康康的，你是这么说的吧？这样的人为什么会希望自己的孩子去死呢？孩子缺陷再严重，那也是自己生下来抚养到三岁的，不可能到这个时候才盼着孩子去死。还是她对你说过希望医生们杀了孩子？"我和明朗的母亲之间从未有过这样的对话。我们俩之间的对话只重复着我说"手术不可行"，她再说"拜托了"这两句。这就是我们之间所有的往来。就在这样的你来我往中，我极其自然地感受到了她希望明朗去死的心思。我这么一说，桐子就说："事关人命，怎么能拿个人的片面想法去衡量呢？你总是爱站在自己的角度对待一切事情。"

桐子的缺点，或许就是只能认识到摆在明面上说出口的话。她想知道我是否真的爱她时,也是一遍遍地问"你爱我吗?"等我不堪其扰,回答出"我爱你"后,她才会满意。可能女人就是倾向于相信这种明确的表面化的事物。我自知很难向桐子解释清楚这种母亲盼望孩子去死的心情。不过,正因为没有说出口,我才觉得明朗的母亲是真心盼着明朗去死的。当然,对此我没有确切的依据。出于某种不知名的原因,我唯一感受到的只有这一点。

"你说的这种情况,只不过是母亲看着自己孩子的时候,出于怜悯突然生出的困惑而已,困惑自己是不是不该把这个孩子生下来。孩子身体不好,觉得孩子死了可能更好,很多母亲至少这么想过一次。但是,你想都不想地把它定性为盼望孩子去死,确实是过分了。"桐子说完,就讲起自己学生时代在残障儿童机构当志愿者的经历。她说,残障儿童的母亲虽然嘴上说孩子这样还不如死了好,但实际上却完全没有希望孩子去死的念头,只是因为照顾孩子太累,一时胡言乱语罢了,那根本不是她们的真实心声。

"你说的这种情况确实也存在。"然而,对于明朗的母亲,我坚信自己的判断没有错。她希望明朗去死的心情,并不是瞬间的迷失,又或是一时的情绪失控。她在清醒而冷静地思考着这件事。

"要真是如你所说，那她自己杀了孩子不就行了？前段时间报纸上不是有报道，一个孩子患有严重的先天性兔唇病，连母乳都吞咽不进去。母亲可怜孩子，便用乳房把孩子闷死，然后就去自首了。那个孩子的母亲也可以这样做啊。如果真的觉得孩子死了才是一种解脱，就应该自己动手。拜托医生做手术，心里却默默地盼望孩子死亡，那也太可笑了。总而言之，这种做法很可耻。要是救回来了又该怎么办呢？"

"事情没你想的那么绝对。"我略有些腻烦地回道。虽然桐子与我说的都是沟通起来很顺畅的日语，但实际上却往往会在某些地方产生隔阂。我与她现在的认知差距，可能并不是因为年龄差和想法不一致，而是因为一个见过明朗与他的母亲，一个则没有。

归根结底，桐子看事情的时候，总是喜欢把它片面地归到某一方上去。拿颜色来类比的话，桐子就是那种只会选择红色或黄色等原色，绝不接受除此之外的其他颜色的人。而在我看来，明朗母亲当时的心情并不是绝对的，既非决然希望医生把孩子杀死，亦非决然希望孩子获得拯救。她只是不再无动于衷地等待下去，必须为孩子做点什么。即便是伴随着死亡危险的手术，那也总比袖手旁观更有希望。哪怕手术失败了，那也是孩子的运气不好，死了也是没有办法的事。明朗的母亲一开始并没有明确地盼望孩子死亡,可能是在思索手术风险的过程中,情感上逐渐接受了孩子的死亡。这话一出口,桐子就微微有些不耐烦地说:"无所谓了,反正孩子是得救了。"孩子自然是得救了,因此才能每年都给我寄贺年卡。

"真可爱,现在都八岁了啊。"桐子重新拿起贺年卡,"话说回来,孩子那时没了呼吸,命悬一线,是在你的帮助下才活到了现在。总之,对这个孩子来说,你就是他的救命恩人。"

"不是。"我立刻出声否认。"那是什么呢?"桐子问。我答不上来,唯一可以确定的是,"恩人"这个说法是不对的。事实上,那时候我自己都有种莫名想要放弃的念头,说不定就连明朗的母亲都盼着他死去。如果继续打入乙醚,两三分钟之内,明朗就会死亡。确切地说,只要静待一分钟,他应该就会脸色苍白,停止呼吸。我心里很清楚这一点。不过当时,我什么都没有做,只是看着明朗不似苍白,更似青黑的那张脸。

可就在下一刻,我突然打开输氧开关,启动吸痰器。这么做没有任何理由,只是觉得自己必须帮明朗。之后,我就开始尽心尽力地救治他,先前头脑里的一片空白仿佛从未存在过。

在那之后,手术又持续了近二十分钟,明朗最终挺了过来。我一边分出心思关注着接连袭来的喘鸣与呼吸困难、血压下降与将断未断的脉搏,一边把氧气送进输氧管,挽救明朗的生命。毫无疑问，只有在那个时候，我才能肯定自己救了明朗。手术结束时，主任医师称赞我做得很好，我也觉得自己闯过了一道难关。看着面前坚强的明朗，我悄悄地伸出手，握住了他的小手。

"为什么先前还觉得孩子死了更好，后来又拼尽全力地救他呢？"不出意料，桐子又一脸不解地问道。我说："我也不太清楚，就是觉得恐惧。""恐惧？"桐子有了新的疑问。

"不管怎么说，杀人始终是一件可怕的事。"参与明朗的手术之前，我也算见识过多次病人在术中或术后没多久就死亡的案例，可它们从未让我感觉到恐惧。在我看来，那些都是我力不能及的事，因此可以从容接纳。然而，面对明朗，我无法找借口说，自己已经尽了全力，只是最终无力回天。如果当时明明可以拼尽全力，我却消极怠慢，最终把明朗推向死亡，那我就是杀他的凶手。或许，我恐惧的正是自己将受到这样一种自责的折磨。而这件事一旦公之于众，我可能还会受到杀人罪名的指控。当然，在密闭的手术室里，即便我真的希望明朗去死，也不会引起任何人的注意。况且，手术原本就带有很大风险，大家都心知肚明，那么即便明朗死了，也没有人会来治我的罪。如此看来，那个时候，可能我畏惧的不是被人问罪，而是凭自己的想法杀死原本有生还可能的明朗这件事带给我的罪责意识。这份罪责将折磨我一生。随即我想，既然如此，那倒不如救回明朗。

"你是不是看那孩子可爱，才把他救回来了？"桐子耸耸细长的脖子，"如果是这样，那你救他就不是出于什么人道主义、世间大爱。你是为了满足自我才努力救他的。"

我把抽了一半的烟拿在手上，看着桐子。她这次难得说中了要害。确实，照桐子的逻辑来看，我是出于利己主义思想才救了明朗。"要是杀了他不会受到负罪感的谴责，你就会杀死那个孩子？"桐子穷追不舍。

"出于这种原因救治病人是不正常的。"我自己同样认为这不正常。不过我觉得，自己在那个时候全力以赴了。当时，我又是拉吸痰器，又是供氧，又是查探脉搏，无疑是为了逃离自己因消极怠工、有意害人而产生的恐惧感。

"话说回来，手术顺利结束，孩子回到病房之后，他母亲一定很开心吧？"似乎是觉得刚刚的话说得太满，桐子的语气柔和了许多。明朗回病房的时候，我还留在手术室里，因此也无从得知明朗的母亲有什么反应。手术结束后，我在手术室的淋浴间洗了个澡，去病房的时候，明朗的母亲正坐在他的床边。

"他身体虚弱，之后可能会发低烧，还会犯支气管炎，不过问题不大,用不着担心。"在我说话的时候,明朗的母亲依然一言不发,只点了点头。"孩子的胳膊和腿怎么样了?"相比明朗母亲的态度,桐子似乎更加在意明朗的身体情况。

手术切除了明朗左大腿的弯折部位,矫正成笔直的形状后,加了一块小小的金属板固定。不过,这并不意味着明朗立刻就能自如行走了。他的左脚踝扭曲朝外,右脚踝还有两处骨折。即便骨形都矫正了,驱动手脚的肌肉依旧发育不良,他还是不可能独立行走的。归根结底,手术所做的只是修整他的骨相而已。

在那之后,明朗的左手和右腿又各做了一次手术,每次都由我担任主治医师。两次手术都比第一次简单,没花多少时间就完成了。"没再觉得那孩子死了更好吧?"桐子笑着说。确实,从第二次手术开始,我就再没产生过那样的想法。三次手术后,明朗的外表看起来比从前顺眼了很多,但手脚功能却几乎没有任何改善,尤其像手指之类功能繁多的部位,看不出一丝恢复正常的迹象。

"所以,他到现在也只能写出这样的字……"桐子又看了眼贺年卡,"不过,这字也确实太不成样子了,不单是不好看,还有手抖的痕迹呢。"

桐子说得没错。明朗因头盖骨骨折压迫大脑,损害了运动中枢神经，一旦紧张，手脚就会颤动。这些字，他或许不是用手写的，而是用脚趾夹着笔写下来的。

"他现在八岁了，还是治不了吗？"桐子叹了口气。明朗的病情难度已经超越了目前医疗水平的极限。非但如此，随着肌肉的强化，抽搐与骨骼变形的症状还有可能继续加剧。

五年没见了，我不知道明朗现在的症状具体如何，不过从贺年卡上的字迹来看，他应该还是过去的那个老样子。

"每年都记着给你写贺年卡，真是不简单。他就是把你当成救命恩人了嘛。"我沉默以对。要是再说些什么，恐怕又会变成我自己的单方面推测。然而，先前一直在喝白兰地，随之而来的醉意使我变得比平时多话。

"可能是孩子的母亲让孩子写的。"

"有道理。你看，收件栏就是母亲写的。母亲一切安好，就叫孩子每年都给你写贺年卡。"桐子似乎还未理解我看到贺年卡后感到忧郁的真实心情，单纯地认准这就是病人给关照过自己的医生写贺年卡而已。我喘了口气，又喝了一口白兰地后，开口说道："这张卡可能确实包含着他们感谢的心意，但也有可能还寄托着母子俩的怨恨。"

"这话是什么意思？"桐子探出半个身子。或许是想多了，我总觉得明朗的贺年卡看起来就像是一种控诉，控诉我当年为什么没有把他杀死。明朗似乎在对我呼喊："您当年没有杀我,所以我才长到如今这般大。身体成长了,我却依然写不好字,也不能去学校上学。重度残障的我,一辈子只能把自己绑在家里。我现在的苦难都是您造成的!"

如我所料,桐子并不赞同我的看法。"就算是因病上不了学,孩子平安长大也是值得高兴的。还说什么怨恨,你不该这样曲解别人的好意。"桐子说什么都好,反正看着眼前奇形怪状的字体,我还是不由得感觉到了明朗的怨恨。飞跃朝上的一个个文字,看起来像是明朗在控诉被强行留在人世的愤怒与悲哀。

"才不是呢。你是因为出于利己主义救的孩子,觉得心虚,才会把别人想象成受害者,错误地以为救人成了坏事。你只是在畏惧自己的幻想,就像杀人凶手伪装得再怎么平静,却还是过不了死者那一关。"

桐子说得在理,但唯有在这一点上,我半点也不想让步。他们母子俩其实就是在怨恨我。母亲有事没事就会告诉孩子,是这个医生救了你;孩子则坚信,自己活在人世承受的一切苦难都是我的责任。若非如此,他也不会写出这样的内容:"新年快乐,我八岁了,明朗。"每年的祝福一成不变,唯有表示年龄的数字在逐次增长。

"这么写有什么问题？"桐子或许还不懂，然而她只要见了那位安静而固执的母亲，还有身体畸形的明朗，应该就能明白我为什么会把这张贺年卡看作恶魔的来信了。

无论我转到哪家医院，明朗的贺年卡总会在元旦的早晨，雷打不动地寄送到我身边：当我离开大学附属医院，到地方医院出差时，它在；当我回乡探亲时，它在；甚至当我转到这家冰封雪盖的医院，以为它不会再出现时，它还是追着我来到了这里。它就像间谍，像黑社会一样，执着而坚韧地追寻着我的踪迹。这很像是那个内敛而固执的母亲做的事。

"像你这样平静冷漠的人，怎么会害怕这种事呢？放宽心，你本来就是把他们从绝望、危险中拯救出来的人，他们一辈子都忘不了这份恩情，所以才特意打探你的去向，给你寄来了贺年卡。你从不回写贺年卡，他们也毫不在意，还是每年都向你问声好。你应该感谢他们，而不是憎恨，不是吗？"

我并没有憎恨那对母子，只是觉得瘆人。自己救回来的孩子一年比一年大了，我仅仅是害怕这种感觉而已。"你是太累了，累了脑子想事情的时候就容易不正常。你从除夕开始连值了四天班，精神都错乱了。说是只在医院和房里待着不做事，但身体活动不开啊；身体活动不开，心情自然也就静不下来了。"

桐子说的和我说的根本就不是一回事，但我没有出声。我心里的想法如果是疲劳带来的，那就没什么大不了的。而无论出于何种原因，我都不想再看到明朗的贺年卡了。

"不谈这个了。"桐子说着便再度坐了回去，拿过白兰地酒杯。我自然是赞成的。一开始把贺年卡的事情拿出来说，问来问去的人就是桐子。"很久没出去喝酒了，要不要去？啊，对了，你还不能出门吧？"

出门倒是可以，只是正月这三天，我想没有店家会开门迎客。然而桐子说，北斗酒店的地下餐厅还开着。北斗酒店一年前建成落地，是本地唯一一家西式酒店。

"去吧。"桐子又催促了一遍。当我站起身穿上西装，熄灭炉火，准备出门的时候，看到了摊在桌上的那张贺年卡。为了掩饰内心的恐惧，我把那张卡收进了书架的抽屉里。

|第三章|

　　二月的第三个星期一的下午，护士长来找我，说茂井诚治对待妻子的态度不好。下午没有手术的时候，我们会从两点开始查房。我查完房准备回家时，护士长说有话要对我说。站在走廊里说话未免有些奇怪，我们就去了医务室。

　　"最近，他都不让病人好好吃饭了。"刚坐下来，护士长就突然没头没脑地冒出了这么一句。护士长告诉我，一开始的时候，诚治还会用勺子给妻子喂上半碗饭，后来就不怎么喂饭，自己还把妻子的饭吃了。"他这样做就是在抢病人的饭吃。"微胖的护士长说道，露出一副好像是自己的饭被抢了的表情。

　　千代吃的是七分粥，另配有汤、鸡蛋或豆腐之类的佐菜，还有蔬菜或果汁，总之选的大都是舒缓肠胃、好消化的食物。而这些食物也方便让诚治用勺子舀起来送到千代嘴边。对于那些没有意识的植物人，我们往往会采用鼻饲的方法，然而千代并没有彻底丧失意识。她虽然不能答话,也不能积极主动地与外界沟通,但对于我们的试探,并不是完全没有反应。大声唤她,或是敲她手的时候,她尽管反馈迟缓,但还是会把脸转向声音发出的方向,凝视着声音的源头,有时还会微微带笑。按压她眼睑上的压痛点时,她会皱起眉头,意图把眼皮上的手格开。医学上将这种状态称为"重度意识障碍",也可以说是意识缺损,距离意识丧失只有一步之遥。

照眼下的这种状态,我们没必要给千代插鼻管,喂饲特制的流食。只要给她相对好消化的柔软食物,她就能自然地咀嚼吞咽。如果是完全失去意识的病人,有时就可能误将食物送进气管,引发危险,而千代的吞咽能力和胃部消化能力都很正常。不过,虽说只要把食物喂到嘴里就行,照料的人也不能一股脑儿地硬往她嘴里灌,多多少少还是要考虑味道,喂饭的时候得把小菜和粥混在一起。一旦吃进去的东西完全没味道,或是太咸,千代就会皱眉,有时还会把嘴里的东西吐出来。她虽然说不出话,但身体内部还本能地残留着抗拒异样事物的力量。喉咙哽住的时候,照料的人还须适量地喂汤喂水。

在此之前,我一直以为诚治作为千代的陪护,会尽心尽力地给妻子喂饭。一般,他会给千代喂粥,中间再喂她汤,有时还会把蛋黄送到妻子的嘴里。这些工作稍显烦琐,不过诚治不是那种喜欢出口抱怨的人。给没有意识的千代喂饭,对诚治来说是一种轻松的活计。但实际上,诚治的做法却相当粗暴。没人注意的时候,他要么只喂千代粥,要么喂着喂着就只往千代嘴里送汤。别说考虑妻子的心情了,对方一旦吃得慢了,他甚至还会出口抱怨,硬往人嘴里塞东西。要是汤水流出来了,他还会打千代巴掌。千代说不出话,卧病在床,也无法自如行动,因此毫无反抗能力。她只能噎得眼含泪光,偶尔把嘴里的食物吐出来。最近,诚治更是变本加厉,只给千代喂一半,剩下的就自己吃了。即便妻子在他眼前张开嘴,他也依然视而不见。

这些事情护士们之前也隐隐有所察觉,临床的村上里也忍不住找护士控诉:"太可怜了,照那样下去她就要因为吃不上饭而饿死了。"村上里说,自己现在还够精神,也知道怎么吃饭,可一想到自己一旦脑袋不行了,大小便也失禁了,可能就要经受千代那般的遭遇,就无法对千代的事情置之不理。听护士长说,不仅喂饭敷衍,诚治还总是不及时给千代换尿布。作为陪护,诚治本就该时不时地闻一闻是否有臭气,一拉大便就要立刻换尿布;没拉大便的时候,至少也得每两三个小时换一次。但是,诚治一天只在上午、下午和晚上各换一次尿布,换的时候也不把千代的身体擦干净,总是随便糊弄,导致千代的屁股总是红肿溃烂,个别地方还长出了湿疹。

"我们说了他无数次,完全没有用。尿布先不说,不给病人喂饭就太过分了。就因为他,千代这个月瘦了足足两斤。"护士长说着就给我看千代最近的体重测量结果。

确实,即便是瘫痪在床的植物人,每天至少也要摄取一千五百卡路里的热量。因为他们做不到饿了就吃,所以医院里的病人餐就成了唯一的营养来源。千代原本就瘦,两个月前进筐称重的时候,只有七十八斤。她再瘦两斤,抵抗力就会下降,得个感冒都能立刻并发肺炎,陷入生命危险。

诚治连病人餐都吃,他自己的伙食该是什么样的呢?我问了护士长才知道,陪护吃和病人餐同等的食物是要付成本费的。他自然会在吃完自己的那份后,再接着吃妻子的那份。"他长得壮,又要陪护病人,医院里的病人餐大概是不够吃的,但他可以叫外卖,可以吃泡面啊,再怎么也不该和瘫痪在床的妻子抢吃的。"

护士长说得确实有道理。诚治身强体健的,想去哪儿就去了,饿了随时都能吃点什么,而千代哪怕饿了,也说不出一个字。不过,我的思绪并没有停留在这个问题上,而是想象起诚治那个大男人坐在瘫痪在床的妻子旁边,偷吃妻子餐食的景象,心里不由得感到一阵好笑。

护士长接着又说,诚治从前就不够尽心,近来越发肆无忌惮，什么事情都要偷懒耍滑，而且他还任由千代瘫在床上，一天都翻不了一次身。"他依旧是那副老样子，看看漫画，看看电视，常常一过傍晚就不见人影。"

我也曾见过诚治在傍晚时分离院。那时，他戴着过时的毛线帽，双耳掩在帽下；身上穿的是内侧带羊毛的短款大衣，只是衣襟到袖口都浸染了污渍。他穿上长靴，目光与我对上后，立刻露出窘迫的神情，快步走开了。护士长似乎也不知道他究竟要去哪里："总归就是弹珠店之类的地方吧。"诚治没有钱，能去什么地方不言自明。

"没见过比他还坐不住的。"护士长说。然而，一个男人在医院待了一整天，到了晚上想出去走走也是人之常情。哪怕外面风雪正盛，气温低至零下 10 摄氏度，一天不出去逛一遭，恐怕整个人也会如坐针毡。不过，护士长说，诚治的工作就是陪护病人。他如果把这件事尽心尽力地做好了，那出去散散步也没什么，但像他这样一直在外面逗留到晚上十点、十一点，医护人员就不好办了。我第一次得知诚治会在外面逗留那么久，不过近来听说，每周至少有那么一次，诚治回来得很晚，有时甚至到早上都不见人影。至于他的去向，护士长说，可能是回了沼田的老家。没钱的男人要在寒冬时节过一晚，大概也只能回自己家了。

如果是回家的话，诚治为什么不先去值班室说一声再走呢？对于这个问题，护士长说，大概是他在街头走着走着，忽然就产生了回家的念头。况且，这样的情况不止一次两次，先去值班室说一声或许会让他觉得不好意思。护士长的话确实说得通，不过在我看来，最大的理由应该是家里的事情确实让他挂念，再小也是一个家，总不能完全丢给孩子们去管，不时常回去看看的话，总会觉得不放心。我把这话一说，护士长又旧话重提，说陪护像他这样一次又一次地擅自离院，会给别人带来麻烦。

　　我试探着问是不是可以让诚治的女儿每周过来替他看护一晚，结果护士长摇头说不行。诚治女儿的学校在十公里外的E城，她要是从医院出发赶去上学，就必须在早上六点半之前出门。去了学校，晚上再回医院陪护确实会让人吃不消。再者，女儿不在的时候，诚治也不一定会从沼田的家里赶过来陪护病人。

　　去年夏天，诚治的女儿来病房的时候，我曾经见过她一次。诚治的女儿和诚治一样，身形壮实，虽然每天吃泡面，但人依旧很胖。我去查房的时候，他女儿就沉默地站在千代床边。她或许是不熟悉医院，感到有些紧张，总之看起来不像个机灵的孩子。对于让女儿陪护千代这件事，护士长和福利机构的员工都表示反对。但是，就算这个孩子再怎么不机灵，总归也是个女孩。给病人换贴身衣物、喂病人饭之类的事情，女孩做起来会更加得心应手。再者，千代需要换尿布，有时会因为生理期的到来把自己弄得一片脏污。哪怕是真的植物人，他们损伤的也只有大脑皮层，像消化、吸收、排泄这种人类生存必备的基本功能都在正常运转。顺应卵巢活动，子宫壁黏膜增肥增大，随后剥落的生理现象自然也会如常到来。生理期还在，排卵现象就还在，特殊情况下连怀孕都是有可能的。事实上，国外就出现过瘫痪在床、失去意识的女性诞下健康男婴的案例。仅就生理期来说，恐怕当一个大脑受损，没有不安、忧虑、烦躁等心理活动的人，反倒比当普通人好。

当然，我并没有实际验证过自己的这种想法。像千代这样病情稳定的患者，应该不会因为生理期的到来而变得暴躁易怒，即便身体多多少少有些变化，也不会显眼到引发外界关注的地步。只有一次，在检查千代尿液的时候，我发现里面混进了红血球，于是便去确认了一下，看她是不是处于生理期。果然，她的生理期快结束了，后来我又重新采了一次尿液。听负责千代的护士说，自住院以来，千代的生理期一直都很规律，一般会持续四到五天。

直到那个时候我才意识到诚治还要照顾妻子度过生理期，

心里忽然觉得很不舒服。虽说身为陪护，这种事情没有办法避免，但让一个男人做这种事，还是有些可怜。况且，千代虽然说不出口，但其实会不会也满心排斥呢？我突然开始思考植物人会不会也有羞涩的情绪。隐秘的部位被丈夫拿手擦拭过，再被插入棉棒，千代真的能静默以对吗？我想问问护士长，但又实在难以启齿。其实，这种问题就算问了也没有意义，毕竟千代口不能言，又没有拒绝他人的能力。

"病人有表现出不愿让丈夫照料的迹象吗？"我旁敲侧击道。护士长回答说，千代偶尔会抻腿，似乎是在表示反抗。诚治不知是有意还是无意，做起事来总是粗暴鲁莽，不见半分温柔。我一想到诚治用他肥胖的手指护理处于生理期的妻子的样子，就觉得哪怕他做得再敷衍草率，我也无法斥责他。被敷衍对待的千代当然可怜，可照料千代的诚治也同样可怜。一想到要是哪天自己也像他这样必须照料处于生理期的妻子，我就打了个寒战。这无关爱恨，而是一种生理上无法适应的障碍感。

自那以后，我闲暇时就总是在想，陪护千代的事不该交给诚治，应换成诚治的女儿去做。事实上，我已经找护士长和福利机构的相关人员提过两次。然而，他们每次都说，诚治的女儿还在上高中，一旦来医院，那本就不整洁的家会变得更加脏乱。诚治做不好饭，又洗不好衣服，剩下儿子一个人，反倒会更加困窘。他们以此为由反对我的提议。他们认为，诚治的女儿现在上高三，学校是四年制，她距离毕业只剩下一年的时间。好不容易走到如今这一步，我们应该让她安心毕业。

当然，他们的想法合情合理，我也不是强逼着他们换人，最重要的还是看诚治的女儿怎么想。对此，福利机构的相关人员说，他们问过诚治的女儿，她说不想去陪护，更想去学校上学。护士长也表示赞同，说孩子毕竟还小，肯定觉得上学比待在病房来得开心。可能是因为千代卧病在床两年多，连孩子都不再关心自己的母亲了。我想起之前看过的一篇报告，里面说植物人的平均存活时间在两年左右，一旦过了两年，存活率就会急速降低。统计者认为，其中的原因就在于无论血亲还是远亲，他们能认真照顾植物人的时间最多不超过两年。两年一过，照料的人就会渐渐变得敷衍了事。统计者推测说，相比小地方，大城市的植物人更加短命，可能就是因为城市里的核心家庭越来越多，没有小地方那种根深蒂固的家族制度。这座城镇并不大，但诚治和女儿恐怕都对照顾千代一事感到了些许疲惫。他们早已习惯把千代当成一个植物人，待她很是随意。听福利机构的工作人员说，姐弟两个待在没有父母的家里，并没觉得多么孤独。上高中的女儿一个人没法打扫干净家里的每个角落，因此家里很脏，不过姐弟两个人会在饭厅里开着大大的便携式收音机和电视，很是自得其乐。

"真的没有其他可以陪护千代的人了吗？"我试探着问道。护士长爱搭不理地回了句"没有"。照目前一天两千五百日元的工资标准来看，没人愿意接这个活儿确实可以理解。听护士长说，护理女工的日薪被短期住院的病人给抬高了，目前达到了四千日元。这还是在病人能说话、照顾起来不麻烦的情况下的价格。至于那些需要照顾到下半身的病人，不加钱根本就雇不到护工。

"所有的负担最后都压到诚治一个人肩上了。"听我这么说，护士长露出无法理解的表情："是负担又怎么样呢？那个人毕竟是一家之主。妻子得了病，丈夫照顾不是理所应当的事情吗？我们看那个男人可怜，还尽量帮他做些琐碎的事情，他却利用我们的好心，偷懒到那个地步，反过来给我们添麻烦。"近来，诚治偷懒偷得越发放肆，导致护士长对他的印象严重恶化。"总而言之，陪护不让病人吃饭这个问题是很严重的，简直就是盼着病人早点去死。请您再严厉地教育他一次。"对这个问题，我当然不能置之不理，于是点点头。护士长接着又说："那个人说多少次都听不明白，必须得说到他烦才行。"

院长询问我诚治妻子的病情，是在翌日的下午。吃完午饭，我待在医务室里看报纸，这时院长走了进来，问我现在是否方便。要办什么事的时候,他总会问上这么一句。我自然是方便的。下午,我要给一个病人检查脊髓液,还要做开臀手术,不过那都是两点之后的事情。我与院长在桌子两边面对面坐下。似乎是刚从圆桌聚餐之类的场合赶回来,院长身上穿着西装,没有罩白大褂。"雪还是这么大。"他看着窗外,抽出来一根烟,而后又嘟囔着"是不是抽得有点儿多了",再度把烟收进了口袋里。院长从元旦起就发誓戒烟,结果不到一个月,目标就变成了每天控制在十根以内。

"一根根地数自己抽了多少,搞得神经紧张,可是不利于身体健康的。"仅从外表上看,还看不出院长有任何异样。他似乎比较在意自己血压稍稍偏高、身材过于肥胖的情况,而以他五十三岁的年龄看来,那些都没必要特意拿出来说事。"我家那位太能唠叨了。"从这句话来看,让他戒烟的可能是院长夫人。

聪明敏锐,却总带着股懦弱气息的院长,在夫人面前比较乖顺。他叹息说冬天运动量不够,人长胖了,心里很是苦恼,其实打不了高尔夫似乎才是他苦恼的真正原因。院长每年冬天都会出一两次门,去伊豆或关西那边打高尔夫,今年还没有去。我对高尔夫不感兴趣,因此也没有发表意见。"还是抽一根吧,这种是害处最小的。"院长说着,就拿出一根叫百乐门的外国香烟叼在嘴上。"抽这种烟就像在抽纸一样。"他说完这句，接着又说，和外国人比起来，日本人实在是太能抽烟了。90%的外国医生都不碰烟，而非常多的日本医生可以毫无心理负担地吸烟。肺癌患病率在日本呈不断增长的趋势，但日本人似乎是天生的乐观主义者，至今还不像欧美国家那样严格管控烟草，这让他觉得很自在。

院长问我一天抽多少烟。我说，大概要抽四五十根。"那有点儿多了。"院长看着我又问，"你还好吗？"我好不好先不说，抽这么凶对身体不好，这一点我还是清楚的。然而，即便现在吸烟导致的肺癌患者越来越多，我还是要继续抽下去。这话说出来，院长就频频点头："香烟至上说的就是这个意思。"

院长整个人轻松下来。他点燃香烟，开口问我："茂井千代怎么样了？"他有问题不会直接问出来，总是先聊点别的，然后再进入正题。"您是指什么？"我回问道。于是，院长又问了一遍："那个人的病情有没有好转？"

千代住院的时候，我和院长说过她的情况。当时说的是脑血栓发作引发大范围脑萎缩，使千代意识钝化，接近植物人的状态。和那个时候比起来，她现在意识钝化的症状越加严重了，说是植物人也没什么问题。总之，往后应该是没有好转的可能了。听我这么说，院长就确认道："总之，就是这种状态会一成不变地持续下去,是吧?"只要管理得好,千代总归是能像现在这样一直活下去的。这一点无须我再解释。院长看着窗外的飘雪,开口说:"我在想啊,那个病人是不是需要再多吸吸氧,打打点滴呢?"

那个时候,我还没看出院长真正的意图。千代能够自主呼吸,心脏也没有任何异常,虽然偶尔发作轻微的支气管炎,却也不需要立刻吸氧缓解。点滴也是。只要把食物送到她嘴里,她就能自己咀嚼,自己吸收,并不需要靠打点滴来补充营养。但凡是医生,就很清楚这些事情。

"我想还没有那个必要。"我说。院长带着理当如此的神情点点头,又像是自言自语般说道:"病人虽然没有意识,身体却很健康,关键是要给她翻身、好好清洗、换尿布。做到这些应该就没问题了吧?""还要保证餐食热量适宜。"我想起诚治,追加了一句。"您说得对,做到这些对病人来说应该就足够了。不过这样一来,我们好像就只是在喂养瘫痪在床的病人。"

话说到这个地步,我才明白院长想表达的究竟是什么。喂饭、翻身、换尿布,这些都不会给医院带来收入。他问我要不要打点滴、输氧,其实是希望我再多做点什么,好提高保险给付费用。

"我不是对您现在的治疗措施有意见,只是在想,如果还有其他合适的方法,是不是可以拿来试一下。"在私立医院做事的麻烦之处,就是必须优先思考如何盈利。在大学附属医院或公立医院,一开始就不用考虑不必要的治疗措施,施行真正有用的治疗就可以了。然而,私立医院却不得不考虑盈利的问题。住院患者当中,千代确实是赚不了多少钱的那一种。她现在的花费,就只有消化剂、用于软化大便的泻药及营养补充剂之类的,还有就是导尿与血液、尿液的定期检查。她刚住院时开出的血管扩张剂,现在也因为派不上用场而停用了。这样一个失去了意识、照料起来颇为麻烦的病人,我们从她身上赚到的钱实在是少得可怜。

"我说这话可能让您不高兴。"院长小心翼翼地说道。我告诉他,自己其实没往心里去。我理解院长身为经营者的难处,尤其是千代这种情况,走的是医疗补贴,费用要等三个月才能到账。因为要长期疗养,她长久地占据了医院的一张病床,给她分配的护士人数也比别的病人多。以目前这种收入来看,院长感到不满也是情有可原。"我想想吧。"或许是看我答得爽快,院长的神情稍稍放松,接着问我有什么好办法。

能否满足院长的期待暂且不论,相应的办法还是有的。目前,千代没有用神经赋活剂和消除意识障碍的药物,甲氯酚酯、胞磷胆碱①就是这方面专门的注射剂。不过，像千代这样久患重症的病人，用了这些东西也没什么作用。然而，照她的病名来看，这些药使用后都可以通过保险报销。每一种药都很贵，只要用一点点，保险费就会上涨不少。很多私立医院会对瘫痪在床、病情稳定的患者使用这一类药物，以此提高保险费用。千代有脑血栓，还可以再使用环扁桃酯一类的血管扩张剂。这种药虽然没有神经赋活剂那么贵，却也不便宜了。只要同时使用这三种药，千代的保险费用就会翻倍。

"可以这样做吗？"本性善良的院长立刻露出笑脸，接着又说，"这样做不是为了什么收入。在一定程度上提高费用，是为了不与其他病人拉开太大的差距。"要是只想提高费用，其他方法也多的是，像是每几十分钟就输一次氧，用打点滴的方式注射营养剂等等。只要在病历里说明这些措施是为了改善长期植物人状态导致的无气肺或食欲不振等症状，就能通过保险审核。放弃那种一步登天的想法，视病人的情况逐渐增加项目，可能是更加聪明的做法。一旦费用上涨得过于迅速明显，经营者就会再度提出扩大利润的要求。院长也是经营者，指不定就会在什么时候再度提出同样的需求。为了那一刻的到来，

---

① 此处的两种药名，日语原文并无完全对应的中文名字，故根据近似药名翻译。

这些方法还是先不说的好。

院长似乎是觉得满意了，叼起第二根百乐门，又朝我递出一根，问我要不要抽。我说自己不喜欢尼古丁含量太低的烟，便谢绝了院长的好意。院长说道，他过去也和我一样，接着就聊起了自己年轻时做过的一些荒唐事。话题告一段落，他又问我今晚方不方便，要不要去他家打麻将，对我显然颇为关照。我谢绝了院长的邀请，说晚上还有事情。院长就说，我最近似乎有点儿疏远他。说实话，近来我对麻将这类全靠运气的游戏失去了兴趣。打的时候觉得有意思，打完后就总觉得空虚，好像一晚上的时间都平白虚耗了，由此陷入自我厌弃。"我是因为不喜欢打麻将才不去的，不是要疏远您。"院长听完笑着说："您的想法我懂，我也一样。"他又像突然间想起来似的问我："刚刚聊的那个茂井千代，听说陪护她的丈夫不给她喂饭，问题严重吗？"想来是护士长把这件事说给院长听了。"我告诫过他，现在应该不会了。"我答道。院长点点头："一个病拖久了，生病的人和陪护的人都会渐渐失去理智。""医生可能也会这样。"我说。院长听完大声笑起来："那就拜托您了。"随即离开了医务室。

现在，医务室里只剩我一人。我看向窗外，雪依然在下着。二月已经过半，寒意稍有缓和。与此相对，降雪量还在持续增加。一月下的是干燥的小雪，如今的雪花更大，覆盖了窗户隔开的一个个空间。看了会儿越下越厚的雪，我起身离开，去值班室重写了千代病历资料里的医师处方。

一周打两次甲氯芬酯，另外再给病人用溶血剂尿激酶、循环代谢促进剂环扁桃酯。写好处方，护士长问我什么时候开始给病人打针，我回答说今天。护士长思考了一会儿，告诉我目前医院里应该没有甲氯芬酯。之前，我们曾经给存在意识障碍的患者用过这种药，用完了没什么效果，于是就停用了，后来也一直没有再进新的。"我们立刻去订。"护士长说完就看着我，"您好好训过他一顿了吧？"我知道她指的是诚治那件事，便点了点头。护士长似乎不太满意，又追问了一句："不会再出什么问题了吧？"

"他听我讲的时候一句话都没说。"

听了这句话，护士长说："那个人就是这样，听是听了，就是半点都没听进去。真是的，有这样麻烦的病人在，大家都不得安生。我们又不是只单纯地照顾病人。"

护士长还在继续说。我坐到沙发上，看起了其他患者的病历。

"既然接收了那种瘫痪在床的病人，那要么就得保证护理人员够用心，要么就得多招些护士进来。"护士长的话确实在理，但说给我听也没有意义。一开始同意接收千代的人是院长，多招护士的要求也应该向院长提。

过了大概五分钟，有护士进来告诉我腰椎穿刺检查已经准备好了，于是我站起身。护士长似乎还没说尽兴，我撇下她，走出了值班室。要做穿刺检查的是一个十五岁的少年，病房就在千代对面。两天前，少年滑雪时跳了起来，落地后就摔倒了，直接被送进了医院。他的内脏一切正常，没多久就恢复了意识，只是脊髓液里混进了些许血液。

走在通往病房的走廊上，护士问我："您知道护士长为什么那么爱提陪护的事情吗？""为什么？大概是照看病人太累了吧。"我说。护士笑了起来："是有这个缘故，但也不仅仅是因为这个。她是想打动我们呢。其实，护士长对院长和院长夫人一向言听计从，当着他们的面什么都不说。她说那样的话，向我们展示反对医院做法的态度，是为了讨我们欢心。"

原来如此，护士说的说不定就是真正的理由。她这与年龄不相符的冷静令我感到惊讶。护士接着又说道："听护士长那样说后，我们当中要是有谁顺势表示赞同，批评医院做得不好的话，她就会立刻找院长告密。我们已经上过好几次当了，只是您可能还不知道。"

今天，少年的脸色又转好了一些。眼下正是寒冬，他的床脚边却摆着蔷薇和大朵的菊花盆栽。和昨天一样，少年的母亲依然陪护在他身边，今天又多了个来探病的年轻女孩。我请他们先去走廊外面，然后开始准备做腰椎穿刺。或许是因为一直都在家人的宠爱中长大，护士给少年脱睡衣的时候，他一直不安地看着离去的母亲和那个女孩。少年肤色白皙，身材瘦削，不过体毛很重。穿刺结果显示的异常情况几乎是肉眼看不出来的，脊髓液压也仅仅比正常水平高出了那么一点。

再静养个四五天，他应该就能出院了。我向少年的母亲表达了自己的意见，随后就走出了病房。

下得气势汹汹、似乎会持续到永远的大雪常有骤停的时候。这次的雪也像那样的大雪一样，过了下午两点，忽然就停了。新雪反射着午后的阳光。或许是因为放晴了，整个医院都变得嘈杂起来。明媚的阳光洒满病房，一直捂在床上的病人们似乎都开始走动起来。透过走廊的窗户，我一边听着人们发出的各种声音，一边在医务室里写起了材料。

只不过是放了一个周没管，眼下就攒了三十份材料要写。近来只要给人看了病，就必须写好相关的材料。从各种诊断书到医疗补贴、福利医疗、护工审批、公司申请等，数之不尽。差不多写完一半的时候，军队又带着新的材料过来了："这份也拜托您处理一下。"他给我的是一份提交给保险公司与肇事方公司的诊断书，诊断书里的受害者因交通事故右腿骨折。我告诉军队，那名受害者已经开过三份诊断书了。军队说："我们也没办法。总之，要是不给开，那个人就拿不到一分钱。只要面上给足材料就行，这就是衙门作风。"确实，在这方面军队无疑也是受害者。不过，他的工作本来就是写材料，因此也没什么可说的。"要像这样下去，医生的时间恐怕不是花在治病上，而是花在写材料上了。"听到我这么说，军队微带歉意地说道："如果可以的话，我们尽量不麻烦医生，不过这个东西只能医生来写，我们也实在没有办法。"

  我机械地填好了病名与症状栏。大多数材料虽然每个月都要更新一次，但要求的东西则是换汤不换药。"今后的治疗期限"一项，真要细想根本就没有答案，它还出现了不止一次。就拿千代来说，我该在这一项里填什么呢？是写"永远"？还是"看治疗费能维持多久"？又或是"看陪护能照料多久"？最后一条看起来有些讽刺，但我觉得挺有意思的，曾经就这么写过一次，结果秘书长说那样写不行，给我打了回来。那就是说，我不能写真实的话。只要患者管理做得好，千代可以活五年，十年，甚至更久；但万一她得了感冒，或者并发了肺炎，又或是误吞了什么东西，出现窒息，可能第二天就死了。深入细想下去，就会发现这一项根本没那么好填。

最终，我在那一栏里写了"数年"。至于数年究竟是多少年，没有人知道。这是我费尽心思想出的消极抵制办法。大家彼此之间互不了解、敷衍搪塞，政府机关和医生就能卸下一些包袱。总而言之，政府要的只不过是形式规整的材料而已。

军队放下材料，走出了医务室，没过十分钟再次走了进来。听他说，对着秘书长坐了一整天，偶尔就会想去别的地方玩一玩。护士们叫他去仓库拿纱布，或是帮忙搬床的时候，他就会像重新活过来了一样，离开办公室前去帮忙。有些时候，他还会带着没那么紧急的材料来值班室，和护士们聊聊天。

我问军队要不要喝咖啡。医务室虽然陈旧，好歹配备了速溶咖啡和奶精。军队说："我去冲吧，您继续工作。"

虽是工作，但这个写材料的活儿还是让我有些腻烦。军队说没有糖，就去值班室拿糖了。他走后却一直没回来，我就接了些沸腾的热水喝。正喝着水，军队急急忙忙地赶了回来，说院长来了值班室。

院长有时会去值班室询问患者的病情，出现在那里没什么稀奇。我正往咖啡里加着糖，军队说："茂井千代的药变了是吧？院长让我算算保险费会多出多少。我在那儿算完了过来的。"看来院长和我谈完那件事后，一听说换了新药，就立刻让军队计算了费用。我这才知道，院长虽然表面上看起来一副毫不在意的样子,但对我开出的每一个处方都看得认真仔细。利润这次能增加多少？这个病人身上还有没有提高费用的空间？他就像这样,边思考边看病历。私立医院追求利润无可厚非,但想到自己时时都处在监视之下,我的心情就不怎么好了。这要是在大学附属医院,根本就不会有人思考这些事情,我只要按自己的想法实施必要的治疗就可以了。

"这次换的都是很贵的药啊。"军队说。我沉默着拿起桌上的香烟,叼在嘴里。今天早晨才拆的二十根一包的香烟,现在几乎快被我抽光了。"很久没一起吃饭了。今晚要不要一起去吃个饭？"我问军队。"可以吗？"军队兴奋地说。今天晚上我不值班,也没有需要特别关注的病人。我俩约好五点半一起出门,随后就分开了。

傍晚,蔓延至医院背面的雪原被夕阳染成了红色。余晖在一片片雪花的反射下,向窗边投来了令人目眩的亮光。那一瞬间,我生出了一种仿佛正站在大海边的错觉。染成红色的雪地就像折射着阳光的大海一样,一眼望不到尽头。只是没过多久,太阳就落入了防雪林的背端,仿佛景观转场一般,冰雪覆盖下的原野一下子浸入了夜色之中。

我在医院工作到五点下班。当我五点半到楼下的办公室时,军队已经穿好外套在那儿等着了。我刚准备进去,他就像要止住我一般飞奔了出来。"是要去街上吧？我已经把车里的暖风打开了。"军队说完，就朝玄关左侧的停车场跑去。军队住在医院前面新建的小区里，开车的话不到十分钟就能到。因为离得太近，早上打开暖风，车里还没完全热起来就已经到了医院，所以他今天在出发前提前开了暖风。

日落时，雪又下了起来，一直下到五点多。因为提前开的暖风，现在车里已是暖意融融，积在挡风玻璃上的雪也都清扫干净了。"我们去哪里呢？"军队朝坐在副驾驶上的我问道。我反问他有没有想去的地方，结果他也没有什么想法。于是，我决定去桐子所在的那家餐厅。

汽车从医院所在的高地往下行驶，穿过一个铁道路口后驶上了国道。虽然雪下到五点多就停了，但路面还有积雪，被车胎压实后变得更滑了。"这车前后四个轮胎都是带金属钉的防滑胎，您就放心吧。"军队说。但我想即便如此，不用发动机制动还是挺危险的。汽车在国道上行驶了大约三百米后，向左拐进了一条热闹的街道。街上的电线杆、广告牌全都积满了雪。新雪覆盖的街道在夜晚的灯光中闪闪发亮。

宽阔的站前大道上有一栋楼，餐厅"Jiro"就在那栋楼的二层，面积大概有二十坪左右。餐厅虽然不大，但内部统一的褐色系装修总能让人感到安宁。我们刚走进去，收银台边的桐子就摇着头说:"今天不行啦,已经坐满了。"雪停的时间恰好与晚饭时间重合在一起,使得店内热闹不已。"要来的话应该提前给我打个电话啊。"桐子微带烦躁,边说边朝店内望去。

这条街上真正像样的餐厅,也就只有这家和北斗酒店的地下餐厅了。我们告诉桐子要去那家餐厅,桐子说:"等一下,里面快腾出位置了。"此时恰好有三位男客人准备起身,服务员立马过来,把我们带到了座位上,开始收拾起桌面来。我们的座位在远离门口的窗边,可以透过眼前的落地窗俯瞰夜晚的街景。

我和军队已经来过这家店很多次了。偶尔想吃西餐的时候,我就会邀请他一起来这儿。军队不挑食,和他一起吃饭很舒服。我点了经常吃的牛排套餐。开始喝汤的时候,军队问我:"今晚您出现在办公室前的走廊时,我就马上飞奔出去了。您知道这是为什么吗?"我根本没想过这种事还需要什么理由,但是军队一脸认真地告诉我,要是让留在那里的人知道他是和我一起出来的,他们就会嫉妒。

那个时候,办公室里确实还有负责拍 X 光片的技师箱田和文员矶村。如果他们也想一起来的话,或许当时就该叫上他们,我这么说道。军队告诉我,没有必要邀请他们,他们都是院长那一派的。

我还不知道员工之间竟有这种派别。军队说，医院里有一些人对院长阿谀奉承、鞍前马后。护士队伍里有护士长、门诊的护士主任，药房里是高田靖子，行政队伍里就是今天在场的矶村和技师箱田。他们下班后经常被院长邀请到家里做客，有时也会一起去兜风。院长家里电视机要修、家具要搬的时候，矶村这些人一定会去帮忙，就像是院长的用人一样。军队将这些事一一说给我听了。

"刚开始的时候还经常邀请我过去呢。院长夫人喜欢把人召集到一起，自己就表现得像个女王一样。不过，我从没去过院长家。在医院只要做好自己分内的事就行了，没有必要跑到他们家里去讨好卖乖。院长夫人大概觉得我是个难搞的古怪家伙吧。"

军队说的或许有点儿夸张了，不过在员工当中，有人经常去院长家走动，有人不怎么去，这也是事实。"话说回来，就算和院长夫人关系好，那也影响不到工作吧。"我如是说道。军队说并不是这样，影响其实很大。医院的人事，员工的工资、奖金全部都是由院长夫人决定的。正是因为如此，矶村去年年末的奖金才比他的多很多。"咱们医院看起来是院长在当家，其实院长夫人才是掌握实权的人。她看起来笑呵呵的，好像完全不懂经营管理，其实却相当有手段。护士长也好，秘书长也好,这些人早就被院长夫人收归己用了,就连院长也要听她的指令干活儿。院长本人其实不太懂经营管理那方面的事情。"

军队的想法可能恰恰击中了真相。确实,院长夫人虽然从没在明面上管过事,看起来却像个贤内助式的人物。军队说,她连医疗保险的申报分数都知道得一清二楚,每月月初往上申报的时候,就算漏掉一分她都会指出来。这次增加千代医疗费的要求,可能就是院长夫人对院长提出来的。我一言不发地听着军队的话。院长绕了个大圈,拜托我提高千代的医疗费用,这是不争的事实。与此同时,并没有证据表明这件事是院长夫人在背后指使。就算这件事真是院长夫人提起来的也没关系,因为我对更换用药原本也没什么异议。

军队喝完剩下的汤,开口对我说:"院长夫人一来医院,同事们就把姿态放得很低,对着院长夫人点头哈腰。然而,您绝不会像他们那样迎合院长夫人,正月的时候还断然拒绝了院长夫人的邀请,真的是让我十分敬佩。"那时我拒绝院长夫人,并不是出于军队所说的复杂缘由,只是因为连值了两天班,觉得很疲惫,此外并不存在其他原因。可军队看起来似乎并不相信:"我不想说违心的话奉承院长或是院长夫人,想像您一样与院长保持距离。请您放心,我是站在您这边的。"

听了军队的话,我感觉自己仿佛站到了院长的对立面上,要把对院长心怀不满的人召集到一起来。照他的说法，我代表的就是反对院长的那一派。军队并不听我如何解释，只是一味地对我说："您可能还没有这样的想法，不过您知道吗，有几个护士也很尊敬您的为人。院长现在心思不在医院这边，他更看重医师协会和高尔夫。咱们医院现在似乎都在靠您一个人支撑。当然，您给人的第一印象并不好，而且也不会说一些好听的话，这就导致新来的患者不太愿意接近您，但在医院待得久的患者都十分信赖您。他们说您虽然不会说好听的话，内心却很温暖。虽说是外行人，该懂的大家也都懂。"

听着军队说的话，我渐渐感到郁闷。我非常感谢军队给我这样的评价，但我做的事其实并不值得别人如何尊敬，那些只是身为医生的分内之事。而且，我之所以会来这家医院，就是因为这里没有认识我的人，工资也不错，并不是因为想帮助这家医院或是来这家医院看病的病人。从成为医生的那一刻起，我就从没想过要带着什么荒唐的人道主义精神。有患者来了，我能做的也仅仅是用我业已掌握的知识和技术为他们提供治疗，不会做更多，也不会做更少。至于拉帮结派和院长分庭抗礼，那更是想都没想过的事。事实上，院长是我的雇主，我根本就不可能与院长抗衡。我含着一抹苦笑向军队解释，可是军队似乎仍然不以为真。

"您是个内敛的人,所以才会跟我说这些,我懂。我们这些人都得仰仗您呢。下次再叫四五个志同道合的,大家一起去喝一杯,怎么样?"我明确回绝了军队的提议。军队的好意我自然明白,但那对我来说反倒是一种麻烦。

军队遗憾地叹了口气,然后说道,像我这样态度冷漠可能也是件好事。我不知道他口中的冷漠是什么意思,但开口问他又是件麻烦事,因此作罢。

我开始聊起与医院没有半分关系的话题——山。我一直很想去距离 T 城三小时脚程的那座高两千米的雪山。军队高中时参加过爬山部,在这个话题上也很有话聊。聊了大概有三十分钟,时间已到了七点,我们起身去结账。桐子一边操作着收银机,一边问我接下来要去哪儿。我稍微想了想回答道:"可能去'Zaza'。""Zaza"是一家小酒馆,我和桐子也算去过好几次了。我和她约好等会儿电话联系,便和军队一起走出了餐厅。

我一走到外面,一股寒气就直冲脸颊。在没有山遮挡的平原街道上,风力会格外强劲。冷冽的夜空中,飞机闪烁着红色的航行灯飞向了远方。

"Zaza"有一个狭长的吧台和两个位于吧台后面的卡座。我和军队并排坐在了吧台一端空着的椅子上。

"好久不见了呢。今天不值班吗？"老板右手拿着杯垫走过来。我第一次来这儿是和桐子一起。虽然当时我什么都没说，但老板似乎很快就知道了我是一名医生，在高台町的医院上班。小城里的消息就是传得如此迅速。自那以后，我在值班的时候也会时不时地来这儿喝几杯，还曾经在这里接到过护士打来的电话。

我点了杯兑水威士忌。军队还要开车，就点了啤酒。酒馆其实离他家很近，喝多了把车停在这边就行，但军队无论什么时候都要把车开回家。酒馆入口附近有个大烤火炉，火焰把周围映照成一片红色。我喝下一口酒时，一个短发男人从吧台深处走了过来。他穿着西装，打着领带。这样的装扮在这一带十分显眼。

"医生您好，之前承蒙您的关照。"男人以熟人的口吻向我打招呼，我却想不起来他是谁。正感到困惑时，他自报家门，说自己是元旦那天去世的金井棉被店老板的儿子。

此前，我们仅仅在老人住院的那天见过面。今天再一看，我才发现他个子很高，浓密的眉毛和宽阔的脸颊都像极了老人。他告诉我，今天是父亲去世后的第四十九天，下午亲戚和熟人们聚在一起给父亲做法事，喝完酒后他就和亲戚结伴来了这里。今天是二月十八日，他父亲于元旦去世，确实正好到了第四十九天。

"那个时候真是照顾不周。"我习惯性地寒暄道。男人说:"没有那样的事。父亲在那个岁数去世是命该如此。"

坐在我旁边的客人见他站着和我说话,就给他让出了一个位置。他立刻说了句"不好意思",在老板的劝说下坐到了我旁边。

他坐下后又向我行礼致谢:"正月真的是麻烦您了,非常抱歉。"他说今天大家还聊到父亲,说他死的时候没有遭受痛苦,平静安详地去了,也算是个安慰。

男人说的话的确有一定的道理。照当时那个情况,病人即便一两天后醒过来了,考虑到年龄和发病程度,也会不可避免地留下相当严重的麻痹症状,甚至还有可能成为植物人。我忽然间想起了千代,点了点头。

"可能父亲体谅我们辛苦,发了一次病就痛快地走了。我这说的是玩笑话,不过现在想起来还是有那样的感觉。"他的脸上没了四十九天前的阴郁,看来是已经接受了父亲去世的事实。男人说,父亲去世后他才感受到了父亲的伟大。以前做生意,处理人际关系,父亲总会像一堵墙一样挡在自己身前。而现在,自己要直接面对社会的风浪。他从前一直觉得父亲没有什么了不起的,等到父亲去世后才明白父亲的价值。在这之后，他好像意识到还有亲戚在里面等着自己，便离席说道："今后也请多多关照。"

男人走后，只剩下我和军队两个人。军队朝男人的方向望去："真是个可靠的人。"元旦当天军队也在值班，知道老人的儿子来过医院。军队告诉我，老人去世后，儿子过来请医院做送去殡仪馆的准备事宜。当时，他满脸泪痕，话都说不清楚。现在，他对于父亲的离开已经这般释然，可见人类这种生物是很可怕的，或者说是不可思议的。我一边点头，一边想着在吧台的另一端就坐着我治疗过的老人的儿子。有他在，按理说也影响不到什么，我却总感觉自己从醉意当中稍稍清醒了一些。我想，他肯定也有同样的感觉。我正要离开时，他们一群人先站了起来。他们是三个人一起来的，另外两个人看着像是亲戚。他拿起挂在吧台椅子后面的外套，再次走到我身边，礼貌地说了句"那我先走了"，随即便离开了。

我向老板打听棉被店老板的儿子，问他是不是时常来这家店。老板说："大概一个月来一次吧。他的酒量好像不是很好。"接着又告诉我他去世的父亲以前也来过两三次。

"脑溢血这个病事先发现不了吗？要是能预防的话，该有多少人能因此得救啊。"老板问道。提前发现脑溢血是很难的。如果平时经常查血压，关注眼底动脉的情况，就可以在某种程度上进行预测，但预测的结果并不是绝对的。通常引发脑溢血的，是脑血管堵塞形成的脑血栓，也可能是末梢神经坏死引发的脑梗塞。要想连这些都提前检测到，并非易事。老板听着我的解释，点了点头。"话说回来，医生们也很辛苦啊。这种病根本等不得，却又常常不分时间地点地爆发出来。"这时，一直沉默的军队说："我们晚上一听到救护车的声音，就想把自己缩进被子里。"他接着又谈起有时一晚上来五六趟救护车，整晚都睡不了觉之类的事情。军队说，元旦凌晨来的那位老人，做完应急处理后都已经过了两点，我这个医生则是三点多才回到家的。

每次说这种事情的时候，军队都会稍微夸大一些，这是他一直以来的习惯。急诊太多，整夜睡不了觉的情况自然是有的，但一年不过也就出现个两三次。元旦那天老人被送来时的忙乱还不足以特意拿出来说，只是因为发生在元旦，所以才显得引人注意。既然是我值班，那我自然该做到那个程度。

我只能露出苦笑。其实我很想说那并不是什么了不起的事，但会给正说到兴头上的军队泼冷水。

"不过，棉被店的老爷子没给大家添麻烦，利利索索地走了。我家老爷子也患了脑溢血，大小便失禁了两年。说句实话，最后他去世的时候，我还松了一口气。"老板开始聊起自己的父亲。军队接着老板的话说,与其说植物人还在活着,倒不如说他们是被人要求活着的。他们好像是在延长从生到死的时间。我敢肯定,他此时一定是想着千代说出的这番话。我不太喜欢边喝酒边聊疾病的话题。可能大部分人觉得我是医生,所以特意选了这些话题来聊。然而,至少在离开医院之后,我希望能忘记关于疾病的事情。

为了转换话题,我开始问起老板有关围棋的事情。军队对这个也很感兴趣。我和老板在距此大约两百米远的围棋会所见过几次。周末我去那里消磨时间的时候,老板都在场。他这个人很有气质,喜欢下快棋,常常会落后我一两步。我告诉他,军队是二段水平,他就说:"那我绝对不是他的对手。最近有点儿忙,已经好久没去下棋了。"说完这句,他好像想起来什么似的说道:"大和田老师去世了,你知道吗?"

大和田老师今年七十一岁,是围棋会所年纪最大的客人。他以前在埼玉县当过小学校长,于是大家就称呼他为"老师"。他一头白发,身材匀称,性格敦厚。据说在妻子先他而去之后,他就辞了工作,来到女儿嫁来的这座城镇。他每天都会来围棋协会。我曾经和他对弈过两三局,他的水平并不强。我觉得他顶多也就是一段的水平。对他来说,赢不赢并不重要,似乎在那里消磨时间才是他的目的。大和田老师大约在半年前得了脑梗塞，卧病在床。他从围棋会所离开，刚到家就发了病，所以大家都在讨论这个病会不会是下棋的时候思考过度所致。发病的那天，他立刻被送到了市里的医院住院，听说后来好转了，就出了院。

"你们知道他是怎么死的吗？"老板问。我说，他得的是脑梗塞，会不会是病情复发致死。老板听后摇头说："听说是饿死的。""饿死的？"嘈杂的小酒馆里，这个词听起来实在是有些刺耳。"我和大和田老师下过几次棋，之前还去过他家。"

听老板说，大和田老师出院后，右手和右脚都无法自由活动。右手从手腕到手肘的地方向内弯曲，连茶碗都端不住；右脚也没有力气，勉强能从床上起身去洗手间。年纪大了，再加上身体块头大，上一次洗手间竟要花费将近三十分钟。他还不能自如地说话，连家人都很难听懂他在说什么。

听着老板的话，我想大和田老师大概是大脑的左半球出现了问题。大脑单侧受损时，因脑神经交叉相接，症状就会出现在相反一侧的肢体上。惯用右手的人，控制语言的语言中枢在大脑左侧，惯用左手的人则在右侧。因此，右半身瘫痪与语言障碍通常会同时出现。大和田老师的症状就是左脑受损的典型症状。

"家人想要帮助他，却被他拒绝了。后来，他去洗手间都要花一个小时。"在此之前,我对大和田老师的家庭状况一无所知。事实上,他自己也从未主动提起过家里的事情。我只看见过一次,一个五岁左右的小女孩坐在他身边看他下棋,下完后两人就一起回家了。老板说,大和田老师的家在距离围棋会所四百米远的公家公寓里。家里除了女儿夫妻两个,还有两个孩子。女儿的丈夫在土建公司上班。

"大和田老师去世后我才知道,原来之前照顾老师的并不是他的亲生女儿,而是养女。那个养女大概在三十五岁左右,懂礼守矩。"

待在那种地方,他怎么会饿死呢?莫非是养女觉得他碍眼了?而老板的话否定了我的想法:"听养女说,他在临死前半个月突然不吃东西了。哪怕买的是他喜欢的水果和甜食,他也会说自己很饱,根本就不吃那些东西。后来,他渐渐地连水也不喝了。养女担心他,让他去找医生看看,他就说不看。最后死的时候,那么健壮的一个人就只剩下皮包骨头了。养女也说,他是一心寻死才不吃任何东西的。"

"因为年纪大了,不想给别人添麻烦吧。"军队说。老板就像正等着他这句话似的点头附和:"就是呀,那个人绝不会为了活下去而麻烦别人。如果需要别人照顾,连厕所都不能自己去,他肯定会毫不犹豫地选择去死。他女儿之前说过,大和田老师从来没发过一句真正的牢骚，白日里要么读书，要么和孙辈们一起玩，出门的话也只去围棋会所，好像围棋就是他唯一的兴趣。听说就因为这个，他的棺木里还放入了棋子和折叠式棋盘呢。"

"他女儿生活有负担吗？"军队又问。"怎么说呢，就是普通上班族，住在普通住宅区，看房子还感觉不出富裕的样子。虽说大和田老师是因为喜欢围棋才去围棋会所的，但我觉得原因不止如此。晚上他总是待到最后，会不会是因为家里太小了，所以才不回去的呢？"老板答道。

不知是不是因为这边安静了下来，柜台另一边，客人的笑声听起来突然大了很多。店里的唱片正播放着有线公司的音乐。"怎么感觉话题有点儿沉重了。"老板说着，仰头喝下自己的清酒。我又喝了口兑水威士忌，目光转向时钟，已经九点了。

我去给桐子打电话。店老板和军队好像还在吧台那儿面对面地谈论大和田老师的事情。桐子说跟她换班的女孩子请假了，离店得十点以后。我觉得等到那时候太麻烦了，不知为何，今天已经不怎么想喝酒了。我这么一说，她就说她过会儿再去公寓，希望我先回去。

我放下听筒回到座位上，跟老板说了要回去的事。他问："今天回得够早的啊，是因为谈到了大和田先生去世的事，心情不好吗？""听了这个当然会觉得难过，不过想回去还是因为有些累了。"付完账，我走出了店门。

外面云消雾散。冬季的夜空现出一轮明月，照亮了雪停后的街道。军队的车停在对面加油站的旁边。街道两边开满了酒吧和餐饮店，左右清扫出来的小雪堆遮住了店里透出来的亮光。

我坐上车，让军队送我回去。"车里太冷了，稍微等一下吧。"他说着就打开了暖风。我们穿着大衣坐在车里抽烟。

"那个，刚刚说的大和田老师的事，你怎么看？"军队边擦拭着暖风吹拂下开始融雪的挡风玻璃上的雾气，边对我说道："我很佩服他。一个人并不是简单地想死就能死得了的，更何况是以绝食饿死这样的方式。只有意志力相当强大的人才能做到这一点。我听到那件事的时候就想到了大象的故事。我之前听说，大象在意识到自己已经不行了，快要死亡的时候，就会离开族群，独自消失在热带丛林深处，为自己寻求死亡之地。虽然大和田老师的死被大家看到了，但两者的意义应该是一样的。"

大象的故事我也听说过。最初听时觉得很突兀，但是再想想，大和田老师块头很大，为人稳重平和，这些地方或许就和大象类似。"你不觉得这是非常壮烈的死法吗？"军队的说法多少有些强加于人的感觉，于是我回答说："我懂你说的意思，只是心情有点儿沉重。"军队惊讶地看着我，问我说的话是什么意思。"当然没有什么特别的意思，只是心情郁闷而已。"我这么回答了。军队露出一脸怪异的神情："人往往是嘴上说着想死，真到那时候了又怎么都死不了。即使是得了脑溢血、大小便失禁的人，也不会承认自己是将死之人。这个看我们医院的病人就知道了。医院现在就有三个这样的人，他们连日常生活都不能自理，在吃饭时却大口大口的，吃的比常人多一倍。"

车里已经暖和起来了，我让军队开车。他挂上档，转动方向盘，嘴里说着："真是的，看到他们那个样子，我都觉得人是饿死鬼了。""不能当饿死鬼吗？"我问出了声。军队扭头看了我一眼，之后又转回去盯着前方，含含糊糊地说："也不是不好……""并不是说好不好的问题吧。"关于这个问题我已经不想再说什么了。军队现在因为听了老板说的话，正感动得无以复加。他平日里待在医院，看到的尽是蹒跚行走、大小便失禁的老人，因而对大和田老师那种果断清净的死法非常佩服。他这种心情我也能理解。"死法"这个词，无疑是指那些彻底而又壮烈的死亡方式，但是那种壮烈对我来说有些烦琐了。

"即便是在这样的一座小城镇，也汇集着各种各样的人生、各式各样的死法啊。"军队再次开口说道。他说得确实没错。

只要你去探寻背后的故事，就会发现一张张死亡通知书里也隐藏着各种各样的活法和死法。这一点毋庸置疑。

过了九点，路上基本就没车了。可能是因为喝了少量啤酒，军队开车时总是避开大道，专往小路上走。然而即便如此，还是避免不了穿过国道。等绿灯的时候，旁边连续过去了两辆大型巴士。在车开过去的瞬间，黑暗的周围涌进了明亮的灯光。大巴上坐满了乘客，后窗处堆满了行李。车身是白底，配上了红色的横线。我认出这是航空公司的巴士，车上接的该是搭最后一班飞机从东京飞过来的乘客。过了国道，驶过仓库，再穿过铁道口，眼前就是一道缓坡，不用再担心前方会有警察出现了。

"真亮堂啊。"军队稍稍往前探了探头，开口说道。汽车又开出五百米左右，向左转入了建材存放场，再往前就是儿童公园。公园入口处有水银灯，灯没有打开，不过即便如此，周围也在月光的照射下一览无遗。冬天的公园看不到人影，滑梯和单杠一大半被埋在雪里。不知道谁到过附近，在那里留下了一串脚印。车内已经足够暖和，不需要再穿大衣了。因为车内外温差过大，车窗上凝结了一层水汽，军队拿布头擦干净了。过了公园就是防雪林，再往前，医院的三层建筑矗立在那里，宛如一座城池。

"快看。"军队低声说。此时,我们已经拐过防雪林,在通往医院的路上行驶了五十米左右。

"那不是诚治吗?"听他这么说,我看向前方。道路的宽度只够车辆勉强回车,左右两侧的雪墙足有一米高。车大灯笔直地照出了落满雪的道路。光亮中,有个男人径直朝我们这边走过来。他两手插在大衣口袋里,稍稍低着头,看不清脸长什么样子,但那盖住了耳朵的帽子,长度及膝的短大衣,再加上仿佛要把头埋入宽阔肩膀的走路姿势,都像极了诚治。

"要停车吗?"车和诚治之间的距离大概只有五十米的时候,军队正要踩刹车,这时我突然开口说:"直接开过去。"

似乎是知道有车临近,男人稍稍往左侧让了让,但他看都不看车一眼,保持步调继续向前走。车大灯照出来的人毫无疑问就是诚治。他的脖子看起来比平时短,上面不知围了多少圈围巾。诚治走得很快,虽然双手插在口袋里,但是走近时就会发现他步子迈得很大。"不用管他吗?"军队问我,我没有回答。汽车就这样和诚治擦身而过,之后又行驶了两百米左右,停在了医院前面。我下车后,军队也跟着下了车。

诚治已经拐过弯,从公园旁边朝着斜坡走去。在道路两边积雪的掩映下,他的身影只能看到肩头往上了。他黑色的脑袋晃动在雪原的远方,渐渐远去,被月光和雪光映照着,仿佛剪影画一般纯黑鲜明。已经离得有四五百米远了，但我知道诚治仍在目不斜视地朝前走。他上半身的侧影仿佛是在雪面上流动，渐行渐远……

"他刚刚是从医院溜出来的。"医院晚上十点就会关门落锁，之后除非按响急诊铃，否则大门是不会开的。毫无疑问，诚治是在那之前溜出来的。夜间当值的工作人员只有一个，不可能时时刻刻都看守着出口。十点前，家属和陪护经常会进进出出，玄关处有人影闪过的话，工作人员并不会去一一确认。九点熄灯后，走廊也会昏暗下来，一不小心就会看漏什么。再者，谁也不会想到陪护会在夜里溜出医院。

"要把他叫回来吗？开车的话立马就能追上。"军队说。但是，我沉默了。月光下，诚治仍然往前走着。隔着一片雪原，那顶黑色的帽子离得越来越远。我停下脚步望过去，发现他走得出乎意料地快。我一直等着，直到那顶帽子变成了黑点，在公园前面的白桦林间忽隐忽现，终于到了下坡路消失在雪壁之中后，才转过脸来。

"他是要去哪儿呢？"军队问道。我自然无从得知。没听说他今晚要外出，也没人给过他外出许可。不仅如此，我今天还刚刚训斥过他，不让他擅自外出。"是去街上，还是回家呢？"军队看了眼时间，之后看着诚治消失的方向说，"去沼田的最后一班车九点出发,他现在只能自己走回去了。"本城到近郊的公交车九点过后就没了,城里举办的各种活动都会在那之前结束。即便想中途搭别人的顺风车,但现在这个点,去沼田的车也几乎没有了。"肯定是去街上玩了。"军队说。但我觉得他是要回沼田的家。不过,我这么想也没什么根据,只是一种直觉罢了。硬要说出些什么来的话,就是他的步伐太认真了。如果只是出去玩,他不会走得那么专注认真,脚步应该会更加轻松愉快,车来了会抬头看看,暂时停下来。但是,他的脚步里并没有那样的从容,反而像是被电力操纵的人偶一样,拼命地向前赶路,好像那就是自己的工作一般。这就是我所感觉到的。照他那个走法,无论是六公里还是十公里,应该都不在话下。

"真的就这么任由他离开吗?"军队又一次问道。陪护是不允许擅自离院的。我深知这一点,却还是放过了他。说实话,从在车大灯的亮光中看到诚治的那一刻起,我就忘了要斥责他,只是深深地看着,仿佛眼前所见的是什么珍奇的景象一般。这并不意味着我允许又或是默认他外出。那个时候,我甚至忘记了医院里还有不允许陪护擅自离院的规定,只是入迷地看着诚治努力行走的身影。那个懒惰的、对任何事情都敷衍的男人,正在拼了命地往前走。这样的身影给我带来了震惊和感动。

"今天晚上他还会回来吗？"军队问。我自然还是不知道。他可能会回来，也可能不会回来。但看，他走得那么认真，估计还是会回来的。"这件事必须告诉当值的护士啊。"军队这么说着，仿佛对我看到诚治后放他一马的事有诸多不满。

"话说回来，那个家伙可真是奇怪。"军队又说。而我仍然在看着诚治消失的地点——儿童公园的前方，内心怀抱着一丝期望，心想说不定诚治还会再一次从茫茫雪地走回来。他会不会迈着离开时的那种步伐再度返回呢？然而，雪夜恢复了万籁俱静。要说还有什么仍在活动，那可能只有风从雪原上呼啸而过，偶尔会在月光下卷起一阵细小的雪烟了。

"那我先回去了。"军队把身体缩成一团，仿佛想起了什么似的开口说道。呆立在高地上的身体早已经冻僵了，他打开车门坐到驾驶座上，对我说了句"再见"。"辛苦了。"我刚把这句话说完，车就沿着笔直的雪道奔驰而去，只留下一阵汽油味。

回到房间脱下大衣，我脑子里仍然想着刚刚看到诚治的事情。说不定诚治不会回来了。要是他就此失去下落，护士长她们肯定又会喋喋不休。想到这里，我顿时感到不安，就给值班室打了个电话。值班护士马上就接起了电话，正准备开口问诚治情况的时候，我又沉默了。我早就知道他离开了医院，现在问这件事反而会把事情闹大，同时还会暴露自己见过他，却还是放他离开的事实。于是，我只问了句医院里是不是一切正常。护士稍稍停顿了一下，才回答说："没什么异常情况。"当值的时候，我偶尔也会给值班室打电话，询问医院的情况，但那只限于做手术或有重病患者在的日子。今天既不做手术，也没有重病患者，接到我这个不当值的医生打来的电话，护士似乎稍稍有些疑惑："是有什么事吗？""没事，一切正常就好。"我说着就挂断了电话。

如果护士知道诚治不在，先前在电话里应该就会告诉我；如果诚治是因为有什么急事才离开医院的话，护士也会向我汇报。当值的护士什么都没说。由此看来，她们可能还没发现诚治离开了医院。那就是说，诚治是避开了护士和行政值班人员，悄悄逃出医院的。

不知为何，我松了一口气。笨拙的诚治能在熄灯到正门玄关落锁的极短时间内，瞄准空档逃离医院，让我十分佩服。我甚至觉得他这事干得十分漂亮。但是，我不能为此觉得高兴，因为我是监督诚治的人。他离开医院后，明天千代的看护工作就会切切实实地受到影响。总之，诚治逃出去这件事大家早晚都会知道，即便今晚混过去了，明天早上七点测量病人体温的时候，一切也还是会显于人前。到那时，护士长一定又会歇斯底里地吵闹，然后以最快的速度过来给我打报告。我听到她的汇报后陷入沉思，这么做没什么问题。但是，一旦昨天晚上看见了诚治，却又把他放走的事情暴露出来，一切就会变得荒唐可笑，事态就会发展成监督的人帮被监督的对象逃走。知道这件事情的人只有军队。如果我让军队保守秘密，他应该就不会说出去，至少他现在对我还是忠诚的。但是如此一来，我就得向他说明放走诚治的原因。军队是个性格耿直的男人，会直接问我为什么那样做。就在刚刚，他还在冰天雪地的路上问过我这个问题。面对军队的问题，我大概必须给出是或不是的明确回答。若非如此，他恐怕不会觉得满意。"其实也没有什么理由，只是看他走得那么努力，就放他走了。"我要这么说，军队恐怕是无法接受的。

  我的心情变得越来越沉重。明天诚治不在的事情暴露出来后，医院里又会掀起一阵骚乱。在那样的骚乱中，我要听护士长的抱怨，还要接受军队怪异视线的洗礼。那个时候，我摆出怎样的表情才好呢？要是今晚没看到诚治就好了。没看到就能像平时一样，用有些无趣的口气提醒诚治，以此收场。

  抛开种种麻烦不谈，今晚见到的诚治，让我看到了他此前不为我所知的另一面。原来那个在陪护妻子的时候，把换尿布的次数从两次减少到一次,不给妻子翻身,连饭都不给妻子吃饱,对生病的妻子不管不问,只知道偷懒耍滑的诚治,有时也会是那样认真的一个人。虽然他的认真只体现在走路的步伐姿态上,但看到了他的这一面,不知怎么我就有些安心了。在此之前,我无论怎么跟他说话,都感觉自己像是在对着一块石头,但在此之后,我突然觉得我们之间也有相互沟通理解的可能。

总之,我现在的心情很奇异。让他逃走究竟是好是坏,我自己也难以判定。我茫然地打开电视,喝起白兰地来。正喝着的时候,桐子过来了。

"这里地势高,好像要比下面冷上两三度呢。"桐子边说边脱下了领口部分带着水貂毛的大衣。

我向她描述了诚治的装束,问她有没有见过这样的男人。桐子照旧一丝不苟地清洗着脏杯子,边洗边说:"这么冷的夜,没人在路上走。"我和桐子虽然走的是同一条路,但前后却相差了近三十分钟。我遇到了诚治,而桐子没有遇到,这或许也在情理之中。

桐子不停地问我那个人怎么了,我就把诚治不在妻子身边陪护,从医院逃走的事告诉了她。桐子听完后说:"那个人肯定是去见他女朋友了。"她说得好笑,我也不禁笑了起来。诚治怎么看都不像是能交到女朋友的人,他追求讨好女人的样子也让人怎么都想象不出来,而且他又没什么钱。"但是,人各有所好呀!"可能是因为没有见过诚治,所以桐子才会说出这么漫不经心的话来。我于是就说:"下次让你们见一见吧。"听到这句话,桐子就说,其实粗枝大叶的男人对女人有出乎意料的魅力。这话也许有那么一丝道理,但真实的情况和桐子想象的是不一样的。总之,她谈的是自己没见过的男人,我也没办法让她真正了解诚治是什么样子。

看了看暖炉的火,确实已经开到最大了,我接着问桐子今天忙不忙。忙不忙的意思就是要不要留下来过夜。

"你怎么又这样,姐姐还在等我呢。"桐子垮着脸说道。我走到洗碗池边喝了口水。水喝进去满口冰凉,嘴唇都冰得失去了知觉。喝完水,我关了电视,问桐子要不要去床上。

"怎么这么急啊?"桐子好像对我单方面关上电视的行为有些不满,最终却还是来到了床边。我正想抱她入怀,桐子问我:"不冷吗?"随即脱了衣服。

卧室和燃着暖炉的起居室之间完全是打通的,所以没那么冷。我们三天没有做爱了。我和桐子每天都打电话联系,做爱的频率则是像这样间隔几天。极为日常地满足过后,我们就睡着了。

睡着后我做了个梦。我有时会在临近破晓、睡眠变浅的时候做梦，但和桐子一起睡的时候，做梦还是很少见的。不知何时，我醒了，睁眼环顾四周，像是过了凌晨一点。看到起居室前摇晃的火光，我才意识到我们没关暖炉就睡了。

垫在桐子头下的手臂已经有些麻木了。桐子睡觉时基本都是近乎俯趴的姿势，现在也是这样。她的额头贴着我的胳膊，我的左手手指触到了她的肩头附近。我想把胳膊抽出来，但是可能一动就会弄醒桐子。我本来也不能让桐子一直这么睡，只是如果现在动一动的话，刚刚做的梦可能就会一起消失。我微微地扭了扭手臂，就着眼下的姿势反复回味起刚刚做的那个梦来。

但凡是梦，自然虚无缥缈，毫无起承转合一说。梦里，我们一行人在雪中前行，加起来大概有四五个人，不过记得清楚的，就只有军队和我两个。奇怪的是，我们最开始似乎是在路上走，走着走着又变成了坐在出租车里。显然，我们正在寻找诚治的踪迹。有传言说，诚治已经冻死在了雪地里，也不知道是从谁那里传出来的。军队和我都戴着毛皮帽子，身上穿着大衣，只把一双眼睛露在外面。车前的雨刷不停地来回刮着，暴风雪越来越大，司机告诉我们没法儿再往前开了。我们说车还能走，司机却胆怯起来，没有继续往前开的意思。于是，双方就开始争论起来。争着争着，司机突然提起他昨晚在小酒馆里见过诚治。听司机说，诚治告诉他，就算回去了，家里也只有孩子和猫，还不如过来喝酒。我完全不相信司机的话，逼着司机继续往前开，司机则说雪太大了，实在开不了。然而不可思议的是，我们透过前挡风玻璃看到天气已经放晴了，司机却说正在刮暴风雪。军队加入了我和司机之间的对话，争论再度开启。懒鬼司机长得和在我们医院接受了胃溃疡手术，两周前出院的一个男人一模一样。询问之下才知道，他就是那个男人，当时出院后立马当起了出租车司机。他说出租车的轮胎不是防滑胎，不能再往前走了。车就这样停了下来。我看着晴朗夜空下的雪，内心焦躁不已。不必说，梦就是这样跳脱且不合逻辑。

　　回味着那个梦的时候，我应该是没怎么动的，但在回味快结束时，桐子还是醒了，大概是因为我清醒时拥抱她的触感与入睡时有所不同。

　　"几点了？"桐子问。我坐起身，看了看书架上的座钟，时间指向两点。桐子摇了三两下头，接着又把脸埋进了被子里。虽然雪已经停了，但要在这样的寒夜里起床回家实在是太受累了。

　　我问桐子要不要在这里留宿。桐子嘴上说不行，人却没有起身的意思。我们就这样裹在被窝里，感受着其中的暖意。我又开始想起诚治。他现在回医院了没有呢？我想打电话给值班室问问情况，不过医院那边到现在都没联系我，可见护士们应该还没发现诚治已经离开的事情。

突然间，桐子说："这个点已经回不去了。"听起来似乎是在责备我。她今夜如果留下来的话，就是正月以来第二次在我这里过夜了。"夜不归宿应该也不会有人说你，不过你要是那么在意的话，就回去好了。"听了我的话，桐子突然说自己要留下来："反正姐姐已经知道了，没关系的。你不方便？"

我改换成仰躺的姿势，看着天花板说："没什么不方便的。""骗人，你其实还是觉得不太方便吧？"桐子硬是把我的脸掰向她的方向。我就这样保持着仅以脸朝向桐子的姿势，继续思考着诚治的事情。诚治要是一直走回了沼田，早上就不可能回来。看来到了早上，他偷跑出去的事情总归是会败露的。

桐子似乎知道我的心思在别的地方。她问："你喜欢我吗？""当然喜欢。"我回答道。于是，她接着又问："我是你最喜欢的人吗？"我点了点头，她才像终于放下心来一般，把脑袋埋进了枕头里。

早晨六点，我睁开了眼睛。凌晨两点的时候，我起来过一次，现在还能醒这么早，实在是很难得。这次我没再做梦，但无疑还是记挂着诚治的事情。桐子果然还是在以俯趴的姿势睡觉。我起身下床，透过窗帘中间的缝隙往外看去。冬日的早晨六点，天空还没有完全放亮，唯有雪原的地平线和与之相接的天空透出熹微晨光。昨晚应该没有下雪，不过家家户户的屋顶上依然浅浅地覆盖着一层积雪。

我再度拉紧窗帘，把手伸到门口的信箱里摸索，发现晨报还没有送到。凌晨两点起身时，我灭掉了暖炉的火，此时的屋里寒意逼人。刚走回到床边，桐子问："你起来了？""才六点，再睡会儿吧。"我说。桐子顺势点了点头。我躺回床上，却怎么也睡不着，而桐子虽然闭着眼睛，似乎也睡得很浅。没过多久，走廊那头传来急匆匆的脚步声，有人把报纸塞进了信箱。我去拿了报纸，然后给值班室打了个电话。看看时间，现在是七点，还不到普通员工去医院上班的时间。

"诚治在吗？"我突如其来地询问接起电话的值班护士。护士们都知道诚治，背地里也都这样直呼他的名字。"应该在吧。要叫他过来吗？"护士似乎还没有发现诚治已经离开了医院。几乎在我出声拒绝的同时，她说出了"我去叫他"这句话。接电话的护士似乎已经离开去找诚治了，值班室里应该开着收音机，听筒里传来了晨间音乐的声音。我感到后悔，刚刚不该在电话里提到诚治。如果我不问，诚治离开的事情或许还能再隐瞒一会儿。医院会在七点给病人测量体温，护士们在这个时间要去各个病房走一圈。要想不被发现，诚治就必须在七点前回到医院，但他要是回了沼田，就不可能在这个时间赶回来。如果是去街上喝酒，又或是出去玩那倒还好，不过即便是这种情况也不保险。医院早上六点过后才会开门，昨天晚上十点到今天早上六点门都是关着的。当然，按响急诊铃也能进去，只是这样一来，他就必然会被护士们抓个现行。

如果大家到八九点之后才发现诚治不见了，可能就会以为他是早上跑出去的。这样一来，我在电话里的试探就是多此一举。我拿着电话，心里烦躁不已，这时护士的声音从听筒里传过来。

"他在病房里。"

"在病房里？"那一瞬间，我怀疑自己的耳朵出现了问题。再度确认之下，护士依然给出了同样的答复。

"他刚刚在给病人换尿布，要叫他吗？"

我拿着电话，慌张地摇头："不用了，人在医院就好。"

放下电话后，我依然感到难以置信。昨晚，我在车灯照出的亮光里见到的人的确就是诚治。他沿着雪路下坡，向着国道的方向远去了。我清清楚楚地看到他穿过防雪林一侧，走过公园，军队应该也看到了。

难道那是一场梦吗？我开始怀疑，是不是做过的那场梦与昨晚看到的情景在大脑里交错到一起了呢？我无法断定到底哪一个才是现实。不过，梦中所见的情景已经逐渐转淡，而昨晚看到的诚治走路的姿态还清晰地留存在我的记忆中。我记得他当时沐浴在异常明亮的月光下，还记得水银灯映出的雪光。诚治走在外面的情景的确是现实，不是梦。

"怎么了？"见我拿着报纸站在电话前，桐子起身问道。我问桐子昨天晚上是不是听我讲过一个名叫诚治的男人的事情。"你说的是那个偷溜出去的陪护啊。他怎么了？"桐子确实记得有这件事，那我昨天晚上看到的一切必定是真实发生过的。"他回来了。"桐子不以为意地说："那不是很好？你之前不还挺担心吗？"

我穿好衣服。虽然护士说了诚治在病房里，但我还是想亲自去确认一下。七点过后就是医院的早餐时间，走廊里停着餐车，病人们都要来餐车这边拿自己的早餐。他们一脸稀奇地瞧着一大清早就出现在医院的我。在病人们的问好声中，我边点头边走到了千代的病房门前。

病房里突然传来男人的声音。刚开始听着还以为是在怒吼，细细再听，又似乎是在唱歌，声音拖得有些长，不知唱的是流行歌曲还是民谣，透露出主人享受其中的心情。我直接推门走了进去。病房是双人间，千代躺在进门后的第一张床上，往里则是得了风湿病的村上里。诚治正站在千代脚边给她换尿布，抬头看到我，慌忙闭紧了嘴。其实，我比诚治更加紧张。

"你在啊……"诚治在这件事上确实令我惊讶，更令我惊讶的是他竟然也会这么愉快地唱歌。我不知道这究竟是怎么回事。不过看起来，觉得惊讶的人不止我一个，诚治和里面那张床上躺着的村上里都一脸惊讶地看着早早出现在医院的我。

"你……"说到这里，我又住了口。我想问他昨晚去了哪里，什么时候回的医院，为什么要跑出去，但现在看来，不问似乎是更好的选择。即便他昨晚确实偷溜出去了，但他现在也确实是在医院里给病人换尿布。一晚的时间并未改变什么，也没有酿成什么差错。我站在门口，再次确认一般地看着诚治。诚治看着我，左手还拿着尿布。不知是不是因为站在太阳照不到的阴影里，他看起来面色略有些苍白，透出一股疲惫。

"你还好吧？"早晨突然现身并对陪护说这句话，怎么听都显得怪异。我本想用更加巧妙的方式掩饰自己莫名的举动，但一时间只想出了这么一句。诚治听着我的话，悠悠地点了点头。我又看了眼诚治，随即离开了病房。在此期间，千代一直面无表情地敞着双腿，村上里则难以置信地看着我。

这究竟是怎么回事呢？去往值班室的路上，我越想越不明白。昨晚我无疑见过诚治，然而刚刚他又确确实实出现在我眼前。诚治是怎么回来的呢？他是不是趁着熄灯后的一点空档溜出医院，早上又在当值员工开门之后立刻潜进来，装作什么都没发生的样子回到病房的呢？如果是这样的话，那在离开医院的那段时间里，诚治究竟去了哪里呢？是在哪里度过隆冬晚十点到次日早六点之间这段最为寒冷的时间的呢？在这么短的时间内，他很难回到沼田，但他又不像是有别的地方可去。哪怕真的有，我也还是搞不清楚他究竟是怎么做到在这个点回到医院的。

我再次回到值班室，问护士昨晚有没有什么异常情况。回答当然还是没有。于是，我又问当值的行政人员相泽，今天早上是什么时候开的门锁。相泽说应该是六点二十分左右，接着又问我是不是出了什么事。我说没什么，然后就离开了医院。

回到家中，桐子已经点燃了暖炉，泡好了咖啡。我喝着咖啡，把诚治回来的事情讲给桐子听。桐子问我是不是去医院训了他一顿。我摇了摇头，桐子就说："为了不被别人发现，他早上可真是拼了命地赶回来了。这个人真老实啊。"诚治真的是拼命赶回来的吗？他是从哪里赶回来的呢？他真的是个老实人吗？想着想着，我的大脑变得更加混乱。

第四章

　　清晨，飞机的轰鸣声将我唤醒。冬天的时候，我几乎从没听到过飞机的声音，然而今天早晨却罕见地听到了，并且声音还挺大。听在自卫队待过的军队说，飞机起降时都是逆风飞行的。冬天传来的声音之所以很小，或许是因为北风强劲，飞机往相反方向飞行，因此远离了我所住的地方。这么看来，今天会有这么大的声音，大概是因为吹起了罕见的南风。

　　我怀着期待的心情打开阳台上的窗帘，一瞧，外面果然是晴天。窗边以往总是会残留着夜来的雪，玻璃上则会凝出一层薄冰，然而今天它们全都不见了踪影。大概是因为早晨的阳光融化了冰层，窗玻璃上凝集着水滴。透过水滴看去，窗外的冬景模糊缥缈。二月已过半，虽偶尔能碰上这样的晴天，但开春前肯定还有几场雪要下，尤其是后半个月，大概还会遇到不合时宜的大雪。春天不会来得这样快，然而即便如此，今天依旧算是个好天气。这三天都没下雪，暖和的空气使积雪沾染了湿意，表面看上去似乎正在蒸腾着烟霭。气温已经大幅上升这件事，从仅着睡衣却依然不觉得冷这一点上也能感受出来。平时只要在窗边站久一点，我就会冷得打寒战；而今天，我完全没有感觉到寒意。

看着柔和阳光下的冬日景象，我的内心也自然而然地平静了下来。我想起自己好像见过一幅与眼前景象相似的画作。是在哪里见过的呢？我一时间想不起来，但却记得那幅画里也有同这个早晨相似的安宁气息。眼前感受到的安宁不只在于雪景的静谧，还在于包裹着这一切的空气之类的东西。那幅画也是如此，没有多么强烈的阳光，也没有大雪过后经常能看到的亮光。大雪过后，新雪的片片结晶闪耀璀璨，看起来就像在胡乱地反射光线，而今天的明亮感更加内敛。虽然出了太阳，但整个天空都笼罩着一层雾气，给人的感觉不是闪亮，而是膨胀。眼前的冬景带给人春天的感觉，温度固然是一部分原因，但更多的或许是因为空气带给人的柔和感。

我抽着烟，透过阳台看了会儿冬天的景色。虽然目下所及之处依旧是一片广阔的雪原，但感觉春天确实是越来越近了。那是从树影、雪面的平缓起伏，从一切景象中察觉到的。仅仅是这么看着，就能确确实实地感受到季节的变迁。季节交替的时候，常常有病人突发状况。因心绞痛长期卧病在床的一位老人，还有患心原性哮喘的一位患者，就是在秋冬交替的时候死亡的。气温与湿度的急剧变化，可能会给衰弱至极的病体带来超乎想象的影响。突然造访的暖和天气会让一直与病痛做斗争的人放松警惕。

我喝着咖啡，看着电视。电视正播放着天气预报，播音员在日本近海地图前，播报说冬季西高东低的气压分布出现了变化，受低气压向南方转移的影响，各地平均气温会上升3至5摄氏度，不过天气变暖只会出现在今天这一天，深夜起将有降雪，局部地区的降雪可能会从半夜一直下到第二天早晨。如此看来，现在的暖和可能是大雪的前兆。

看完天气预报，我就去了医院。不知是不是因为气候暖和了，感觉时间似乎比平时走得慢了一些。虽有这样的感觉，可当我走进办公室一看时间，已经快九点了。护士和办公室的工作人员都聚在窗边享受着阳光的照射，温暖地度过上班前的短暂时光。或许是因为天气晴朗，早晨的巡诊都让我觉得有些闲适。这份闲适并不是来自哪一个人，而是来自整体上的步调感觉。

走进215号病房的时候，诚治正背对着门口看向窗外。我一进去，他就回过身来，稍稍低下了头。之前，护士长对我说过,诚治好像只在面对我的时候才低头,但我想,诚治本人应该并没有意识到这一点。

最近几日,千代并没有什么异常情况。确切来说,是照旧没有意识,大小便依然无法自理。温度表上显示,早晨测量的体温是 36.2 摄氏度;脉搏是每分钟 64 次;大便过两次,排出的都是绿色的溏便。千代口不能言,但她会通过体温、大便颜色和出汗情况告诉我们自己的身体状态。

"丈夫有好好喂你吃饭吗?"护士长当着诚治的面问道。不必说,千代没有回答,只是微微张口看着护士长。"她吃过了吧?"护士长再一次看着诚治强调道。诚治依然故作不知地看着窗外。

"你闻闻,这个地方是不是很臭?你得时常撒些除臭剂哦。"护士长把手放在千代腰间,对着诚治说道。每次,从外面一走进千代的病房,就能闻到床边漂浮着的汗液与尿液混合的臭味。一开始临床的村上里还十分嫌弃,近来不知是不是已经习惯了,没有再找我们抱怨。"知道吧?"护士长又叮嘱了一句。诚治点点头。诚治一言不发的,真的听懂了护士长的话了吗?为此,我不免感到担忧。他的这种态度,甚至可以说是在糊弄医护人员。护士们对诚治感到烦躁,一定也是因为他听到什么都毫无反应。

"又瘦了啊。"护士长说得没错，千代看起来是又瘦了一些。天天看还注意不到，两天前测量体重的时候，她的体重是七十五斤，比一周前轻了一斤。这个数字单看起来极其微小，但放到七十六斤的总量上看，就不是个小数字了。像千代这种无法自如行动的病人，我们都会放到笼子里称重。那个时候，她缩成小小的一团，看起来就像个婴儿一样。千代体重的减少还不是最让人惊讶的事。朝两边拉伸胸口时，她的肋骨会清晰地凸显出来，而且她的乳房很小，还一直在萎缩。千代的裸体没有半点女人的样子。走到走廊上的时候，我问护士长，诚治是不是依然没有好好地给千代喂饭。

"他说是喂了的，但我们也不可能在千代吃饭的时候一直在旁边盯着。听村上婆婆说，千代吃一口，诚治就要吃两口。病人吃饭太慢，他似乎是因为没耐心等，于是就自己吃了起来。我们提醒了他好多次都不管用。"护士长多少有些放弃说教的意思了，接着就说除了这些，自己什么都不知道。

住在千代隔壁213号病房的患者是一个得了子宫癌的四十八岁妇女。这半个月以来，她的病情又实实在在地恶化了。她在大学附属医院做过手术，但当时已经错过了最佳治疗时机，送到这家医院的时候，已经到了癌症晚期。

大学附属医院的医生送来的介绍信上这样写道："癌细胞

已经从肠道转移到了腹膜,患者的生命还剩下两到三个月。她本人希望回到家人所在的地方,因此准予出院,烦请贵院接收。"这名病人的丈夫姓阪田,是本市信用合作社的理事长,以前还当过教育委员。我见过他几次,对方是个性情温厚的人。

"我知道她快不行了。往后我想任性一些,让她过好最后的日子。"第一次陪着妻子过来时,他这样说道。

我不是妇科医生,再说病人已经到了癌症晚期,只能等死了,因此一开始我是不愿意接收的。但是,院长与阪田相识,因此那个女人还是住了进来。这家医院有很多病人是靠这样的关系住进来的。院长说,那些病人都明白,住进来也只是接受相应的诊治,起不了大作用。但是,看护绝症患者没有那么简单。事实上,现在阪田夫人就因为由背及腰的剧痛而备受煎熬。剧痛是癌细胞转移到脊髓,压迫了神经所致。因为这场持续了半个月的疼痛,她整个人迅速地憔悴了下去。她的急速消瘦比千代更甚。在疼痛反应出现之前,她的体重是八十六斤,现在已经不到七十斤了,手脚看上去就是一层皮包骨。癌症带来的恶液质使她的肤色黯黑。她用凹陷的双眼凝视上空,被疼痛折磨得披头散发,那副样子与我幼时在地狱图上看到的老太婆如出一辙。

一个月前，我开始给她注射杜冷丁，然而效用并不明显。即便上麻药，也只有药力最猛的鸦片制剂见效。昨天晚上，我让护士给她打了麻药，结果今天一早，她又疼了起来。

我来到病房的时候，她的丈夫阪田和已经出嫁的大女儿都在。大女儿因为母亲病重，一周前就来到这里照顾母亲。比起刚来医院那会儿，大女儿也消瘦得厉害。从住院那时开始，阪田夫人就一个人占着间双人房，那张空着的病床就留给陪护人休息用。在这一点上，大女儿的条件比诚治要好得多。不过，待在病人身边，往往会比病人更加辛苦。

"妈妈早晨又开始疼了。我请护士给她打止痛针，结果护士说要等医生来了再说。"陪护的大女儿微带抱怨地说道。一痛就打针，只会加速病人的死亡。护士当时大概是出于这个原因，才说出那样的话。

我轻轻握住了阪田夫人的手腕。这么做不是为了诊脉，而是看看还能在哪里扎针。她已经与病痛斗争了两年，静脉几乎布满针孔，黑色的斑点沿着静脉一路生长。直到昨天，她的右肘还在打点滴，但昨晚因为疼痛发作，她挣开了右肘，点滴也就中断了。

查看手腕部位的时候，阪田夫人的另一只手缓缓地伸了过来，紧紧地抓住了我的手。我感觉自己的手仿佛被干枯的爬山虎缠住了。"医生，救救我。"她用喑哑的嗓音说道。我点点头。一旁的护士长说："我们马上给你止痛。"而她依旧看着我，没有把手收回去。她的手瘦削单薄，然而指尖却蕴含着出乎意料的力量。

"来，打针了。"护士长说着，把缠在我手上的手指一根根地拨开。期间，大女儿依旧用手帕擦拭着母亲眼角渗出的既非汗液又非泪液的水滴。我听了病人的心跳，又问了大女儿病人昨晚的排尿量，随即离开了病房。

回到值班室，正用消毒液洗手时，护士长过来问我该怎么办。我本以为她说的是阪田夫人，结果却是千代。

"再这样继续下去，千代连饭都吃不饱，只会不停地消瘦。"我用毛巾细细地擦手，连每根手指之间的缝隙都没有放过，边擦边回道："试试鼻饲吧。"

鼻饲这件事我已经考虑了很久。我们可以从鼻腔插入探针，直达胃部，通过导管给千代输送营养。如此一来，就能保证千代每天都能摄取固定的能量。

"这应该是个好办法。"护士长痛快地表示赞同。其实，如果可能的话，我还是不想动用这样的办法。通过鼻孔喂进去的说是餐食，其实只是流食。它的液体状态就像是浓汤，只是在浓淡程度上有所不同。虽然听起来似乎还不错，但流食每天一成不变，几乎没有味道。我没有吃过流食，不过听尝试过的药剂师说，那根本就不是人吃的东西。流食里有盐，不过因为食物被调配成了速溶粉末，实质上就相当于人工饲料。能量确实是有的，但味道完全不敢恭维。要是每天都被喂进这样的东西，想都不用想，病人肯定会觉得难吃、腻味。

不过必须承认的是，这些并不构成营养餐的缺陷。接受鼻饲的人，几乎都是没有意识、瘫痪在床的病患。他们无论被喂进了什么，都不会做出任何反应，也不会表示拒绝。正是由于这个原因，流食才应该喂给那些完全没有意识的病人。照千代目前的情况来看，给她输送流食或许还太早了些。千代虽然不能回答问题，也不能主动开口说话，但也不能断言她完全丧失了意识。例如，换完尿布，心情舒畅的时候，呼唤她的名字，她有时就会把脸转向声音发出的方向。千代的听觉还不错，经常会在听到开关门声的时候转动自己的脸庞。味觉方面同样如此。当诚治强行把过咸的食物往她嘴里塞时，她似乎会有皱眉的反应；一下子吃进过多食物后吐出来是自然的生理反应，但她吃到苦味的东西会皱眉。种种情况表明，她还保留着一定程度的味觉。给这样的千代鼻饲流食或许有一些残酷。而且，把探针从鼻腔一直插到胃里的感觉也不太好。每到饭点就打一次流食是件麻烦事，我们还不能一直插着探针不管。放在完全没有意识的病人身上，鼻饲实行起来才会顺利。要是千代脑溢血，陷入昏睡状态，反应迟钝，通过鼻导管输送流食就很好办了。鼻饲有着种种缺点，但与此同时，采用鼻饲后，我们就不用再担心诚治抢千代的饭吃。两相权衡下，我们或许应该选择鼻饲。当然，护士长对此也没有异议。做好决定后，我就开始写起明早的治疗意见来。正写着的时候，一个年轻护士进来告诉我，213号房的阪田想找我谈一谈。

我接下来还要出诊，不过想到阪田应该还要去上班，就立刻决定让他到值班室来。

清晨的太阳虽升得不高，阳光却也铺满了整面窗玻璃，开窗大概也不会感觉到冷。要是只看着那一角的窗户，就会产生恍若置身于阳光房之中的错觉。窗户玻璃上的冰层融化了，玻璃完全暴露在阳光的照射之下，上面到处都是显眼的污渍，黯淡无光。等到雪化后做大扫除的时候，窗户也得好好擦一擦。正当我出神地看着照射进来的阳光时，阪田进来了。和他一起的，还有一直陪护着阪田夫人的大女儿。

早晨的交接与治疗工作使整个值班室忙成一团。我把两人引到里边的沙发上坐下。这个位置靠窗，不会影响护士们的工作。沙发只有一个，我们三个就并排朝同一个方向坐了下来。阪田侧身对着我，郑重地说："给您添麻烦了。"他的大女儿也随之低头致谢。大女儿呈倒三角形的面部轮廓与眼睛都像极了母亲。阪田暂停片刻,似乎是在寻找合适的措辞,而后接着说道:"我想和您谈谈关于我妻子的事情,有没有什么办法能再减轻一些她的痛苦呢?"

我早就预料到他会问这个问题。病人家属提出这个需求是在情理之中,但不管是我,还是护士,都不会故意对阪田夫人的痛苦视而不见。我们同样希望消除她的痛苦,然而止痛措施同时也会加速她的死亡。不断注射鸦片制剂确实能暂时缓解她的痛苦,但与此同时,她的心脏也必定会衰弱下去,昨天打完针后出现的呼吸困难现象已经证明了这一点。不用我说,阪田自己应该也是知道这件事的。

"她看上去太痛苦了……"阪田说。而我们用药时必须把握好平衡,既要抑制疼痛,又不能给心脏造成负担。

"要是现在给她止痛,就必须使用相当强劲的药物。"刚说完这句话,护士就过来叫我,说有电话找我。接起电话一听,是桐子打来的。她说今晚休息,要不要一起吃个饭。约好六点去她指定的"鹤屋"后,我再次回到沙发边。阪田依旧坐在沙发上看着窗外;大女儿把手放在膝上,低眉俯首。我先为自己的中途离开道了个歉,然后接着之前的话说:"出于这个原因……"阪田点点头,问我他的妻子是不是还会一直疼下去。

癌细胞一旦增殖就没有减少的可能。癌真正的意义是指细胞增殖异常，而可控的正常增殖叫作"发育"。换句话说，癌就是不规律的发育。增殖的部分压迫了神经，往后的状况不会比现在轻松。

"那就是说，现在已经……"阪田说到这里就止住了，又像是自我安慰般摇了摇头。我又告诉他，我们并不是没有阻断神经的方法，只是这样一来，病人的下半身就会完全瘫痪，手术本身也会给病人的身体带来很大的负担。照现在的情形看，病人并不适合接受这样的手术。

阪田失落地望着窗边。听说他已经五十六岁了，然而一头白发梳得整整齐齐，侧脸看上去很有格调。他视线所及的窗边摆着的仙客来，在白色的瓷砖上投下暗影。仙客来旁是一个点心盒，那大概是护士们从病人那里收到的礼物。

"她要是干脆没了意识反倒更好。这么清醒着，还真是可怜……"阪田垂着视线说道。癌细胞可以转移到身体的很多地方，然而不可思议的是，它不会进入大脑。这不是说癌细胞绝不可能出现在大脑，而是说进入大脑的情况极其罕见。由于大脑未受侵害，病人直至濒死时依然保留着清晰的意识，并因此深受折磨。我本想把这些话说出来，但现在即便说了，也没有任何意义。

又有护士过来告诉我，202号房的病人说腹部有膨胀感。我回应说马上过去。这时，阪田像是终于下定了决心一般对我说："无论如何，请您帮她减轻些痛苦。"我说，这样一来就得使用强劲的药物了。阪田立刻回道："我们都不懂这一行，不知道什么药算强劲，什么药算温和，只是实在不忍看她每天都那么痛苦，希望能够让她感觉舒服一些。"说完，坂田就拿手盖住了脸。

我想起曾听别人说过，阪田是基督徒，他妻子健康无病的时候，两人每周日都会相携去教会。"减轻痛苦，同时也是相当危险的举措。"我这么一说，阪田就再次重复了先前的话，说自己不懂这个行当，只是觉得妻子实在太可怜了。

他言辞恳切，却也显得有些不负责任。减轻痛苦就意味着提早死亡，他心里知道这一点，却还是声称自己什么都不懂，希望我们能让他妻子过得更加舒服一些。阪田只提眼前，却不欲面对将来会发生的事情。他或许是不想考虑将来会怎么样，但站在给病人用药一方的立场上，我却不能蒙蔽自己的双眼。我稍微起了点坏心思，就故意问他："您的意思是说，只要能止痛，别的都不管了，是吗？"阪田无言地低下头，他的大女儿惊愕地看向我。

"我只是想尽量帮帮她……"片刻后，阪田开口说道。

"减轻痛苦与帮她还是有些不一样的。"我从白大褂的口袋里拿出根烟点燃了。大女儿像是看稀罕一般盯着我拿烟的手。点好烟,刚抽了一口,阪田开口说话了:"既然怎么都救不回来了,不如让她过得舒心一点。"

"我知道了。"既然阪田希望如此,顺着他的想法去做或许是更好的选择。见我点头,大女儿立刻不安地看着我,阪田像是平复心情一般低下头。

"我会尽最大的努力。"我说着站起了身,他们却依然坐在沙发上一动不动。我再次出声道:"咱们也说得差不多了。"阪田这才站起身,像是要寻求我的认同般又一次重复道:"她实在是太可怜了……"我看着他的眼睛点了点头。阪田像是还有话说,然而最终只是张了张口,没有发出声音。父女俩站在那里互相看了看,然后轻轻低下头,离开了值班室。

两人离去后,我吩咐护士给阪田夫人打一整支鸦片制剂。护士长讶异地看着我,问这样做是否合适。在此之前,我们从没打过这么大的剂量。即使在阪田夫人痛得厉害的时候,最多也只给她注射整支的六七成。"先试试看吧。"我只说了这么一句,而后在红色的麻药单上写下了"opiat.1A"。

护士又来催我了,我动身去了觉得自己腹部膨胀的那名病人所在的病房。路上我边走边想,阪田想要的其实是让妻子安乐死。他虽然没有明确说出口，但内心却是如此希望的，而我实质上已经同意了他的要求。回答"我知道了"时，我已经在心里下定了决心。事实上，在他们走后，我立马就告诉护士给阪田夫人注射整支鸦片制剂。一次注射一整支，虽然不至于让阪田夫人即刻死亡，但确实会对她憔悴至极的病体造成相当大的负担。准确说来，从那一刻起，我就与他共同参与进了安乐死的计划当中。

说实话，我在这件事情上还没有完全下定决心。我不是觉得厌恶，只是感觉好像被人强加了棘手的任务。然而，阪田夫人确实深受折磨，阪田也确实是强烈希望能减轻妻子的痛苦。可以说，这是不得已而为之的举措。如果阪田和他的大女儿是因为嫌病人碍事而提出这样的要求，我可能就会断然拒绝，但他们并不是那样的恶人。唯一可以确定的是，他们费尽心思地照料病人，最后实在是束手无策了，才来向我寻求帮助的。

阪田通过护士告诉我有话要说时，我已经预感到他会提出这样的要求。他那迫切的眼神让我确定了自己的想法。说实话，他主动提起来，还让我稍微松了口气。如果他不主动提，这件事可能就得由我来说了。阪田夫人的痛苦已经抵达临界点，我们也实在不忍心看她继续这样痛苦下去了。这几天，当值的护士每天晚上都会被她的动静闹醒，朝我抱怨，要我想想办法。说起来,这就是护士与病人家属之间的耐性拉锯战。即便家属那边不主动说,我也迟早会优先考虑止痛,而不是保命。我一直在寻找转换治疗重点的时机。从这个意义层面上看,阪田的要求正合时宜。这么说很怪异,但我还是得说,他瞅准了一个好时机。

照这个程度使用麻药,病人可能撑不过十天半个月,特殊情况下甚至可能第二天就停止呼吸。撇开这些不谈,不考虑心脏和身体承受的负担,使用麻药确实会让病人不再痛苦,这就像是纵情享乐、不顾花销一样,享受够了,到没钱的时候就去死。我在烟灰缸里按灭烟头,长叹了一口气。不知为何,我的心情变得极其舒畅。我感到困惑已久的难题无形中得到了自然解决,一身负担轻轻松松就卸下了。

然而,晚上和桐子一起吃饭的时候,桐子说,我的想法有些天真。

我和桐子在新川大道上一家名叫"鹤屋"的小店里碰了头。不知是不是因为桐子自己就在餐厅上班,已经吃够了西餐,她很喜欢吃日式料理。最近,她爱上了清酒,常常配着关东煮喝上一杯。"鹤屋"氛围安静,在日料厨师中也有些名气,于是就得到了桐子的青睐。我们在店里的白茬木柜台边坐下后,我对她讲了阪田的事情。在此之前,我不怎么和她聊医院的事情。如果她问我，我会回答，不过不会说得特别清楚。一提起疾病，我就会进入专业医生的角色，但用浅显易懂的语言向专业领域之外的人解释清楚这些疾病知识是很难的。再说，白天看了太多病人，晚上也实在提不起劲再说这些了。

然而今天晚上，我却主动聊起了疾病的话题。不过，我不是毫无缘由地突然说出口的，起因是桐子说起自己在东京有个得了癌症的叔叔，人快不行了。桐子的那个叔叔得的是食道癌，曾经做过一次手术，在喉咙里插了根塑料导管，但最近癌细胞又转移到了肺部。桐子问我，这样一来，人是不是就救不回来了。我告诉她，一般来说，患癌的人年纪越小，患癌的部位就越往上，病情的发展也就越不利。部位往上的说法有些笼统，其实就是指嘴周边，比如说，喉头癌、食道癌就是身体上方部位的癌症，肺癌也与之类似。再往下就是胃癌、胆囊癌，接下去就是小肠到直肠的一段。这些癌症都发生在身体的下半部分，情况相对来说会好一些。不过，虽说情况相对良好，但毕竟还是癌症，最好还是尽早摘除病灶。一旦延误时机，癌细胞就会转移到其他部位，医生也回天乏术。对待直肠癌，放射线疗法和抗癌剂往往都能起到相当大的抑制作用。

"病的地方不太好啊。"桐子说完，又接着问我上方部位的癌症为什么不好治。这个问题解释起来需要用到一些专业知识，简而言之，是因为身体的上半部分接近肺和心脏等中枢部位。用专业的话来讲，就是上方部位的癌症不好做手术，又很容易转移到其他地方，个中缘由多种多样，很难全部解释清楚。

"子宫癌怎么样呢？"桐子又问。子宫靠近直肠等部位，子宫癌的性质相对来说没那么严重。当然，如果延误了治疗时机，就回天乏术了。与此同时，治疗效果还取决于病人的年龄。说完这些，我就讲起了阪田夫人。我告诉桐子：阪田夫人的手术就做迟了，癌细胞现在已经转移到了脊髓里；她丈夫请求我为病人减轻痛苦，我就使用了麻药。桐子说："你当时松了口气吧？"她的话在一定程度上说中了，我没有必要反对，于是就点了点头。

桐子把玩着喝干净的酒杯："你就是这样的人，什么事都要推到别人头上，自己置身事外。"桐子的意思我懂，她看起来有些醉了。我们俩不过喝了两壶酒而已，桐子却已经眼角泛红。她一喝醉就会变得有些絮叨，不过感觉也会更加敏锐。

"其实，你早就想给病人不停地灌药了，只是不敢出于自己一个人的想法这样做，对吗？"她说得自信满满，但我其实并不害怕给病人用药。事实上，要是不敢给病痛的患者注射麻药，我也没有资格当医生。但桐子却说，她指的并不是不敢或不忍心打麻药之类的。"我知道,你就是对着疼痛、哭泣的病人,也照样能面不改色地给他们做手术。我好像有些明白,为什么在大学的时候,别人会说你是个好医生了。你见了血不会震惊,也不怎么能感受别人的痛苦,因此才成为技术高超的外科医生,但这不是我认为的勇气。"

我环视四周。桐子说话的声音很大,我担心会被其他人听到。然而,柜台边的其他客人都在热火朝天地聊着他们自己的话题,厨师们则聚在角落里看电视,似乎没有人关注我们在聊什么。

桐子又点了壶酒,而后对我说:"你不想把自己放到决定他人生死的位置上,总是要别人来求你,或是拜托你,然后才会无奈地应承下来。你绝不会主动承担责任,说得难听点就是卑鄙阴险,说得好听点就叫滑头。"

我把酒壶里剩下的酒倒进桐子杯中。我不知道自己是不是卑鄙,是不是滑头。像这次这样,在受到病人家属的嘱托之后才大量使用麻药的事情之前也发生过。不止是我,其他医生对待受癌症折磨的晚期患者,常常也会采取同样的措施。大家都会先获取家属的认同,这种做法可以说是理所当然。我举了自己在大学附属医院时的一个例子,解释给桐子听,她却立马出声驳斥。

"你之前提过一个生来就有脆骨病的孩子,对吧?你心底觉得那个孩子死了更好,但真到了可以决定的时候,你又下不了决心,反倒拼了命地救那个孩子的性命。你会那么做,不是因为想让孩子继续活下去,而是不想让自己承担害死那个孩子的责任,害怕自己一辈子都活在阴影中。你说过,救那个孩子是为了自己,对吧?这次的癌症病人情况虽然有所不同,但给你的感觉是一样的。你依然不想弄脏自己的手,却想顺顺当当地把这个病人送走,于是在病人家属提出恳求的时候,你就顺势应承了下来。说实在的,你就是个绝不沾染麻烦的人。"

桐子的话非常尖锐,不过我并不赞同。她说我是不想弄脏自己的手,但身为医生,我不可能凭自己的一念擅自决定病人的生死。即便自己真心认为死亡才是病人更好的选择,应该早点让病人得到解脱,但那终究只是医生自己的主观想法而已。在没有得到患者本人及其家属同意的情况下,我不能擅自左右他人的性命。当我说出这番话后,桐子摇着头说"不对"。

"患者本人和家属主动提出来确实是好,但家属其实很难把那些话说出口。真正照看妻子的人,不可能说出'请您杀了我妻子吧'这样的话来,是个正常人都说不出来。所以,家属只能费尽心思地看护病人,哪怕花销太大,家里撑不下去了,也只能咬牙扛着。就拿我婶婶来说,她早就想放弃叔叔了,还和我们说，既然挨不过去了，还不如早点让他轻轻松松地走。但是，医生还在尽心救治，鼓励婶婶。婶婶那些话就怎么都说不出口，只能连最后的那点退休金都掏出来，坚持陪护叔叔走到最后一刻。真正的好医生应该看懂家属的真实想法，悄悄下猛药，减少病人的痛苦。这一点只有医生能做到，当然就该交给医生去做了。"

听着桐子的话，我渐渐感觉比起救人，医生更重要的工作似乎是杀人。我装作开玩笑般说出了自己的感觉，结果桐子一本正经地说，医生是要救人，但同时也要懂得杀人。"这个说法不准确。不要说杀人，要说守护病人到最后一刻，不然我们可就麻烦了。"听我这么说，桐子才终于笑了起来。

"不懂医术的人即便想减轻病人的痛苦，也做不了任何事情。森鸥外不是写过一本名叫《高濑舟》的小说嘛。具体情节记不清楚了，反正就是说哥哥饱受病痛折磨，求弟弟杀了自己。弟弟不忍心看哥哥受折磨，就用剃刀刺穿了哥哥的喉咙，犯下罪行被流放到了岛上。不懂医术的人杀人就会沦落到这个下场。他们要么掐脖子，要么下毒，要么用刀砍人，用的全是残忍的办法，而医生就可以用药物或是打针的方式让病人悄无声息地死去。"

确实，不懂医术的人想要杀人，操作起来可能相当困难。

过去在某个城市,就发生过一起儿子杀死常年患病的父亲的事件。当然,死亡是父亲自己的意愿。儿子为父亲思虑良久,最后把含有有机磷酸的农药混在牛奶里,喂父亲喝了下去。身体虚弱、卧病在床的父亲确实是死了,听说彻底咽气前还经受了很大的痛苦。这起事件不及《高濑舟》中的故事残忍,儿子使用的却也是相当残酷的杀人手法了。儿子为此被定罪,最后被判了缓刑。由此看来,通过注射麻药、停止打点滴的方式将病人引入死亡确实更加简单,旁观者或许也不会觉得凄惨。

然而无论方法为何,哪怕是重病患者自己想死,剥夺还剩下一段时光的人的生命,依然不是一件令人愉快的事情。即便不被问罪,我也没有办法轻易地杀死一个活生生的人。问题的关键或许不在于方法,而在于人的感受。一个人明明还可以活,却要人为地将他杀死,这会给医生的心灵带来沉重的负担。仅仅因为医生杀人简单,就把所有的重担都压在医生一个人身上,这样的做法是不合理的。如此一来,往往就只有医生会背负刽子手的角色。普通人不想做的事情,医生同样也不想做。这是我想说的。

"我知道医生不想做这样的事情,但除了医生没人能做了,没有办法。"桐子的逻辑直观清晰,但因为过于直观而缺乏深思,"这样一来,病人和家属都会得到解脱。"

我理解桐子的意思，但她没怎么考虑病人本人的意愿，这一点让我有些在意。我们看到病人痛苦，就想给病人解脱，可病人本人又是怎么想的呢？当然，他们确实会控诉自己的痛苦，还会高喊着让人杀了自己，但这些也许并不是他们在一切场合下的真实想法。有时，他们是因为痛得太厉害，下意识就喊出了那些话；有时，他们会因为与疾病斗争了太久，情绪异常失控。但一旦疼痛止住了，他们可能就会忘记自己曾经叫嚷过希望有人来杀死自己，转而会思考如何活下去。病人自己是不是真的希望去死，这个问题很难确认。人的想法总会不断地起伏、动摇，通过病人临近死亡的精神状态来断定他们真正的想法，有很大的风险。

"稍微观察一下就能知道病人的真实想法了嘛。"桐子说，这对医生来说应该不是什么难事。她说的话诚然有一定的道理，但她思考问题总是过于单纯，或许应该说是太看得起医生了。确实如桐子所言，有时在观察一段时间后，医生就能明白病人的真实想法，但弄不明白的时候也是存在的。不同的人，说话的方式完全不一样。嘴里喊着"想死"的病人，在面对不同的人、不同的场合时，话里的意思也各不相同。这一点即便说给桐子听了，她可能也听不进去。没有真正接触过濒死之人，没有与他们谈过话的人是不会懂的。说实话，就像现在这个阪田夫人，我都不知道她内心究竟是怎么想的。疼痛难熬的时候，她确实喊过疼、想死，还曾经问过我们究竟要让她活到什么时候，让我们早点给她解脱。然而疼痛止住的时候，她又说，希望自己可以恢复健康，去街上走走逛逛，还说如果病治好了，就要每天去看戏，去西班牙和墨西哥看看。她一边说着想死，一边又心怀梦想。我不知道她那句"杀了我吧"究竟包含了多少真心。

"你要这样说，那可就没完了。既然病人怎么都救不回来了，每天又饱受折磨，我们这些活着的人就该让他们得到解脱。要是换了我，我才不想在那种状态下生生拖着呢。"桐子说。然而，这终究只是她在没有生病的健康状态下产生的思考。要是真得了病，她就不一定这么豁达了。事实上，使用了麻药以致寿命缩短的人，内心还是会在意自己的生命的。我虽然想对阪田夫人使用麻药、停掉点滴，但心里还是难免有所顾虑。我想知道阪田是否真的得知了妻子的真实想法。阪田自己是这么说的，那应该没有错。如果这是他草草做出的决定，又或是误解了妻子的意思，我就会沾上麻烦。不过，到了如今这个地步，我也只能祈祷阪田的想法没有出错。

"总之，要等病人家属来求你给病人解脱，实在是太过残酷了。一般人根本说不出那样的话，即便心里那么想，嘴上也不可能说出来。就算真有人说出来了，那也是在实在看不过去，走投无路之下才说出来的。"桐子似乎对我不主动出手的态度感到不满，"阪田先生常常来我们店里，我认得他。他很优秀，说不定还是我们这里最了不起的文化人。你们院长和他比起来都不算什么。要是阪田先生无知又迟钝，那他看到妻子那么痛苦，或许就会毫无反应。他可能会把妻子完全交给医生去管，自己一身轻松。可他是优雅的绅士，看到妻子身患绝症又遭受巨大的痛苦，会比其他人更加难熬。他很爱自己的妻子。妻子生病前，他们俩一起来过我们餐厅一次。他当时还仔仔细细地给妻子披披肩，穿大衣。"

"你说的和我们现在谈的不是一回事。再说了，给妻子穿大衣也不能说明他是绅士吧？"我语带讽刺。"总而言之，阪田先生是个纯良高尚的人，我姐姐也说他人很好。我都说了好几次了，阪田先生很爱他的妻子，因此才想让妻子得到解脱。因为有爱，他不会袖手旁观；要是没有爱，他根本就不会想到那样的事情。不重要的旁人，谁会关心在意呢？如果我得了癌症，你准备怎么办？"桐子驳斥了我的说法，斜睨着我说，"你这么冷血，就算看到我受苦，恐怕也只会漠不关心、置之不理吧？"我从没想过这种事情。说实话，只有真到了那一刻，我才知道自己会做些什么。然而，桐子还在不依不饶。

"喂,你准备怎么办呢?真的要一个人远远逃开,然后站在安全的地方俯视我吗?"我没有回答,因为就算说了什么,喝醉的桐子还是会在这个问题上继续纠缠。不过,桐子也可能是想借此试探一下我,她这个人本来就有施虐倾向。我喝光了杯里的酒,让面前的厨师给我们结账。

"别走啊,生气了?我们再聊聊嘛。"桐子出声阻止我。我并没有理会,还是站起了身。我没有生气,却感到有些烦躁,因为自己面对桐子的逼问,无法给出确切的回答。

第五章

　　二月中下旬，我们开始给千代施行鼻饲。鼻饲进展得很顺利。说是顺利，其实也是因为千代没有办法表示反对，自然而然就没有遇到什么阻碍了。我们的营养餐叫普通 A 餐，针对的是没有咀嚼能力、卧病在床的患者。除此之外，还有给肾病患者、肠胃消化功能障碍的患者吃的营养餐。根据患者的具体症状，营养餐多多少少会有些不同。营养餐一天喂两次，一天的分量里包含一千五百卡路里的能量。喂患者之前，我自己品尝了一下，营养餐几乎没有任何味道，只能闻到一股腥味，连廉价餐馆里的汤水都比不上。和我一起试味道的年轻护士直说恶心，吃进去后又吐了出来。

　　要想把营养餐输送进胃里，我们就得让千代半坐起身靠在床上，让食物靠着重力自然落下去。要是有手摇床，我们只要转动手柄就能让千代起身，无奈千代睡的是普通病床。

手摇床卖得很贵,整个医院只有两张,一张给了 211 号房的哮喘病人,一张给了阪田夫人。既然要做鼻饲,我们就应该给千代也安排一张手摇床,但又没道理把那两个病人的床抢过来用。所以,实在没有办法,我们只能在需要喂食的时候把千代扶起来,在她后背到腰那里塞一条棉被。每次都要这样操作确实麻烦,不过千代体型小,诚治再加一个护士就能比较轻松地办到。扶起千代的上半身之后,诚治就要立刻往她鼻腔里插导管。导管另一端经过喉咙深处的时候,千代会犯咳嗽,还会摇头,这时一旁的护士就要抵住她的下巴,千代会像被揪住了喉咙的鸡一样不停地眨眼,导管就这样一直插进她的喉咙深处。只要一过喉咙,接下来就很顺利了。导管会在食道的吞咽作用下,自然探入胃部。

正常成年人嘴唇到胃部的距离在四十到四十五厘米之间。千代体型小,插进去四十厘米应该就能抵达胃部深处。但如果插得浅了,营养餐会从导管漏入食道,所以最好还是往深了插。不过就算插得深,导管也只会卷起来,不会影响到喂食。所以,导管插到五十厘米刻度的时候,我开口叫停了。

千代的鼻子里插着导管,眼睛不安地环视着四周。她眼里的不安,似乎不是来自被人强逼着吞入异物的震惊,反倒更像是源自吞入导管的食道带给她的生理性不快。

我把露在外边的导管一端接在了吊在束腹带上的玻璃瓶瓶底。这样一来，打开玻璃瓶下的开关，二百毫升褐色流食就会经由导管流入千代的胃中，看上去就像是水库开了闸一般。就算把开关开到最大，流食全部输送完至少要花费二十分钟。当我把开关开到最大时，千代的表情依旧如常。营养餐源源不断地流了进去，千代依然只是茫然地看着窗外，间或连眨几下眼，似乎是因为阳光太过耀眼。用嘴吃东西的时候，千代的味觉会被触发，她还必须进行咀嚼、吞咽的动作，就多多少少会显露出一些表情变化；而直接把导管插入胃部喂食，千代就不会有吃进食物的感觉，能感受到的，或许只有导管插入胃部引发的异物感，之后流食再慢慢灌注进去，令她逐渐产生饱腹感。事实上，灌进去的流食超过一百毫升以后，一直环视着四周的千代就放松了表情，微微眯起眼睛，似乎略有睡意。二百毫升全部输送到胃部后，不知是不是因为肚子饱了，此时的千代又露出了分外满足的表情。

　　导管其实可以插个两三天，但我还是决定先把它拔出来。这样到了晚餐时间还要再插一次，确实是麻烦，但我想，趁早多重复几次，让千代记住如何吞咽导管会更好一些。人的咽头部位汇集着特殊的神经，非常敏感。这份敏感在我们插拔导管时会起到阻碍作用。不过也正因为如此，人们平时才不会吞进过多异物。喉咙的排斥反应是人体具备的合理反应，但就千代来说，她没办法自己吃东西，今后完全要靠导管输送食物。如此一来，这种排斥反应反而会成为一种累赘。

我慢慢地往外拔导管，边拔边思考着合理的意义，渐渐觉出些许好笑来。生理学和解剖学教导我们，人体是以巧妙而合理的方式组合在一起的，身体下意识的反应会对外界自动做出防御。比如说，有灰尘即将飞到眼睛里的时候，人就会自然而然地闭眼；身处亮处时，瞳孔收缩，身处暗处时，瞳孔扩张；水喝到气管里了会呛着；热的时候会流汗。还有其他我们在日常生活中做出的种种下意识的反应，全都是合乎生存这个目的的合理反应。我还记得曾经和朋友因为发现了精液不和小便一起出来的合理反应，笑得不能自已的那段往事。

然而，人体的这些巧妙构造似乎只在健康人身上才显得合理，对千代那样瘫痪在床、要通过导管进食的人来说，它们就很难称之为合理了。至少对千代来说，咽头黏膜的排斥反应和咬住导管的牙齿都是一种阻碍。

想着想着，我苦笑起来。这时，一旁的护士长问我在笑什么，我回答没什么，护士长却依旧狐疑地看着我。见我在病人被插导管痛苦万分的时候还能笑得出来，护士长似乎有些不快。从千代胃部抽出来的导管混合着唾液，一端还沾着刚刚输送进去的流食黄水。想到晚上还要再用，我就嘱咐护士把导管拿去清洗消毒。

给千代鼻饲的时候，诚治始终一言不发地看着。刚开始，他像是看到了什么恐怖的景象一般后退了一步，后来就开始探身去看千代的表情和玻璃瓶中不断减少的流食。当导管伴随着不停的咳嗽声抽离人体时，他甚至还轻轻叹了口气。

"我们现在这样做，就是因为你不肯好好喂饭。"护士长说道。诚治背过了脸。"今后每天都要像这样喂她两次。"听到这句话，诚治顺从地点点头。

说句实话，换成鼻饲对诚治来说，可能是一件值得感恩的幸事。这样一来，他再也不用一勺勺地把饭喂到千代嘴边，给千代喝味噌汤了。导管插拔必须交给护士去做，诚治只需要看着流食进入千代的胃部就行了，这比起从前应该是轻松了很多。

"可怜啊，今后就只能吃这种没有味道、没有吸引力的东西了，不过营养倒是不用担心了。"护士长对千代说道，仿佛千代能够听懂她的话似的。在此期间，诚治依然惊奇地看着鼻腔里插进了导管的妻子。

二月末的雪，是一场令人疑心先前的晴天仿佛未曾存在的大雪。我早知道二月中旬到二月末之间会下大雪，只是等到它真的来临的时候，难免还是会觉得心情消沉。近来一直是暖和的天气,我都以为春天就快到了,结果来了这么一场雪,让我产生了一种遭遇背叛的感觉。落下的积雪一下子又把街道、田野带回了冬天,让人再次意识到春天还很远。

早晨的大雪中,一个病人伴随着急救车的鸣笛声来到了医院。我被叫了过去,到那儿一看,只见一个男人躺在床上,身上裹着毛毯。

"人好像已经死了。"如身穿白大褂的急救车司机所言,男人已经停止了呼吸。他露在毛毯外的脸黑黝黝的,像是被雪晒伤了一样;嘴唇略微张开,带着笑意;头发湿漉漉的,不知是不是因为冻过后又化开。男人有一张瘦长的脸,看起来似乎已经过了五十岁。

"今早,我开着扫雪车清扫东六号路面上的积雪时,发现这个人倒在了路边。他挂在犁雪机前面,没有被轧住。"警察身边的扫雪车司机嗓音洪亮地说道。我掀开毛毯一看,男人穿着黑色外套,脚上是一双长靴,身上确实没有任何伤痕。他的两脚稍稍外倾,膝盖略微弯曲,手臂贴在身侧,掌心朝上。"看这副样子,好像是随意走到了路中央,然后就地仰躺着睡下了。"男人穿了衣服的地方也是一片冰冷。从颚关节的僵直状态来看,他应该死了有五六个小时了。

"那就是说,他的死亡时间是在今天早晨的三点到四点之间。"我听着警察的话，边点头边叫护士脱掉男人的衣服。男人身上没有外伤，但总归还是要好好确认一下。护士本想不用剪刀，直接把衣服脱掉，但男人全身的关节已经僵直，衣服很不好脱，护士只脱了稍大一些的外套和裤子，里面的西装只能从袖口那里剪开。男人穿着一身灰色的西服套装，里面还有一件栗色的毛衣。西装前面破了，毛衣胸口处有像是酱油污点一样的痕迹。

"他的身份还没有确认，看着像是启北宿舍的老爷子。宿舍那边应该会有人过来。"警察边说边从老人口袋里拿出他的遗物，一字排开：五百日元的纸币一张，一百日元和十日元的硬币各两枚，像是擤鼻涕后揉起来的卫生纸团，一条脏手帕，写着咖喱饭字样的餐券，撕去了副券的色情电影票，还有一个紫色的平安符小袋子。

"东六号线通往启北宿舍。他大概是在新川大道那边喝了酒，回去的路上出的事。有人常常看到他在新川大道附近喝酒。"启北宿舍是市里开办的养老院，离市中心一点五公里，在可以步行来往的范围内。因为要给人做体检，我曾经去过那里一次。那里虽说是养老院，里面却有很多老人是因为不想给子女添麻烦才住进去的，因此并没有那么沉郁。一些有点儿小钱的人似乎也住在那里。

脱光衣服的老人肤色白皙，右侧腹部有被虫蛰过的痕迹，下腹部有一道三厘米左右的伤痕。当然，伤痕年代久远，与他的死因没有直接关系。他的头部也没有外伤。凑近他的脸一闻，就可以闻到一股轻微的酒精味道。从死亡五六个小时后依然带着酒味这一点来看，他应该喝了很多酒。脱完衣服后，护士用毛巾简单地擦了擦他的身体。

　　擦完全身后，两个启北宿舍的员工过来了。其中一个是秘书长，还有一个是福利方面的相关人员。两人见到老人，立刻唤了声"吉先生"。"怎么会这样……"秘书长说着，就握住了老人张开的手。听秘书长说，老人的名字叫高泽吉次郎，虽然外表看上去很年轻，实际上却已经六十九岁了。他是五六年前来到启北宿舍的。老人原本在一家林业公司任职，后来到年纪就退休了，退休后因为与儿媳妇关系交恶，就搬进了宿舍。

　　"他是个热心肠，人很好，就是太爱喝酒了。我们提醒了他无数次，他都听不进去。昨天值班的工作人员很担心他，还到处找他来着。我们这里不是牢房，也不是医院，没法对老人说重话……"秘书长辩解般说道。老人的脖子微微弯曲，就像在听秘书长讲话一样。护士给老人擦完身后，把毛巾盖在了老人身上，又把老人的大衣罩在外面。在养老院的人带着老人的家居衣物过来之前，他要一直保持这副模样。

"他不是死于事故啊？"听到秘书长发问，我回答说，人应该是被冻死的。老人有前列腺肥大症，偶尔会小便不畅，除此之外，就没有什么正儿八经的疾病了。如果他有高血压或是心绞痛之类的老毛病，倒还有可能走着走着就倒地不起，但没有看到他倒地时的状况，一切就都不好说。至少，只有在人活着送过来时，我才能做出判断。从他身上有酒味，人又倒在路边来看，判定为冻死在雪中应该是合情合理的。事实上，每年冬天都会有那么两三个人冻死在稍稍远离街道的地方，其中既有像老人这样喝醉酒的人，也有在暴风雪中迷失了方向，走着走着就倒下去的人。那一带少有人家，一旦刮起暴风雪，原本的积雪就会被卷到空中，遮蔽人的视线。即便在国道上，也常常有很多车辆因此滞留。昨天的雪很大，但也没到暴风雪那种程度。仿佛填满了整个天空的大片雪花持续不断地降落，虽然下得很大，却也带着二月末降雪的温柔感觉。

"宿舍就在四五百米开外，他为什么没走到呢？"秘书长说完，对着大衣下老人的遗体双手合十。确实，老人被发现的地方距离宿舍只有五六百米，再大的雪，也不至于让他在这点距离内迷失方向。

"有没有可能是自杀？要是自杀的话，我们就要做不同的处理。"警察说道。我回答说不会，如果是自杀，老人应该会选择其他更加合适的方法，也不会喝这么多酒。然而，警察似乎依然不太相信，就询问秘书长老人最近有没有什么不对劲的地方。

"没什么不对劲的，昨天也像平时一样，吃完晚饭和我们说要去街上，然后就出门了。他之前出去过很多次，大家谁也没有放在心上。值班的工作人员说发布了大雪警报，让他早点回来。宿舍晚上九点会点一次名，不过就算不在也不会受到什么惩罚。大家都是成年人，自己又有钥匙，我们也不好说什么。"宿舍过来的另一名工作人员说道。和秘书长一样，他也只是在解释宿舍一方没有任何过失。

"可是，他都走到那里了，为什么还要睡在雪地上呢？"警察看看秘书长，又看看我，开口说道。"会不会是想休息一下呢？"我说。警察一脸不可思议地对我说："半夜在大雪里休息？"

我问警察有没有喝醉后仰躺在雪地上的经历。"我怎么可能做那种蠢事呢。"他苦笑着说。"说起来有些不好意思，我就曾经这样做过。"我说，第一次是在回公寓途中经过的儿童公园前，第二次是在铁道口前的建材存放场旁边。每次都是下雪天，路上不见一个人影。我当时并没有觉得太累，只是莫名地想要仰躺在雪地上试试。道路两边堆积的雪深过了一米，后背碰上去的时候，感觉就像陷进了用雪做成的棉被里。躺在雪地上，无数的雪花落在我的脸上。不知是不是因为喝醉了酒，我感觉不出丝毫的寒冷。实际上，下雪的时候，雪云遮蔽了冷空气，气候会出人意料地暖和。雪花接连不断地落在脸上，我却依然不觉得冷，发烧的皮肤反而感到十分舒适。一开始的时候，雪花会被脸上的温度融化掉。渐渐地，它们会在眉间或耳朵附近堆积起来。当然，胸口和脚上也会积雪。"人要是这么睡过去，就再也醒不过来了。当时，我心里想着要快点起身，却怎么也不想动，老人大概就是这种情况。"我说。警察环抱着双臂，似乎不太理解我说的话。

"他明明有更好的大衣，却总是穿得破破烂烂的，结果大冷天把自己冻死在雪里。"秘书长摩挲着老人的胸口，动作略有些浮夸。

"总而言之，没人知道老人真正的死因啊。"警察像是下最终总结似的说道。

快到出诊时间了，检查间周边的人越来越多。听说有个冻死的人被送到了这里，大家就都聚到这里来瞧。"是高泽老爷子。"看来人群里还有认识他的人。我要去做别的事情了，就对警察说，自己会在白天写好老人的死亡诊断书，请他下午再过来取。秘书长拜托警察用急救车把老人运回宿舍。

因为这起突发事件，我查房的时间比平时晚了三十分钟左右。或许是听陪护说起过,病人们似乎全都知道医院来了一名死者。关于这一点,我是从他们紧张的表情里看出来的。

病房这边一切正常,非说有什么异常的话,就是206号病房里的那名因为骨折住进来的少年出现了急性阑尾炎的症状,以及之前住进来的哮喘病人的呕吐物里掺入了轻微血迹。我给少年开了抗生素,准备先观察一段时间,哮喘病人就交给专攻内科的院长诊治。

黎明时分,213号病房的阪田夫人又打了一针鸦片制剂,之后就一直沉睡着。自从收到阪田的请求后,我给他的妻子打麻药就再也不像以前那么小心翼翼了。我还对护士说,到了深夜,当她痛得厉害的时候,护士们可以自己看情况使用麻药。严格来说,这样做违反了医师法,但是每天晚上阪田夫人疼痛发作时,我都要被叫醒,这也实在是太累人了。"病人因为打针出现异常反应时,你们再联系我。"于是,这几天白天和晚上,阪田夫人基本都要用一支麻药。由于麻药的关系,她的疼痛略有缓解,但也因为其中的副作用,她一天中的大半时间都昏昏沉沉的。

"妈妈又掉了一颗牙。"阪田夫人的二女儿给我看包在纸里的牙齿。她从上周起就接替了大女儿,在医院里陪护母亲。阪田夫人掉的是右边的犬齿,牙釉质已经变成了茶褐色。从开始使用麻药到现在，这已经是她掉的第二颗牙齿了。她的头发白了一大半，皮肤也呈现出常打麻药的病人特有的干枯感，静脉一条条凸起，任谁见了都不会认为她只有四十八岁。大量的麻药无疑正蚕食着阪田夫人的身体，只有心脏相较而言还比较顽强，那是支撑她继续活着的原因。缺了门牙和虎牙有碍观瞻，但是对于时日无多的人来说，补牙本身也没什么意义，况且即便是要补，医生也很难把假牙镶进她萎缩至极的牙床里。二女儿也清楚这一点，只不过是单纯向我汇报掉牙的症状而已。我提醒她可能还有其他松动了的牙齿，要注意防止病人误吞，随后又询问了病人的小便排泄量。照阪田夫人现在的状况，再用听诊器做检查也没什么意义了。与之相比，小便排泄量和体温变化才是更加需要关注的地方。"小便有四百毫升。"二女儿回答说。尿液的减少在某种程度上是合理的，毕竟病人的水分摄入少，但无可否认的是，阪田夫人的肾脏功能确实是每况愈下了。

我看着阪田夫人露出死相的沉睡面容，准备离开病房。就在这时阪田出现了。他穿着大衣，右手拿着帽子。自从前几天拜托我给阪田夫人止痛后，他似乎稍微找回了一点精气神。

"早上好。"阪田打了个招呼，眼里流露出有话要说的意思，于是我走到了走廊上。确认四下无人之后，阪田对我说，他计划四月初去趟欧洲,不知道走不走得开。

老实说,他这么问我也答不上来。"是跟着金融经理人组成的考察团一起去。因为还要在伦敦开研讨会,他们叫我务必参加,但我妻子现在又是这么个情况……"

我无法断言阪田夫人究竟什么时候会死,可能还能熬一两个月,也可能明天就会停止呼吸。但目前来看,比起癌变,心脏和肾脏能坚持到什么时候才是左右生死的关键。它们或许会在某一天突如其来地停止运转,就像枯树突然倒地一样。这件事无论发生在今天,还是发生在一个月后,都不奇怪。现在,我能明说的就只有阪田夫人已经病危,无力回天了。硬要说期限的话,也只能说大概还剩不到两个月的时间。

"要能去我就去,该给他们一个明确的回复了……"从阪田的表情中,我察觉到了他想要去的心情,但我不敢明确断定阪田夫人的死期。如果我说可以去,但阪田夫人偏偏在他外出时去世,我就会很难办。"抱歉,现在什么都说不准。"我扭了扭脖子,阪田微微点了点头。如果阪田夫人在这一周或者两周内去世的话,他举办完葬礼后或许就可以去了;如果是在接下来的一个月之内去世的话,他依然还有去一趟的可能。阪田一家早就做好了阪田夫人去世的心理准备,她死后应该也不会发生纠纷或什么棘手的麻烦事。只要葬礼顺利举办,大概就不会产生任何问题。

"我去不了,是吗?"阪田又一次问道,我却不知如何回答才好。四月出行好像是不行的,但可能也没什么问题。不过话说回来,去或不去本来就不应该由我来决定,而是应该由阪田自己来决定。要是觉得妻子去世时自己不必守在一旁,他就可以去;要是觉得自己必须待在妻子身旁,他最好把那边回绝掉。连这样的事都交给医生来决定,未免太出格了。

"那我还是别去了吧。"听到这话,我点了点头。我已经对阪田夫人使用了加速死亡的药物,现在还要让我预测她死去的时间,活人真的是太过随心所欲了。

和阪田分别后,我去了旁边千代的病房。同往常一样,我刚进去就闻到了强烈的除臭剂气味。护士长交代过要撒除臭剂,诚治记住了这一点,总是会胡乱撒很多。

千代和阪田夫人正相反,最近有些发胖了。短短几天过去,她的皮肤泛出光泽,脸颊也丰满起来。"看来鼻饲见效了。之前那么瘦,就是因为诚治不让她好好吃饭。"护士长满意地说道。一天两次的流食虽然味同嚼蜡,却能给卧床不起的植物人提供充足的能量。千代一副吃过早饭的样子,眼神满足地看着窗外的降雪。她什么都没说,但最近我们通过表情就能知道她有没有吃饱。我们进入病房的时候,诚治慌慌张张地合上书,想把书放到床边，结果书掉到了地上。"又是漫画吧。"护士长喷了一声，躬身捡起杂志。杂志摊开的页面上是一张彩图，图片里尼姑装扮的女人下身赤裸，正被一个粗野的男人侵犯。

"下流！"护士长慌忙合上杂志，又把杂志扔回到地上。"这里是医院，请不要把乱七八糟的书带进来。"护士长狠狠地瞪着诚治，脸色通红。诚治把手挡在额前，垂下了头，这是他感到窘迫时的习惯性动作。他照旧穿着不变的褐色高领毛衣和黑色裤子，裤子的拉链有一段没拉上。

我们一直错以为诚治看的只是漫画。窗边摞起来的书堆里，漫画确实占了绝大部分，不过其中似乎还隐藏着几本黄色书籍。

"早上尿布已经换了吧？"护士长像是要重整气势一般，从床脚边掀起了毛毯。毛毯掀起的瞬间，一股恶臭飘散开来。"还没换啊，请你现在立刻换尿布。"听到这话，诚治又一次挠了挠头。

自从实行鼻饲后，千代的排泄就变得相当规律了。千代无法告诉别人自己什么时候要大小便，按理说必须随时准备好给她换尿布，不过现在只要早上换一次，白天换三次，晚上入睡时再换一次就足够了。护士长将换尿布的时间写在纸上，又把那张纸贴在了病床上方的墙壁上。此前，千代偶尔还会拉肚子，自从实行鼻饲后，拉肚子的情况也消失不见了。每天早晚，千代都会像例行公事一般排出泛着绿色的软便，每次的量都差不多。墙上贴着的纸上写了早上八点要换第一次尿布，诚治又偷懒没换。

诚治掀开千代浴衣的前襟，扯平夹在她胯间的尿布。他把左手插到千代的屁股下面，抬起千代的腰，就着空隙抽出尿布，之后用尿布干净的边缘擦拭千代的胯间；接着，给千代拍爽身粉。诚治的大手拍打得啪啪作响，动作做起来已有几分熟练。千代的下半身就这么毫无保留地显露在人前。她黑色的阴毛生长稀疏，耻骨隆起，突显出骨头的形状。拍完爽身粉，诚治蹲下身，从床下拿出替换的尿布，把它拉开成丁字形。"不行，我不是说过吗，直接这样用太浪费钱了。尿布很大，你要把它分成两半，这样就可以用两次。"护士长推开动作迟缓的诚治，伸手拿过尿布。"剪子呢？"护士长问。诚治正要去床头柜下面找，护士长已经从巡诊车里拿出剪刀自己剪好了。"要这样放。这样也够大了，对吧。"护士长两手交叠着拿起尿布，把尿布垫在了千代身下。"下面都湿了，床单也要换一下。"护士长说着叹了口气。诚治把刚刚抽出来的尿布团成一团，想要塞到床下面。

"不是吧，下面攒了多少尿布？"护士长从床下拉出了诚治想要往里推的水桶，蓝色的塑料桶里塞满了尿布。"换下来了就马上洗一下啊，堆在里面会发臭的。你也可以用一次性尿布，但我看这里面的都不是吧。我不是说过吗，要先用手洗，然后再放到洗衣机里洗,为什么不按我说的做呢?"诚治右手拿着团成一团的尿布,呆呆地站立着。

"真是的,你真是无可救药了。还有你们两个,我之前很严肃地交代过吧。"忍无可忍的护士长把怒气撒到了跟着过来的两个护士身上。我把听诊器贴在千代胸口,听了一会儿她的心跳,随后离开了病房。

雪到了傍晚就停了。夜色临近时停雪,家家户户屋里屋外的灯就在新雪中一齐亮了起来。窗下行人的交谈声清晰可闻,看来空气已经变得澄澈了。

今晚是我值班。五点暂时结束工作后,我回到公寓,准备稍事休息。走到公寓门口时,左手边的空地上传来孩子们欢快的声音。我顺着细细窄窄的雪路走过去,想看看他们在做什么,只见十来个孩子正聚在一起玩橄榄球。他们占据的空地是医院用地,往后可能会用来加盖房屋,不过现在还是空荡荡的,角落里堆放着的木材和空箱子都被厚厚的积雪覆盖着。孩子们追着球,在雪地里跑来跑去。场地一边有根晾衣竿,被雪掩埋着,只冒了个头,另一边竖着棵细细的枫树。孩子们就把这两个地方当成了球门。

我站在公寓旁边,看了他们一会儿。学生时代我也玩过橄榄球,但是看别人在雪地里玩还是第一次。雪积了有一米深,跑起来是很艰难的,然而晾衣竿和枫树间的雪已经被踩结实了。他们脚下都是积雪,冲上去抱人截球也不会受伤。球朝着晾衣竿的方向滚去,被截下后又开始往回滚。一群孩子中有个大块头的男人,他抱着球越跑越远。我立刻认出那个男人是诚治。

也不知道他是怎么混进去的。他顶着个光头,身上穿着黑夹克,脚上套着长靴,夹在孩子们中间拼命地奔跑着。一个勇敢的孩子从旁边窜出来抱人截球,诚治挣脱着甩开了他,紧接着又撞开面前的另一个人,向着枫树跑过去。眼看着就要跑到枫树前了,斜前方又有两个孩子撞了上来,诚治的脚步瞬间变得踉跄。两个孩子猛扑过去,把诚治压在了下面。突然,孩子们的呐喊声响了起来,球又回到了对方孩子的手中。诚治所在的那队成员似乎少一些,对方从诚治手中抢走球差不多就意味着赢了。重新把球夺回来的孩子笔直地冲向晾衣竿,持球触地得分。

诚治很是懊恼地爬起来,把手里握着的雪球狠狠地砸到了地上。他正想走到孩子们那里时,突然注意到了我这边。他把视线移过来,想要确认一旁的人到底是谁。看到我后,他微微笑着低下了头。顺着他的动作,我也点了点头。

他就那样站着,脸上的神情局促不安。听到孩子们朝他喊"叔叔"后,他就朝着球的方向跑了过去。我并没有斥责他的心思,更多的是看到他在孩子们中间认真奔跑后感到的意外。这样的诚治和我在病房中看到的那个懒汉简直判若两人。诚治体型很大,却有着和孩子们不相上下的敏捷和勇敢。

　　孩子们的呐喊声再一次响起,诚治又追着球跑了起来,但动作却比之前迟钝了一些。他一边追着球,一边时不时地看向我,可能是因为分心在我身上,所以没能放开了跑。我背转过身,沿着窄窄的雪路走回了公寓。上楼梯的时候,一对年轻夫妇一边吵着一边往下走,是和我住在同一层的人。看到我后,他们闭上了嘴,向我轻轻颔首打了个招呼,然后继续走下了楼。

　　回到房间,我先看了会儿晚报,而后在沙发上躺着休息了大概三十分钟。过了六点,我又回到了医院。左手边的空地上已经没有了孩子们的身影,只有夜幕中被踏结实了的雪地独自回归沉寂。

　　门诊来了个看急诊的感冒病人,我给他做了诊治。七点我去食堂。办公室值班的军队已经早到了一步,正坐在食堂里吃饭。

　　"又碰到了,多多关照。"他这么说着,边喝茶边跟我讲起近来练得越来越好的滑雪技术。军队是新潟县人,对滑雪还是有些自信的。他给我举了好些例子,如:队里训练的时候严禁使用滑雪缆车,无论滑什么样的斜坡都要自己穿着滑雪板爬上去,让腰腿适应雪地;教练说,如果像现在的孩子那样,一开始就使用滑雪缆车的话,就只能学到些皮毛,并不能从真正意义上提高自己的滑雪技术。"我计划下个月初去二世谷滑雪场。"在谈滑雪的过程中,他的脸一直神采奕奕。我吃完饭,请勤杂工帮忙端了一杯茶过来。刚喝了一口,军队突然压低声音悄悄地问:"213号病房的阪田夫人情况怎么样了?"

说实话,这种问法实在是让人不知该如何作答。问我"情况怎么样",那回答肯定就是"不怎么样"了。这种回答他自己应该也是知道的,但要再回答出个一二三来,就很困难。见我默不作声,军队先看了看正在洗餐具的勤杂工,然后接着对我说,最近阪田夫人好像用了不少麻药。军队在办公室值班,又负责保险申请,自然是知道这些事情的。

"阪田夫人那种情况,用麻药会更好吧?"又是个让人为难的问题。我告诉他,这不是好不好的问题,而是在目前的状态下不得不用。军队听完又说:"但是,说什么话的人都有啊。您知道药房的高田医生怎么说吗?"我确实不知道她说过什么。近半个月以来,我和她除了早晚打个招呼,就再没聊过什么了。

"我说了您可别生气啊。"军队说完,接着告诉我他是在之前值班的时候听到的。高田医生说,最近给阪田夫人打的麻药过量了,她担心患者会因此中毒。"只说了这些吗?"我反问他。

军队看着我的脸说:"其实还有更过分的话。直截了当地说吧,她说您用了那么多麻药,是不是想杀了阪田夫人。您之所以这么做,是因为想让阪田夫人早点死,这样自己就轻松了。

"当时,旁边还站着山口护士。山口说,您并不是因为自己想用才用的,您是看到阪田夫人痛得实在厉害,才不得不用麻药的。但是,高田医生并不认同山口的话。高田医生说,就算痛得再厉害,深夜里护士没有医生的许可就擅自使用麻药,这种行为也实在是太过分了。我觉得是因为她是药剂师,所以才不喜欢护士深夜随意使用麻药吧。"

军队说的话也许是对的。有一支麻药使用去向不明,监督人就会被严厉追责,因此药剂师对麻药的使用格外小心谨慎。需要用麻药时,药剂师必须经过医生的许可,请医生签字盖章,还要一一写明麻药是给谁用的,要用多少剂量。我们这家医院自然也是同样的一套做法,但是这些只是落实在记录上,实际使用的时候都是护士根据需要给病人注射麻药,之后再找我或院长要知情同意书。只有阪田夫人属于特殊情况。护士只需向我报告深夜时分用了多少麻药,第二天早上我会自觉去盖章确认。

"所以,我对她说,如果每天晚上病人疼痛一发作就被叫起床的话,您也会吃不消的。她只在药房待过,不了解这样的情况。如果她去病房看一看，就能知道病人们有多么痛苦了。是这个道理吧？"我很感谢军队替我说话，但是他热心过了头，又让我有些忧虑。

吃完饭走在回办公室的走廊上，军队又说："说您觉得阪田夫人早点死了更好，您不觉得太过分了吗？"这么说可能确实过分了些，我从未有过这样的想法，反倒希望她能够尽可能长久地活下去。我没有任何理由盼望阪田夫人早点死。从这一点来看，大家应该可以理解我的想法。但与此同时，我又确实认为死亡才是阪田夫人更好的出路。照目前这个样子下去，她已经没有康复的可能了，只能被病痛折磨，深受煎熬，唯有死亡才能摆脱这种痛苦。这两种想法或许互相矛盾，但是就我而言，我并不觉得两者之间有矛盾。

"除此之外，毫无办法了呀。"我只说出了最后的结论。军队点点头，一副很懂我的样子："您确实是考虑着安乐死吧？"

"可能是吧。"我们走到了二楼的楼梯处。二楼我的房间里应该放着一瓶昨天出院的病人送我的威士忌。"要不要来点酒？"我问。"好啊。"军队脸上带着少许谄媚的笑回答道。

我从房间里拿了威士忌走到办公室。军队早已备好了玻璃杯和冰块，等待我的到来。冰块稍稍带着消毒水的味道，不知是不是因为从值班室的冰箱里拿出来的。

"今天应该没什么病人过来。"军队边往威士忌里兑水边说道。为接待急诊,值班员必须在办公室里待到十点,之后就在办公室旁边的值班室里休息睡觉。不过这样一来就太无聊了,所以他们多半会看看电视,或是去值班室外和护士们闲聊。其中还有些人,一轮到自己值班,就把人聚在一起打麻将。急诊室一晚上大概会来四五个病人,办公室值班员要做的就是接待病人,制作病历卡,把病人带到病房,并没有那么忙。军队会和别人一争胜负的只有围棋。一般人接触围棋后,慢慢还会下将棋、打麻将,但军队却只对围棋感兴趣。值班人员喝酒并不是什么值得推崇的好事,但只要不喝醉,在某种程度上就属于默认可做的事情。事实上,漫漫长夜,要求值班人员一直待在办公室里,值班人员是做不到的。只在办公室里喝酒无伤大雅,至少比关起门来打麻将要好一些。

我们兑水喝着威士忌,下酒菜是军队去食堂拿的剩下的沙拉。军队性子开朗,一旦喝酒话就变得格外多,缺点则是此时会显得非常啰嗦。不过,他这个人本来就好讲道理,喝了酒后越发变本加厉。想到这里,我的心情稍微沉重起来,但也并不想回到那间冷冰冰的公寓房里。公寓离医院虽近,但是一出门就得走雪道,实在是让我觉得麻烦。况且,军队虽然有些啰嗦,但和他一起说说话聊聊天,我的精神就会得到放松。这样的舒适与和桐子在一起时的舒适是不一样的。

军队喝起酒来还是那副老样子,仿佛是在仔仔细细地确认酒味一般。"不愧是好东西,喝起来就是不一样啊。"他这么说着,把杯子里的冰块晃得咔咔作响。我们喝的是芝华士的威士忌,送我酒的是一位因腰间盘突出住进医院的砂石厂老板。一开始的时候,他的一只脚也失去了知觉,我还以为必须要做手术,结果在做骨盆牵引的过程中,他康复出院了。虽然往后还有复发的可能性,但暂时也只能先观察情况再说。

军队一喝酒就很容易上头。一杯酒下肚,他的眼圈已微微泛红。像是又想起了什么一般,军队开口说道:"话说回来,安乐死这个东西,还没有得到官方的认可吧?"又是这种话,我一听就觉得烦躁。可能是这种心情表露在了脸上,军队问我是不是讨厌谈论这个。我并不是讨厌,只是不想和话多的军队长篇大论地探讨安乐死这个多方意见不一的话题而已。

"很久以前,美国有个少女因药物副作用而失去意识,瘫痪在床。""你说的是那个叫凯伦的姑娘吧。"我回道。军队说:"我看过一篇相关的新闻,说当时州立法院判定允许对那个女孩实施安乐死,之后怎么样了呢?"军队高中毕业后就进了自卫队,但是却熟知很多事情,还经常买书看。可能就是因为这个,他变得越来越爱摆道理,从而被周围人敬而远之。

那个时候，凯伦的父母提出了申请，法院通过了他们的申请，准许拿掉复苏机，但主治医师却下不了手。最后在凯伦父母无数次的请求下，医生迫于无奈，才拿掉了复苏机。然而，复苏机拿掉后，凯伦并没有死，依然没有意识地存活着。我说完这个故事，军队就问我，为什么会出现这种情况。

复苏机是给极度虚弱或无法自主呼吸的病人使用的医疗器械，可以强制保持病人的生命体征，换句话说，就是人工控制呼吸和心跳。自从成为植物人后，凯伦就一直靠复苏机维持生命，于是所有人都认为，复苏机拿掉的同时，她就会停止呼吸。然而和预想的相反，拿掉复苏机后，凯伦仍然能够自主呼吸，并没有因此死亡。"这么说来，她一开始就不需要用复苏机吧？"军队问。"也不能那样说。大概刚开始的时候确实需要，但是在使用过程中女孩恢复了自主呼吸，所以拿掉的话也不影响什么。医生应该只是没有注意到这个情况吧。这个案例发生在国外，具体怎么样我也不清楚，但大概来讲，应该差不多就是我说的这种情况。"我回答道。"那法院的判决只是拿掉复苏机吗？"我没有看过法院判决书，所以并不是很清楚。我想，法院大概是认为拿掉复苏机就意味着女孩会死亡。

"那就等于同意执行安乐死啊。既然如此，用其他的方法结束她的生命也可以吧？"不知道是不是因为酒劲上来了，军队说话的语气有些胡搅蛮缠。"你说的倒是简单，又是拿掉复苏机，又是用其他方法结束生命，那你有没有想过，这些事是由谁来做呢？"我问道。军队立刻回答说，当然是由医生们来做了。"对啊，但是无论什么样的医生，都不愿意杀掉现实中活生生的人。你看，哪怕法院判决可以拿掉复苏机，那个医生不也没有立刻动手吗？你好好想想这些。"听我这么说，他一时陷入了沉思，可最后仍说："可交给医生来做的话，用药物和注射方式杀人就不算犯罪了吧？"

我往杯子里添了新的冰块，跟他解释说这不是有罪还是无罪的问题。总而言之，自己亲手了结还能继续活下去的人的生命，那样的真实感觉会让人很不愉快。听完我的解释，军队终于点头说："您说的这些我大概能理解了，看来医生也不喜欢做这种事啊。"话虽这么说，可他脸上仍是一副不解的神情。

"肯定不喜欢啊。"说完这句，我又提起了法务大臣不在准予死刑的文件上签字盖章的事情。在日本执行死刑，必须经过法务大臣的审批。审批通过后，一周之内就可以执行死刑。当然，宣判死刑的人是法官，法务大臣只需要签字盖章即可，那只不过是他们职责之内的工作内容之一而已。然而，历代的法务大臣似乎都对盖章这件事犹豫不决，如果任期是一年，就一直逃避签字，拖到离任，然后再转交给下一任处理。因为这个缘故，没能及时执行死刑的囚犯越来越多。可以说，被逼着执行安乐死的医生的立场很像法务大臣，虽然两者的性质并不一样。

"原来是这样啊。"军队抱着胳膊感叹道，"可如果因此就拒绝实施安乐死，那同样也会带来问题吧。""确实如此，还是有问题。"我回答道。军队笑着说："没想到您也会说出这么没有底气的话，我都不知道该怎么办了。"

有没有底气不重要，重要的是当一个人被迫站在安乐死实际执行人的位置上时，他心里究竟作何感想。我本想把这话说出来，但又不确定军队能不能真正理解我。之前和桐子说这些的时候，她就不理解我。军队朝我和他的玻璃杯里各倒了些威士忌。快到八点了，还是一个急诊病人都没有。军队之前预测说今晚应该没什么事情，还真让他说中了。

"所以说，您给阪田夫人用麻药并不是为了对她实施安乐死，是吧？"军队像是再次想起了这件事似的开口问道。突然从社会评论转向谈论个人的切身问题，我一时间有些措手不及。我喝了口酒，回答说："麻药用得太多确实会加速人的死亡，我这么做也许就等同于认同了安乐死。"军队立刻说："那就像法务大臣签字盖章了一样，对吧？"桐子的想法也和他一样，不过不像他这么直截了当，上来就要我回答是或否。

我只能再次解释说：阪田夫人已经到了癌症晚期，恢复无望了；她痛得很厉害，深受折磨，周围的人都不忍心见她如此受罪；等等。最后又说，她丈夫也希望医生能让妻子过得轻松一些。

"也就是说，您心里是不愿意的，但是没有办法，只能使用麻药，是这样吧？"军队像是有了新发现似的说道。其实，这些话根本没有说的必要，没有哪个医生会在明知药物对患者身体有害的情况下，还毫无心理负担地继续用药。

"安乐死在日本还没有得到官方认可吧？"

不仅日本没有认可，全世界的国家都没有认可安乐死①。美国那家州立法院也只是判决同意拿掉复苏机，并没有正式认可安乐死本身。不过近来，发达国家渐渐显示出认可安乐死的趋势。英国在1969年向议会提出了安乐死法案。法案虽然被否决了，但是赞成的票数还是相当可观的。此外，德国和美国也在认真探讨安乐死立法的可能性。安乐死是在现代医学不断进步，失去意识、处于病危状况却不会死亡的病人人数不断增多的背景下产生的问题。因此也可以说，安乐死是发达国家共同

---

① 此书出版当年，并未有国家认可安乐死。

面临的问题。我举了两三个例子来谈这些事情。军队点着头,拿桌上的纸记起了笔记。他好像很喜欢谈论这样的话题,又进一步问我那些法案的内容都是什么样的。

不同国家的法案,内容多多少少会有所不同。不过,安乐死协会认证的安乐死的一般条件大概有以下几条:第一,病人得的必须是不治之症,并且已经到了病危或者临终状态;第二,病人的痛苦非常剧烈,本人强烈希望执行安乐死;第三,安乐死执行时必须选择尽可能无痛且不残忍的方法;第四,以上三条标准必须得到两名以上医师的认可,并且须由诊断医生亲自执行安乐死。大体上只要满足了以上四点,就可以同意实施安乐死了。

军队重新看了看笔记,说:"要求病人处于病危状态,疼痛剧烈,这些我都能理解,但要病人本人强烈盼望实施安乐死,这一点应该很难判断吧?就拿像植物人一样失去意识、瘫痪在床的人来说,我们也不可能问他们究竟想不想执行安乐死啊。"

确实如他所言,我们没有办法确认像植物人一样的病人是怎么想的。因此,安乐死协会推荐人们提前签订知情书之类的文件,明确提出一旦成为植物人后,希望自己被执行安乐死。只要有知情书在,执行安乐死就没有问题。但是,大部分人都觉得自己不会有变成植物人的那一天，因此都不会做这样的准备。在这种情况下，获得病人家属的同意也是可以的。例如，假设得病的是丈夫，有妻子和孩子的同意，就可以执行安乐死。

"这样不会出现那种妻子和孩子合谋害人的情况吗？"军队怀疑道。他的担心其实没什么必要，因为成为植物人后还能不能恢复要由医生来判断，家属联合起来也做不了什么。不过，要是变成植物人都是家人谋害造成的话，那就另当别论了，但要怀疑到这个程度，那就真的没完没了了。

军队点点头，又问尽可能无痛、不残忍的方法具体是什么方法。对于这一点，安乐死协会自然没有明确的具体指示，暂且只能算是原则指导而已。不过照理来看，大概就是使用麻药、注射药性较强的安眠药之类，总归不能是勒死、喂病人烈性药之类的方法。

"用那些方法真的能让病人顺利死亡吗？"军队的这个问题问到了点子上。即便使用了药效非常强的麻药和安眠药，病人也不一定会即刻死亡。就像现在，我们已经给阪田夫人用了很多麻药了，但她的呼吸和心脏仍在照常运转。

"真到了动手杀人的时候，实施起来还是很困难的。"听我这么说，军队又问了句："什么？"或许是"杀人"这个赤裸裸的表达让他感到震惊，但那是我无法作伪的真实感受。一直以来，我想的都是怎么治好病人，觉得让他们活下去很难，自己也早已经习惯了这样的思考方式。反之，想要夺走一个人的生命，那也一定会出乎意料地难。

"报纸上偶尔会刊登关于杀人事件的报道，对吧。看到那些报道，我们总是会想杀人犯是如何如何残忍。我们看到的只是他们的犯罪结果，所以就只会想到这些人的冷酷无情。但在现实生活中，假设有强盗进屋，结果屋主醒了，要进行抵抗，这时强盗想要打倒对方也不是那么简单的事情。不过要是像国外那样，强盗身上带了枪，自然另当别论。但只要不是勒死、用刀杀死等情况，普通的杀人手法真正实施起来其实是很困难的。任何人在生命受到威胁的时候都会发挥超乎寻常的反抗能力，想要战胜并打倒对方没那么容易。那些受害者身上要么有很多斧头胡乱劈砍的伤痕，要么有被刀刺中的多处伤口，这些都说明杀人其实很费事。被害者一方遭遇了灭顶之灾，非常凄惨，这毋庸置疑；而对杀人的一方来说，他们在做这件事时也是费了很大一番力气的。人类的身体构造使得人们即便被乱扎乱刺，也不会那么轻易死亡；哪怕血流成河，都还有活下来的希望。成年男子的血液总量大概是五千毫升。如果犯人在捅人的时候没有瞄准心脏这样的重要器官，那被害者即便流了两千毫升的血，也依然有生还的可能。所以说，要想完完全全地杀死一个人，得花费相当多的力气和时间。有时，我看到像《一家四口惨遭杀害》之类的报道，在觉得凄惨的同时，还会想到杀人的人应该也费了相当大的力气。这样的事件的确凄惨万分，不过能够犯下这种罪行的杀人犯身上所拥有的巨大能量，还是会让我深深惊叹。"

听我这么说，军队醉意稍退："您不会是在赞美杀人犯吧？"我当然没有这种想法。我只是想说，在听到杀人事件时，人们下意识的情感反应只有邪恶、残忍等等，却忽略了事件背后凶手所倾注的艰辛努力。在某些情况下，凶手所做的事情可能比救回濒死的病人还要困难。

"把努力用在这种事情上很奇怪啊。"军队笑着说。确实，"努力"这个词或许更应该拿来形容那些正向积极的事情。但是，从尽全力去完成某件事这层意义上看，说是努力也没错。

"确实如您所说，杀一个人可能很不容易，不过也有人是说死就死了的吧，像是被球砸到头死了，跑马拉松的途中死了之类的。不是还有个病叫'猝死病'吗？"军队兑了杯高浓度的威士忌，仿佛要把刚刚清醒的大脑再填满醉意，"看到那些事情，总觉得人的生命真是脆弱无常啊。"

"那不一样。"我想再抽一根烟，但是手头上的烟盒已经空了。"您要是不介意的话，抽这个吧。"军队说着拿出了 hi-lite 牌香烟。

我把烟叼进嘴里，接着说："被球一击致命，或是心绞痛发作之类的情况，都是因为体内的要害点受到了打击伤害。极端点说，一根针都能杀死人。针尖如果准确地扎中了脖颈往上一点，刺进了延髓里的呼吸中枢，人就会停止呼吸，最终死亡。这样的地方就是人身上的要害部位，就像围棋和将棋，一旦被攻入主线，直捣黄龙，就再也扳不回来了。总之，一旦被击中要害，人说死就死了。但如果偏离了要害，人就没那么容易死了。在那个时候，人会显示出比要害受到攻击时强几十倍的抵御能力。我们平时看到的都是经过挑选后报道出来的负面死亡案例，所以就会认为很多人都死得很轻巧。但是，被乱刀砍成重伤，最后又被救回来的案例应该比死亡的案例多出几十倍。有时，我很佩服那些经历了种种残酷对待和折腾后依然安然无恙的人。孩子从公寓楼顶上掉下来，只要伤到的地方不致命，或者落在了柔软的草地上，就依然有可能被救回来。拳击比赛里，有人挨了一拳就死了，也有人挨了几十拳都没事。哪怕脸上都是血，牙齿掉了五六颗，两只耳朵也残缺不全，人还是不会死。人的头部和脸上集聚了很多血管，受点小伤就会流很多血。被血染红的脸，怎么看怎么凄惨，其实伤情并不严重，只是表面血管破裂，血从里面流出来了而已。比起场上满头满脸都是血的拳击手，有时场下女观众在经期的出血量反而更多。只看表象是靠不住的，关键还要看是不是真的挨了致命的一击。从这一点来看，人们把要害部位保护得很好，不至于挨了一拳就与世长辞。要说具体部位，头和心脏是最重要的地方。头被厚厚的头盖骨保护着，心脏被肋骨保护着，人的双手还可以轻巧地护在自己身前。血液也是天生一接触空气就会凝固，自然止血。如果血流速度很快，来不及凝固，血液量减少，血压就会下降，来自血管的推挤力就会逐渐消失，自然也会止血。所有人的身体都是为了活着、得救而精密地打造出来的。想要违背这一规律，让人走向死亡并不是那么简单的事情。"

不知是不是因为喝醉了，我开始变得有些唠叨，军队的表情看起来反而很清醒。他对我说："听您话里的意思，好像杀人犯比医生还伟大似的。"从他这句话可以看出，他对我关于死亡的看法应该并不认同。我没有多加辩驳，又重申人的身体构造顺应的是存活的目的。病人陷入濒死的危笃状态时，呼吸会变得短促，那是为了向体内输送大量的氧气；人的体温上升是为了尽快将热量散出去，维持正常体温。人体的所有器官和组织，从心脏到毛孔，都在为了活下去而全力运转。医生所做的只不过是顺应这样的自然趋势，提供一些帮助而已，而杀人犯却必须反抗一切自然趋势，与之斗争。人体的每一个细胞都在为了活下去而竭尽全力，杀人犯却必须挥舞着斧头，单枪匹马地搞破坏。就像一大群青鳉鱼向右游动时，如果只有一条向左游，它就会受到非常大的阻力。杀人者也必须抗争这一切阻力。

"您这是在同情杀人犯吗？"军队问。我回答说，并不是同情，只是觉得他们很不容易而已。"可能是因为您在现实生活中一直接触濒临死亡的病人，所以才会觉得不容易，反正我是不太理解的。"他回答说。我大概没有把自己想要表达的意思说清楚，不过他现在不能立刻理解我，于我也没有什么妨碍。我看向窗外，夜色之中，雪又纷纷扬扬地下了起来。

"所以归根结底，其实您是赞成实施安乐死的吧？"军队像是又想起来似的问道。我谈论的不是赞成或反对。我只是想说，在讨论安乐死之前，连什么人用什么方式杀人、怎么消解杀人之后的感受等问题都不加以考虑，只单纯地论述自己赞成还是反对，未免有些轻率。总之，和安乐死没有直接关系的人，单凭自己的想象去讨论这件事情，是没什么意义的。

军队点头说："确实，讨论安乐死的都是和安乐死没什么关系的人，真正的当事人从来没说过什么。"说完这句，他又接着说："您照理是属于杀人方呢。""这个说法可不怎么好听，不过比起你来，我和安乐死多多少少还是有点儿关系的。"我伸了个懒腰说道。

军队沉默着站起身，拉上窗帘。房间里马上变得像是被封闭起来一样，使我感到有些疲惫。我醉得不深，不过下午做完手术后还没有好好洗过澡，身上汗涔涔的。我拿起办公室的内线电话，给值班室打了过去，询问病人的情况。

"六点的时候照您的意见给做完手术的病人注射了诺布隆，之后一直没什么异常。"接电话的是护士主任清村。我顺便又问了问阪田夫人。她回答说，阪田夫人现在的情况很稳定。最后，我告诉清村，自己准备回家了，随即挂断了电话。突然间我想起来，元旦那天，就是我、军队还有清村三个人一起值的班。我和军队说起这件事。军队说，那时忙得都扎根在医院里了，不过那时忙过了，今天才会如此清闲，再没有比值班时没人来更好的事情了。我穿上大衣走出办公室，他也跟着我一直走到玄关。

"时间还有点儿早，但诚治要是再像先前一样逃出去就不好办了，我还是提前把门锁上吧。"

军队一边说着，一边在我出门之后锁上了正面的玻璃门。

第六章

　　早上下着雪，还发生了地震，那时我正好在从公寓去往医院的路上。刚到医院，秘书长就说刚刚是不是发生地震了。我说我没有注意到。"你在外面走路，可能感受不到吧。"秘书长说着，脸上现出同情的神色。地震要是再严重一点，说不定我就能察觉到了，但今天早上的那场地震好像只是让架子上的花瓶和杯子摇晃了一会儿，而且也只持续了几秒钟的时间。

　　"这次地震大概在三级左右，震源地估计在一百公里之外的大海里，震感很弱。"秘书长是工科学校毕业的，对这样的事情颇有研究。至于到底是不是真的，医院里也没有谁能在地理学知识上与他匹敌。

　　"晨间小震，别有意趣啊。"药剂师高田靖子显摆似的说道。她对短歌有点儿研究，所以喜欢这样的表达方式。"地震的时候，雪也会垂直降落吗？"军队问，但是谁也没有立刻回答。"地震时摇晃的只有下面的大地,和天空没什么关系。雪肯定还是垂直往下落的。"听到秘书长的回答,大家都笑了。"但我总觉得今天的雪也在晃。"军队好像有些不满地嘟囔着。他或许只是嘴硬不服输而已。不过说实话,今天早上的雪花确实和平时不一样,大得能看清楚六边形的结晶形状。它们像是在空中不断翻转着正反面一样,纷纷扬扬地往下落着。那种飘忽降落下来的样子,看起来似乎和地震有些关系。

进入三月以后,时不时就会下起今天这样的雪。这要是在一月或二月,落下的雪花通常是细小紧凑型的。它们会不间断地降落下来,堆积到一起。而现在大片的疏松雪花说明春天已经临近。实际上,虽然现在还在下雪,但已经没了严冬时的寒意。下雪又地震,依然无改春天即将来临的事实。

进入三月,气候已然转暖,但从二月中旬开始流行起来的感冒仍在继续蔓延,每天到门诊看病的人里有三分之二是流感。防疫站联系医院说今年爆发了一种叫"A型"的恶性流感。它流行开来的时间很晚,流感高峰期已经快过了,厚生省来不及研制疫苗了。而且,即使现在开始研制,等到研制出来的时候也已经到了春天,那时流感扩散的浪潮应该已经消退。基于这样的预测,厚生省大概也不会投入太多的精力去研制疫苗。

院长用分不清是开玩笑还是认真的口吻说道:"怎么说呢,

这个流感对我们来说就像是一阵神风,是件好事。不过话说回来,厚生省考虑问题的时候,怎么就只想着东京那边的情况呢?"确实,医院因为这次流感收入有所增加,私立医院管它叫"神风感冒"不无道理。我虽然是外科医生,但病人那么多,院长一个人根本看不过来,所以这段时间,我也一直在诊治感冒病人。不过,流感是由病毒引起的,除了疫苗,没什么有效的治疗方法,吃药打针只能退烧、缓解咳嗽。从这个意义上讲,谁来诊治都一样。总之,最好的治疗就是等待这一时期过去,说轻松也确实是轻松。

上午还像往常那样,接待的主要是流感病人。正在诊治病人的时候,值班室的护士来叫我说:"您中午要是有空,请到院长办公室去一趟。"院长很少这样郑重其事地叫我。有事谈的时候,一般都是他给我个打电话,或者借着在走廊上遇到的机会就对我说了。这样本身不耽误事,况且也不会聊很久。我和院长的关系没那么亲近,但也没有互相看不过眼。我们之间就是雇主和被雇者的关系,说不上好也说不上差。

上午刚刚过去没多久,我看完最后一个病人后,就去了院长办公室。办公室里除了院长,还有护士长和一名福利机构的男员工。我之前见过那个男人,但一时间想不起他的名字了。"辛苦了。"院长边说边示意我在他旁边的空椅子上坐下。

护士长和福利机构的员工并排坐在院长对面的沙发上。

"也没什么其他事，就是茂井诚治又惹出了麻烦。野崎先生是过来通知我们的。"听了院长的话，我才想起眼前的这个男人姓野崎。说到这儿，院长开始把玩手掌中的核桃。核桃是院长最近为了排遣戒烟后手头空空的感觉而捏的。当核桃转出"嘎达嘎达"的声音后，院长开口道："这件事说起来实在诡异，据说诚治的女儿怀孕了。"

说实话，我刚开始还没听懂院长话里的意思，又问了一遍，才知道是诚治留守在家中的高中生女儿怀孕了。

"您知道这件事吗？"院长问。我想起之前在病房里见过的那个姑娘。我没有和她说过话，只记得她有点儿胖，体格壮硕，跟诚治很像。

"而且，据说让她怀孕的好像就是诚治。"我猛地看向院长。院长一副忍受不了的表情，像是做体操一样左右摇着头。坐在他面前的野崎先生和护士长也肃穆地垂下了头。

"实在是让人难以置信。您知道这件事吗？"院长问。我当然不可能知道。我和他女儿只见过一次面，从病房里诚治的行为举止来看，任谁都预料不到会发生这种事。

"说来惭愧，我们之前也根本没注意到这件事。直到昨天富子的学校联系了我们，我们才知道。"听到野崎的话，我才知道诚治的女儿叫富子。野崎还告诉我们，最先发现富子怀孕的是富子的班主任。富子上课期间总是想吐，脸色也不好。老师觉得很可疑，但他是男性，于是就请医务室的女老师来询问富子，这才弄清楚情况。"已经在齐藤医院诊断过了，说是现在已经进入怀孕的第四个月了。"

我的脑海中又浮现出富子的脸。就那一次见面的印象来看，她的性子沉默寡言，虽然体型比较大，但给人的感觉仍然很孩子气。那孩子的样子根本无法和怀孕联系到一起。至于诚治和富子相爱的样子，那就更加难以想象了。

"我们当然不可能让她把孩子生下来，她本人也不想生，已经定好这周末在斋藤医院做堕胎手术了。这种情况下，手术费用一般是要让诚治自己来出的，但他情况特殊，所以我们最终决定以特殊处理费的名义把这个钱出了。"野崎先生解释道。我不知道他说的这些办法在法律层面上是不是恰当的，但是对正在接受低保的诚治来说，自己出钱应该是办不到的。

"这件事诚治已经知道了吧？"我昨天以及今天早上都见过诚治，他的态度让人完全看不出发生了那样的事。

"当然，他应该已经知道了富子怀孕的事情。富子说自己已经和诚治说过了。不过，他应该还不知道富子要在齐藤医院堕胎的事。"野崎回答道。院长紧接着说："堕胎应该要有父母或是配偶的同意吧？"话是这么说，但在这种情况下，父亲和配偶是同一个人，实在诡异。听到这里，护士长怒道："那种连畜生都不如的人根本不配为人父母。我看用不着问他同不同意。"护士长的愤怒合情合理，但野崎还是坚持认为需要父母的同意。这种处理方法是否妥当暂且不论，保证手续滴水不漏的行事风格实在是很切合政府机关的作风。

诚治和他女儿是从什么时候开始有了这层关系的呢？这是我在意的问题。野崎说具体时间不清楚，大概是从半年前开始的。"应该是在去年的十月份吧，病人千代女士的姐姐到我们那里去了一趟，说诚治和他女儿之间有点儿奇怪。千代的姐姐远在K村务农，我们也觉得毕竟是亲生父女，应该不会发生那样的事，就没认真当回事。要是那个时候好好调查的话，可能就不会出现今天这个局面了。"野崎愧疚地低下了头。

这种事是福利机构人员的责任吗？我想这么问，但又觉得现在并不是问这个的时候，就没有说出口。比起那个，更重要的问题是千代的姐姐怎么会知道诚治父女俩之间的事，真是不可思议。野崎回答说，可能是因为千代的姐姐偶尔会去沼田。她基本上一个月会抽一次空，去看看只有孩子们在家时家里的情况。

"是因为女人的直觉吧。"野崎说完，护士长一副就知道如此的样子自信满满地说道。据护士长说，千代的姐姐也来过医院两三次，是来探望千代的。不知道是不是之前就跟诚治相处得不好，她和诚治基本没说过话。回去的时候，千代的姐姐还交代护士："我妹妹总是被妹夫欺负，请你们多多留心。"

"我以为她这么说是因为每次来探望的时候，都会看到诚治不让千代吃饭，下半身一脏就动手打千代，然而那些事情我们也都知道，所以就跟她说，请她放心。"护士长表达的意思只是说她们在工作上没有疏漏。实际上，比起偶尔来探望病人的外来客人，护士们对病人的事情应该了解得更加清楚。千代的姐姐只去了一次福利机构，去年年底来医院是她最后一次来探望，之后就再也没有出现过。野崎昨天打电话问过，说是K村太远了，而且严冬很难熬，千代的姐姐从去年年底开始就患上了风湿病，根本无法外出。

"听说去年年底过来的时候，她对负责照看她妹妹的护士说，自己已经不想再看到妹妹那副凄惨的样子了。这么看来，就算身体没问题，她也不会来了吧。"护士长说。

作为千代娘家唯一的亲人，当野崎告诉她富子怀孕的事后，她回答说："干脆等我妹妹死了，变成亡灵之后，再把那个男人咒死吧。"

院长抱着胳膊听完这些话，之后像征求我的意见一般开口说道："那些事情先不谈，我们说说医院怎么办。发生了这种事，我们没办法再让诚治作为陪护待在医院里了。"

"那个男人已经有好几次未经允许擅自外出了吧？"听到院长发问，护士长回答说，诚治从去年十一月开始就频繁外出。确实，护士长因为诚治陪护时偷懒不干活儿，外出太多，让我提醒他注意的时候也是在去年年末。

"我们只允许他每周六晚上回家，但从去年十一月开始，他总是到了周日下午还不回来，正月里还借口遇到暴风雪，三天都没有回来。那个时候，他肯定就在家干那事儿吧。"护士长皱着眉，仿佛在说实在是太肮脏了。

听着大家的话，我回想起那个雪停后的夜里看到的诚治的身影。那个时候我和军队在一起，在街上喝完酒后，我搭他的车回医院，车开到医院前时和诚治擦身而过，当时车灯照出了诚治的身影。我们让诚治走了过去，而后停下车回望。诚治目不斜视，脚步匆匆。寒冷而晴朗的夜里，视线可以看得很远。月光下，他的身影转过公园前方，渐渐消失在高高堆起的冰壁之间。我和军队看着那样的情景，猜测他到底要去什么地方。军队说他可能是去街上喝酒，或是去见某个女人，可我觉得他是回沼田的家。但是，除了他半夜跑出医院，拼命赶赴某个地方，其他的我们什么都不清楚。而直到现在，我才感觉这个谜题终于解开了。那天晚上,他心无旁骛地往前走,目的地肯定就是自己位于沼田的家。他在上初中的儿子睡着后,与富子过个夜,又赶在第二天测量病人体温的七点前回来了。他离开医院的时候将近晚上十点,到离医院八公里远的沼田大概要花将近两个小时,按他那个着急赶路的步速,估计一个半小时就到了,来回一共要花三个小时。这么算起来,那一夜诚治在家里待的时间总共也不过五六个小时。为了与富子的一时欢愉,他必须走过一条来回要花三个小时的雪路。

"嘴里说着担心家里,实际上却是在做那么下流可恶的事情。"护士长说。诚治回去的次数可能比她以为的还要多得多。护士们总说诚治在病房里懒到了极点,还老是打瞌睡。这也难怪,毕竟他来回跑了那么远的路,肯定会觉得疲惫。那诚治到底是不是懒汉呢?一方面,他确实对自己职责范围内的陪护工作敷衍以待,瞅着机会就想偷懒;但是另一方面,他又能在夜里十点过后,在漫长的雪路上奔走一个来回,并在第二天早上七点前回到医院。个中目的为何暂且不论,如果仅看这个行为本身,我们可以说,他的这份勤勉实在是令人震惊。也许说勤勉不够恰当,或许应该说是努力拼命。虽说背后的目的是为了满足欲望,但这也不是一般人可以做到的,或者还可以说,他的欲望强到支撑他做到了那个程度。

"总之，不能让现在这种状态再继续下去了。不过话说回来，训诫那个男人应该也没什么用吧。"院长应该是想提出结论了。确实，我不认为单单斥责就能让诚治反省。"学校方面也很震惊。班主任老师说现在的情况绝对不是该有的，应该尽快将两个人隔离。但要说不让他们见面吧，两人不仅是父女，父亲那方还是监护人，我们也没办法让他们断绝关系。要是有宿舍的话，让那个姑娘住在宿舍里，杜绝他们见面的机会才是最好的选择；但学校没有宿舍，而且一旦她离开了家，家里就只剩弟弟一个人了。"看来，野崎昨天和班主任老师见面后聊了很久。

"弟弟没发现这件事吧？"对于护士长的这个问题，野崎似乎自信满满，回答说："他们在弟弟面前好像确实没有做过什么奇怪的举动。"

"而且，我也跟班主任谈过了，跟他商量怎么处理比较好。他说富子下周先做手术，出院后就搬来医院这里，反正三月中旬学校要放春假，到时候让诚治和他女儿换一下，回家待着。这样就不会再发生现在这种事情了吧。"

野崎说完，护士长就问："是让女儿代替诚治来陪护病人吗？"

"对，之前也说过，让女儿来陪护更好。"野崎顿了顿接着说，像诚治那样的健康男性，因为陪护病人放弃工作，靠低保生活这件事本身就很奇怪。按理来说，诚治是必须工作的，只是因为女儿还在上高中，所以福利机构才破例同意他做陪护。一旦女儿完成了义务教育，福利机构就没有必要再继续照顾他们。让女儿来陪护的想法我之前也提过，但如此一来，富子就不能去上学了。之前就是因为这一点，福利机构最终没有让富子代替父亲去照顾病人。

护士长提了之前的情况。野崎说："发生了这样的丑闻，我们也确实没有其他办法了。我们好心办了坏事，让诚治不务正业，结果促成了这么荒唐的事情。富子距离高中毕业还有一年，我觉得还是让她从医院上下学更好。听班主任老师说，富子并不是什么有出息的孩子，在家里好像也根本不会预习或者复习功课。当然了，被父亲做了那样的事，自己肯定也是无心学习的，不过顺利毕业倒是没什么问题。"

"那白天就没人陪护了吧。"护士长微微沉下脸色。这次陪护人的变动对于护士来说，应该是非常严重的问题。

"应该是这样，晚上富子就会回来。如果只是白天需要护理的话，应该可以请陪护来做。要是有人愿意帮忙，那部分费用可以从医疗扶助金里出，所以不用担心；要是没人愿意做的话，也可以让富子先休学一段时间。"野崎说完，又再次强调说，福利机构只负责到富子的义务教育阶段。

"她本人是怎么想的呢？"一直沉默不语的院长开口问道。"她本人还是想去学校。"野崎答道。护士长马上接着说："那个姑娘本来就不怎么喜欢陪护病人，之前放假过来的时候就和诚治一样，一直都在看漫画书，完全没眼力见儿，被批评了才知道动弹。"护士长对富子这个姑娘似乎没什么好印象。

我想知道富子对她母亲究竟怀着什么样的感情。千代刚开始患病的时候就不说了，在和妈妈的丈夫，同时也是自己父亲的男人发生关系后，现在的她还能坦然地照料母亲吗？我试着提出了这个问题。不用说，谁都不知道富子心里真正在想什么。

护士长说那个姑娘已经知道自己的母亲救不回来了，似乎不愿意陪在母亲身边。野崎说她是一个有些迟钝的孩子，出了这样的事应该也不会受到太大的影响。护士长的意见姑且不谈，野崎的说法未免有些粗横了。我进而又担忧富子到底是怎么看她和诚治之间的事情的。具体来说，就是她是否把诚治看作一个男人，并进而接纳了他。

"她绝对是不愿意的呀。那孩子就算是有点儿迟钝，可被父亲做了那样的事，肯定还是会愤怒不已。她心里不愿意，却要被诚治强迫。"实情或许就如护士长所说，但在一次次地重复那样的行为的过程中,她会不会渐渐涌现出某种感情呢?对于这一点,护士长说,可能多多少少会有一些。对女儿来说,父亲是最值得信赖的异性。富子如果没有认识到他们之间是近亲乱伦,就会非常轻易地接受诚治。"不过话说回来,富子至少也应该知道那是不好的事情,大概也期盼着尽早摆脱那种异常的状态。"护士长信心满满地说。虽说护士长已经离婚了,但毕竟是结过婚又有孩子的女人,她说的或许就是事实。

"那目前就先这样,等富子打掉孩子,身体和精神恢复过来后,就让她去替换诚治,就这么办吧。"院长说完,又征求我的意见,"你觉得怎么样?"我当然没有异议,至少千代的治疗并不会因此变得更加棘手。

"千代还好吧?"院长顺带着问了一句。最近,我们给千代输了各种药液,还用了神经赋活剂等等,高价药物使她的治疗费用大幅上涨。治疗费走的是人寿保险的支付基金,虽说晚三个月才能到账,但也确确实实增加了医院的收入。我回答应该没什么问题,院长点了点头。

"那么,等把各位的意见转达给上级和学校的班主任之后,我再来拜访各位。"野崎说完顿了顿,接着又说,没及时发现这样的问题,他们也需要承担一定的责任。据他所说,本市的低保家庭大概有二百五十家,但福利机构只分派了三个员工负责跟进。从三万的人口总数来看,二百五十户并不是很多,但三个人负责的话,一个人就要负责超过八十户,多少有些超负荷了。

"我们每月至少要拜访一次所有的低保户,但是拜访一次并不能了解多少信息,特别是像这次这件事,白天去诚治他们家拜访的时候,家里一个人都没有,我们只能偶尔到这里来见诚治,找他了解情况,因此就没能发现这件事。如果早点和他女儿见面的话,我们可能早就发现了。"从野崎的这一通辩白来看,他大概已经因为这次的事件被上司批了一顿。

"昨天,我和班主任一起去了他们在沼田的家,被吓了一跳。那里真的是太脏了。从门口的木地板往前走,放了炉子的那间房变成了起居室,他们晚上好像也在那里睡觉。宽袖棉袍和被褥之类的东西铺在地上,漫画书、周刊杂志、学校的教科书扔得到处都是,地上甚至还有可乐瓶、用过的饭碗、泡面盒,简直连个下脚的地方都没有。洗碗池里堆满了不知道多长时间没洗的餐具和茶杯,平底锅和汤锅用完也都直接放在了那里。房子看样子有十多天没打扫了,里面还有据说是弟弟养的两只猫,其中一只在蜜橘箱子里生了六只小猫。这家人可能之前就很懒散,母亲住院后就变本加厉。那么脏的地方,我连十分钟都待不下去。不过呢,电视和手提收音机倒是特别美观,可能是因为姐弟俩每天都在用吧。"野崎说到这里停了停,又解释说,从 1948 年开始,政府就允许低保户拥有彩色电视机了。

"那如果女儿来了医院,诚治回了家,他们家就会更加脏乱了吧?"听到院长这么说,野崎就笑着说,那个家已经不可能比现在更脏更乱了。

这个时候,我开始思考起诚治走过漫长的雪路,奔赴家中的事情。他的动力到底是什么呢?就是为了和富子做爱这一个目的吗?回想起诚治心无旁骛地朝前赶路的身影,我的心情变得沉重起来。

"那得好好和诚治交代一下让女儿接替他陪护病人的事情了。"护士长说。院长点头后看向我:"您来说怎么样?"

作为主治医师,我没有拒绝的理由,但我实在提不起劲去做这样的事情。在我沉默不语的时候,野崎又说,根据福利机构的规定,他们会在下个月安排诚治去工作,然后停止发放低保。虽说要工作,但诚治现在已经没法再去从事农业劳动了。诚治向农业协会借了不少钱,土地也因两年没有耕种而变得贫瘠至极,他自己好像也没心思种地。"像他那样健壮结实的男人,即便不做农活,只要有心工作,应该就能有让他干的工作。"对于诚治的就业问题,野崎显示出一副胸有成竹的模样。然而,即便有了工作,在沼田那个没有妻子的家里,他和儿子两个人的生活应该依然没那么容易。

"具体的情况就由您正式知会诚治，我们还得先告诉诚治刚刚谈的堕胎的事情。"野崎接着就问能不能在病房里和诚治见一面。护士长回答说，千代没有意识，或许不会知道谈话的内容，但她旁边还有其他病人。如果可以的话，最好还是把诚治叫到走廊之类的地方以后再和他说这些。野崎说自己不知道该怎么聊那样的话题，拜托护士长跟他一起去。护士长沉下脸点了点头。

下午，我正在值班室里写病历，护士长走了进来，说诚治现在就在门诊室，希望我去跟他说清楚。在此之前，护士长和野崎好像就是在门诊室里和诚治聊的流产的事情。诚治自然没有反对，不过也只是沉默地听两人在那儿说而已。

"更换陪护人的事情也已经跟他说过了，但还是想请您再去交代一遍。他好像很愿意听您的。"护士长的话里暗藏险恶。"已经说过一遍的话，就不需要我再去重复一遍了吧。"我说。然而，护士长却说："您可不能逃避责任啊。"我问她什么意思。她用略带讽刺的目光看着我："您太纵容那个人了。"

我并不记得自己具体在什么时候纵容过诚治。在此之前，我警告过他很多次。当他在病房里偷懒，不给千代翻身，又或是不给她换尿布时，我还斥责过他。我只把诚治当作陪护人员，既不会对他亲近，也不会不理不睬。我心想，难道护士长知道了我曾在雪夜里放跑过诚治吗？但转念又想，军队应该不会特意把这件事说给护士长听。即便他说了，那件事本身也够不上纵容。那个时候，我只是觉得把那么一个认真赶路的男人拖回来不太好而已，但现在和护士长争那些事情也没什么意义。她催促我说："诚治还在门诊室等着您呢。"

下午的门诊室很是冷清。雪已经停了，云层积压得很厚，天色看起来像是到了傍晚一样。正前方的候诊室里坐着三个人，似乎都在等着拿药。我从他们面前经过，打开了旁边第二个门诊室的门。诚治背对着我坐在圆椅子上，听到我进去立马转过头来。他还是穿着褐色毛衣和黑色裤子，和早上一样。我本以为被野崎和护士长训斥过，他会垂头丧气，没想到他面上的表情一如既往，看不出什么异常。他像往常一样把双手叠放在膝盖上，微微低着头。

我坐到他对面的椅子上，开口说："你已经都听护士长说过了吧？"诚治点了点头，而后缓缓地将头埋进双手中。

"你干的可真不叫个事儿啊。"我说着点燃香烟，吸口烟，再吐出烟雾，就这么重复了几次。不知为何，我总觉得话说到这里就可以结束了。我真正想问的，其实是那天晚上在医院前碰到他的事情。那个时候，诚治到底要去哪儿呢？

"你晚上是不是有时会偷跑出去,然后到早上再回来?"听我这么问,诚治似乎被吓了一跳,抬起了头。

"大家不是都会回家吗?"诚治盯着我看了一会儿,微微笑了笑。一瞬间,我感觉像是接触到什么腥膻物一般,移开了目光。之后就是长久的沉默。沉默之中,诚治突然用郑重其事的口吻说了句"对不起"。

侵犯自己的女儿并致使对方怀孕的过错并不会因为一句"对不起"就烟消云散。但话虽如此,我却没有理由让诚治向我说对不起。我是诚治妻子的主治医师。对他来说,我不过是负责治疗他妻子的一个医生而已。父亲侵犯了女儿,应该受到谁的斥责我并不清楚,但至少似乎不应该由医生加以斥责。相比之下,对我来说真正重要的,是他作为陪护人,是否真的有好好照顾妻子。如果是在这个范畴内,他做得不够好,我就必须基于自己的立场对他严加训斥。然而,他深夜偷溜出去的事并没有直接影响到看护工作,或者说多多少少可能有些影响,但并没有引起什么重大问题;甚至还可以说,只要早上悄悄回来,不被人发现,那就没有问题。这么一想,他说一句"对不起"其实就足够了。

诚治说了"对不起"之后,我感觉一切问题似乎都结束了。现在是下午三点半,云层低垂,隔开门诊诊察室和治疗室的白色窗帘凸显出它的轮廓。我站起身按下门口左手边的开关，荧光灯闪了闪，然后亮了起来。诚治的脸在灯光下看起来有些憔悴。我靠在旋转座椅的靠背上，调整了一下姿势。

"想必你已经听护士长说过了，大家已经决定，等你女儿身体恢复了，就由她来代替你陪护病人。"诚治的表情依然毫无变化。他像往常那样微微探出头，视线低垂。"这么安排没问题吧？"我确认道。他点了点头，谈话到此结束。我不想这么一直跟他面对面坐着，于是就站起身。诚治慌忙抬起头问："那个接下来还是老样子吗？"

"那个？"我反问他，诚治缓缓点了点头。看他那个样子，我意识到他问的是千代的病情。从前，诚治谈起妻子的时候，总是习惯性地带着不好意思的表情，用"那个"代称自己的妻子。我再次坐了回去，回答说千代的心脏还很顽强，所以暂时没有问题。诚治看向逐渐变暗的窗口，放远了视线，似乎在思考着什么。

"放心吧，不会比现在更麻烦。"我鼓励诚治说。之所以说这句话，是因为我觉得如果不这么说的话，诚治就会一直像块石头一样，坐在那里一动不动。"走吧。"我又一次出声催促。诚治照旧是慢吞吞地站起来，一副还想要说些什么的表情。我站着等他开口，结果他什么都没说就离开了房间。

周日，连着前后两天，一直晴了三天，然而那只是透过窗户看到的景象，外面其实还在刮冷风。

周一早上，我本来想喝咖啡，但想起咖啡粉昨天就没了，于是只能用放久了的红茶将就一下。正喝茶看着报纸的时候，桐子的电话打了过来。我刚接起电话，话筒里就传来了她的声音："还记得今天是什么日子吧？"我看着左手边墙上挂着的日历，上面有个被圈起来的日期，回答说："是你的生日吧。"那个圆圈是两天前桐子自己画上去的。

"答对啦，六点在北斗酒店的地下餐厅见面，听到了吗？要是你又因为急诊或者其他什么事迟到的话，我可不会放过你。"桐子又继续强调，"你一在医院打电话，说话就会变得冷血无情，所以我就赶在早上给你打。这种事你知道就好。"说完就挂断了电话。

门诊得感冒的病人人数在一个月前达到了顶峰，之后又慢慢地减少了。快到中午的时候，我看完了门诊。福利机构的野崎就像估算好了时间一样，在这个时候过来了。"现在方便吗？"他环顾四周，坐到了病人坐的椅子上，然后告诉我，富子刚刚结束了手术。

"手术十点开始的，差不多三十分钟就做完了，不过要让富子在医院休息到傍晚。"门诊的护士正在后面给注射器消毒，我知道她肯定在听我们谈话。不知道是不是从护士长的口中传出去的，反正护士们全都知道诚治搞大了女儿的肚子。正因如此，诚治受到了护士们前所未有的冷待。

"没出现什么异常情况吧？"我问。野崎点头回答："那孩子也真是奇怪。一般情况下，这个年纪的孩子都会因为堕胎这种事哭出来，但她却一副若无其事的样子，只在手术结束后喊了声疼，完全没有想哭的样子。"他似乎期望富子能够更加悲伤、痛苦一些，"只能说有其父必有其子吧，我们是怎么都理解不了的。"野崎感叹完又接着说，"四个月应该能看出性别了，富子怀的好像是个男孩。"

听着这些话，我不禁想起了和诚治见面时，从他身上感受到的那股鲜活。为了消除自己的感觉，我点了根烟，又给野崎递了一根。野崎接过烟，用自己的打火机点了火，再次叹出一口气："那父女俩真是让人难以理解。"

野崎会生气并不是毫无缘由，但富子之所以没有哭，可能并不是因为她不伤心，会不会是这种意想不到的事情让她惊慌失措，连哭都已经哭不出来了呢？我试着提出了自己的疑问。野崎回答说："就算是那样，她在第一次接受妇产科检查时也应该会觉得不好意思，会在手术前说声害怕，心里觉得不安吧。可告诉她术后会出血，让她去拿替换的睡衣和毛巾时，她也只是沉默着什么也不说。看来,她根本不了解自己做了什么事,也只有迟钝才能解释得通吧。"

富子可能确实缺少了羞耻心。野崎认为这是因为她智力较低,但真实情况应该不仅仅是那样。在我看来,真正的原因在于她从刚懂事开始就没有受到过作为女儿应该受到的教育。

"那诚治那边……"我问道。"我刚刚已经通知他手术结束的事了。那男人也真是呆头呆脑,得知女儿打掉了自己的孩子,也只是挠了挠头。今天我真是特别生气。那男人就是个笨蛋。"野崎似乎不能容忍自己作为一个毫无关系的外人在那儿担惊受怕,而担任重要角色的父亲却一副全然不在乎的样子。但诚治真的像表现出来的那样满不在乎吗?也许他是因为不知道该怎么回复才沉默不语的,挠头也是他感到困窘时的习惯性动作。我觉得,只说他厚颜无耻或是愚笨无知,有些苛刻了。有些人擅长表达自己的感情,而有些人不擅长表达自己的感情,诚治可能就属于后者。

"说起来,茂井千代应该听不懂我们说的话吧?"野崎突然不安地问。听他说,他跟诚治谈富子堕胎的事情时,千代突然睁开眼睛,朝两个人所在的方向看了过去。"她就像能听懂我们的话一样,一直紧紧地盯着我们看,眼神看起来非常悲伤。"

那当然是不可能的。此前我们多次向千代搭话,她都没有反应,不可能突然间就好了。直到去年年末,喊她"千代"或者"孩子妈妈"时,她偶尔会用呆愣的目光看向说话者。然而仅凭这一点,我们并不能确定她是否真正理解了别人说的话。尤其从今年开始,她大脑退化得越来越厉害,不可能理解富子堕胎这么复杂的事。

"那就好,不过我总觉得她似乎已经知道这件事了。总之,从旁观者的角度来看,她远比诚治更像个人。"野崎说到这儿的时候,后面的两个护士过来向我们打了一声招呼,就去了食堂。一看时间,已经过了十二点。野崎目送着护士们远去,开口说:"打扰您吃饭了,真不好意思。"说完就站了起来,之后又说上司要求他今天一天都要陪在富子身边,直到最后把她送回家。我邀请他一起吃饭。刚开始他还有些客气,最后我还是多拿了一份医院工作餐,和他一起在医务室里吃了起来。

一边吃着饭,野崎又说,做出让自己女儿怀孕这样的事,诚治真是个人渣,应该下地狱。"一想到我们辛辛苦苦上交的税金用来养了那种人渣,我就觉得很糟心,真不知道自己是为了什么在工作。"他愤愤不平地说。

我从不知道野崎是个说起话来这么慷慨激昂的人。上次见面时,他小心措辞,只说了要紧事就回去了,而今天却喋喋不休地说了这么多，或许是因为这件事的确让他异常震惊了。饭快吃完时，他问："千代得了那个病，还剩多长时间呢？"不用说，他已经知道千代的病治不好了，所以没问什么时候能治好。

"不知道。"我回答说。我这么回答不是态度冷淡，而是确确实实不知道。野崎点了点头，马上又说："我一直都想问问您，您觉得把千代送到别的医院可行吗？"我对转院当然没什么异议："如果可以的话，送去有全方位护理的医院更好。"听我这么说，野崎就说，他也是这么想的，院长大概不会反对。然而，他嘴上这么说，脸上却看不到什么信心。野崎又说起今年年初的时候，他曾想把千代转到有空床的绿之丘医院，但是院长的脸色不太好看，所以最终放弃了。今年年初正是院长找我谈提高千代医疗费一事的时候。野崎告诉我，院长说绿之丘没有外科医生，所以不能转过去。确实，绿之丘医院以精神科为主，再就是有少量内科病人。但要是转去全方位护理医院，就能省下陪护的工夫和花销，难怪福利机构希望把千代转到那里去。

"必须得有外科医生吗？"野崎又问。我含糊地点了点头。千代的病一开始确实属于脑外科领域，但是说实话，到她现在这个阶段，只要有内科医生在就足够了。极端点说，即使没有内科医生，甚至即使没有医生，也妨碍不到什么。就她现在的状态来看，医生在场还不如照料她的护士或是陪护人员在场。既然如此，院长以没有外科医生为由反对千代转院，到底是为什么呢？照顾治疗千代虽说很是费事，但与之相应地，收入也会增加，院长是因此才拒绝让千代转院的吗？如果以恶意加以揣测的话，这种解释是行得通的，但只有真正问过院长，我才能知道真实原因究竟是什么。

"我们想大致估算一下今后还需要多少花费。当然，只要千代还活着，医疗补助就不会停，只不过……"野崎说得非常委婉。他应该是想说，福利机构不可能一直承担千代的陪护费。

"绿之丘现在有空着的病房吗？"我问。野崎回答说，当时只是碰巧空出来了一间，现在已经没了。绿之丘不仅仅是精神病院，一些被亲人抛弃的老人也住在那里，只要他们不死，就不可能空出房间。近来，那样的病人确实越来越多了。

我们吃完饭，开始喝来收拾餐具的食堂阿姨泡好的茶。野崎为我请他吃午饭的事情道谢，夸赞医院的餐食特别美味。我告诉他，今天吃的是员工餐，比病人餐多了一道菜。听我这么说，他就笑着说，一天一千日元的病人餐确实没法供应这么好的菜。

到了下午，窗外透进来的阳光更加暖和。野崎小口啜饮着茶，边喝边说："福利这个东西真的是很荒唐，就不存在从哪儿开始到哪儿结束的道理，一旦开始了，就会陷入无底沼泽，永无上限。"我问了他一个近来常被提及的话题，就是福利会不会让人变成废人。他说那种例子极少，而现实中确实有需要救助的人，如果剥夺了他们的福利，他们就只能陷入深渊。因为福利变成废物的人确实也有，但那只是一小部分，不能因为那一小部分人的问题就说福利保障没有必要。先不说正确与否，作为实际从事福利保障事业的工作人员，野崎说出这样的意见理所当然。"但是，父女俩做了不检点的事，却让我们支付流产费用，这种浪费方式是最让我们生气的。"

我问野崎多大年纪。他带着有些古怪的表情回答说三十二岁。"仔细想想，诚治也很可怜。"听我这么说，他瞪大了还留有青年余韵的清澈双眼，问我什么意思。我说，我绝不是因为这次的事同情诚治，而是觉得有个实情是我们不得不考虑的，那就是诚治的性欲得不到宣泄。诚治的妻子瘫痪在床，他自己又没钱，在这种情况下，他亲近女性的路都被封死了。也因此，他日积月累的欲望才终于朝着女儿这个错误的对象发泄了出来。听完我说的话，野崎的脸上满是惊愕，想要反驳些什么，最终只是斩钉截铁地说那种事不值得同情。

"那就是说，妻子生病的穷人和自己的女儿发生关系也没什么大不了的？要知道有很多人很辛苦，但他们却一直都在约束着自己。照您那么说，福利机构还得给他们准备好嫖娼的钱？"

我问他《生活保障法》的原则是什么。野崎回答说，《生活保障法》是沿袭《宪法》第二十五条规定的"全体国民都享有健康的、维持最低文化限度的生活的权利"这一条款，以可以维持最低限度的生活为标准。

但是，这个"健康的、维持最低文化限度的生活"，含糊不清，让人似懂非懂。按照字面意思理解的话，这可以是一种相当出色的生活方式，然而现实情况可能并不是这样。对于这一点，野崎回答说，最低限度的生活指的是满足一日三餐，有一个可以遮风避雨的家，有不奢侈但是干净整洁的衣服穿，家里有收音机和电视，还有余裕订阅一份报纸的生活。他强调说："总而言之，就是保障衣食住方面的最低标准。"

衣食住确实很重要，但是人类基本的本能包括了食欲和性欲。保障了食欲，却对性欲放任不管，这难道不是有失公允吗？听我这么说，野崎马上回答道："人不吃饭的话会死，但是压抑了性欲并不会死。"野崎说得确实没错，但是，让一个健康的男性压抑性欲，有时可能比让他受饿更令他痛苦。健康的、有文化气息的生活自然需要保障衣食住，但在某种程度上，满足性欲也是刚需。我们一边说要过健康且有文化气息的生活，一边又无视男人性欲的需求，往大了说，这不就是枉顾人性吗？我说完这些话，野崎为难地叹了口气："要是这么说的话，我们还必须保障低保者对女性的需求了？"

野崎的困惑有理可循，但我觉得自己也能理解身体健康却失去了性生活的诚治所感受到的痛苦。我会这样想，或许是因为自己孤身一人来到这座城镇，和桐子展开了交往。但是，我觉得即使没有这些前提，我也不会单方面责备诚治。

我又想起了雪夜里诚治拼命向前奔走的身影。毫无疑问，那不是因为想见孩子或是怀念自己的家，而是一只饥饿的雄性动物要去追求雌性。可能对诚治来说，满足性欲的路只有一条，那就是侵犯女儿，把自己埋进女儿体内。

"让福利机构为男性的性欲买单也太可笑了。"野崎强调道。确实是很可笑，但它无疑也是男人们殷切的期盼。

"那诚治要怎么办才好呢？"我问了一个不知道答案为何的问题。"我不知道有什么办法，但是就我们的工作而言，那确实不是我们的责任。"野崎自信满满地回答道。

下午，我做了一台手术，接受手术的是一位三十五岁的家庭主妇。她三天前就开始感到腹痛，却一直喝非处方药强忍着。今天早上，她疼得越发厉害，却到下午才被抬进医院。她腹部膨胀，伴有发热症状，大概是得了腹膜炎。我即刻交代护士们去做术前准备。三点多的时候，手术开始。打开腹腔一看，正如我先前所料，是阑尾炎穿孔引发的腹膜炎。关键部位的阑尾突起化脓后破裂，和周围的组织粘连在一起，摘除非常困难。我小心地摘除中心部分后，给旁边粘连的部分滴了抗生素，而后插入塑料引流管，结束了手术。

如果是在病发早期，做这种手术只需用二十分钟，而现在却耗费了近一个小时。负责给我递手术器械的护士说，这种情况下，原先的保险标准大概是不够用的。我心想，腹膜炎是并发症，一起写进病历的话，赔付额度可能多多少少会有所不同。而实际上，赔付额度究竟会高出多少，也只有问了军队才能弄清楚。

"保险标准不变的话，简单的病症趁早做手术更划算。"护士主任这么说着，开始收拾起手术器械。

我身上出了点汗，便决定去洗澡。手术室的浴室扭开阀门后立刻就会出热水。此时正是下午四点，躺在浴缸里的时候，我想起今天是桐子的生日，我们约好了六点见面。做完手术的病人情况比较稳定，看来这次我应该不会迟到。我洗了好久没洗的头。正冲着淋浴的时候，年轻护士的声音从外面传来："阪田夫人不太对劲，请您快来看看。"我慌忙擦干身体，出了浴室。

从今天早上的例行查房开始，阪田夫人就不大对劲。之前我去看她的时候，她每次都会微微睁开眼睛，向我倾诉"太痛苦了"，但是今天早上，她却只用空洞的眼神看向空中。我触摸她的脉搏，把手放在她的额头上时，她的表情都没什么变化。更令我在意的是，这几天她的脸色黯淡发黑，还出现了浮肿。处于癌症晚期的病人，皮肤会因为所谓的恶病质而发黑，这种现象十分常见，但身体浮肿却是肾脏功能低下的表现。要是放任不管的话，她就会因尿毒症而陷入昏睡，面临死亡的危险。今天早上，她空洞的表情仿佛就在暗示这一切。总之，采集血液和尿液，做个检查，就能搞清楚她的肾脏功能究竟如何，但我什么都没做。虽然我安排了输液和吸氧，但那对病危患者来说都只是常规的处理措施，对实际的问题所在——肾脏障碍来说，不会起到任何效果。

毫无疑问，到了现在，没有人期待阪田夫人还能继续活下去，恐怕连她自己都是这么想的。一旦陷入昏睡，她就必然会失去意识。比起意识清醒地体验死亡的痛苦，对她而言，在沉睡中死去或许才是一种幸福。

我到达病房的时候，阪田夫人已经闭上了眼睛，只有嘴巴还在轻轻呼吸着。她的嘴唇朝向上空,一翕一张,似乎是残留在体内的剩余力气勉勉强强地支撑着嘴巴的活动,而不是病人本身还存有意识。她的大女儿和二女儿陪伴在身侧。

"妈妈是十分钟前变成这样的,怎么叫都没有一丝反应。"大女儿的声音很是激动。

我问大女儿有没有联系她爸爸。大女儿回答说,刚刚护士长告诉她要联系爸爸,她已经给他打过电话了,估计他十分钟左右就能赶过来。我准备给阪田夫人测量血压,又把听诊器贴到她的身上,然而她已经测不出血压了,听诊器里倒是还能传来心跳声。阪田夫人的心跳声十分微弱,似有若无。她的生命大概还剩几分钟,或是十来分钟了。

我一边听着心音,一边在脑子里想着桐子的事情。如果阪田夫人十分钟后死亡,那等我处理完身故事宜后,还能赶上约定的时间吗?现在是四点二十分,这么看来应该还来得及。早上桐子还嘱咐过我,不要因为突然到来的急诊病人而迟到。我回答她时说,今天不是我值班,所以没问题。其实,我就算迟到了也不会怎么样,但解释迟到的理由还是让我觉得麻烦了些。

阪田夫人依旧维持着微弱的呼吸,看起来就像是正在用全身的力气表达对这个世界的恋恋不舍。我保持着站立的姿势，继续用听诊器听心音。两个女儿和护士长一起沉默地注视着这一切。当下有效的治疗措施可能是心脏按压加人工呼吸，需要切开肋骨，直接用手接触心脏并进行按摩，如此一来，心脏怎么都会继续保持跳动，血液会继续在全身流动。如果不这么做，我们还可以进行人工呼吸，同时在肋骨上方按压刺激心脏，同样也会起到不错的效果。如果采取这些措施，她的生命或许还可以延长一到两个小时。当然，我并不想这么做。

我继续贴着听诊器。这时，二女儿开始用怀疑的目光看着我，她的眼神分明是在控诉："妈妈快要死了，您什么都不做吗？"我看着护士长，说了句"地莫拉明"。地莫拉明是一种强心剂。我虽然不认为它对现在的阪田夫人还有效果，确切地说，就她现在这种呼吸微弱、缺乏氧气的状态，强行用地莫拉明去刺激心脏是有危险的，不过现在还是给她打一针为好，至少二女儿可能会因此认可我们施行的治疗措施。可以说，在死亡结局不变的情况下，遵循第三方认可的形式是很有必要的。

护士长拿着注射器和地莫拉明，不紧不慢地走了过来。她掰开安瓿瓶，用注射器吸取里面的药液。她的动作始终慢慢吞吞的，这是她一直以来的行事风格。我的懒散可能就是她传染的。我接过注射器，直接扎入了阪田夫人突出的肋骨之间。扎入的瞬间，注射器里涌入了从心脏倒灌出来的血液。我轻推注射器，那些血液瞬间就和药液一起消失了。这一连串的动作做起来行云流水。以前看医院的前辈做同样的动作时，我就有这样的感受。

阪田夫人在一刹那皱紧了眉。不知道是不是因为注入了强心剂，她的心跳声暂时变得强劲有力起来，但那样的趋势只持续了三十秒，而后又变回了原先微弱不清的样子。大女儿看着母亲连连摇头，似乎不愿意接受现实；二女儿低下头，把手按在了额头上。

直接把药液打进心脏后，我感觉自己已经完成了作为医生应尽的所有义务。它们就像是面临死亡时必须要办的手续一样。我取下耳朵上的听诊器，接着又观测阪田夫人的脉搏。姐妹俩的表情随着我的动作不停地变换。地莫拉明带来的短时效果已经过去，阪田夫人的呼吸变得更加微弱。她的嘴巴已经动不了了，只有鼻翼还在微微颤动着。我再次把听诊器贴到了阪田夫人瘦弱的胸前。我的耳朵倾听着心音，眼睛看向了窗外。太阳已经落到了防雪林的另一边，干洗店的轻型小货车从那边开了过去，之后又跑过了一群孩子。夕阳照亮了病房的窗户，窗边放着观叶植物，它们的影子已经蔓延到了阪田夫人的病床边。

门外的脚步声响起又消失。就在那之后，阪田夫人的口中突然发出大口吸气的喘鸣声，那声音像是被电流击中了一般，急促又毫无章法。紧接着，她的下颚跌落回去，出人意料地深深吐出了一口气。

"妈妈！"二女儿呼喊道。就在她出声的同时，阪田夫人停止了呼吸，或许这就是一般人的直觉吧。听诊器里传来恋恋不舍似的两拍心跳，而后归于平静。我知道心跳不可能再回来了，却仍然继续贴着听诊器，眼睛看向窗外。拿下来吧，我心想着，又考虑起拿下来之后会发生的事情。二女儿已经握住了母亲的手，大女儿把手撑在病床上，注视着母亲的脸。两人都知道母亲已经离世了，却仍然等着我最后的宣告。

我贴着听诊器，注意到护士长的视线动了动。她先是看着阪田夫人，视线几乎要笼罩整张病床，而后又退开一步，移开了目光。看到这儿，我拿开听诊器，卷起橡胶管，向离世的阪田夫人行了一礼。

"妈妈……"这次两个女儿一起喊了出来。两人一左一右，趴在已经没了呼吸的母亲身上，身体微微颤抖。

我对护士长点头示意后，再一次垂下了头。走廊前方传来了人声，病房门被打开，阪田出现在门外。他穿着西装，似乎是跑过来的，领带稍稍松了一些。从我的表情里，他仿佛立刻意识到了妻子的死亡，一瞬间绷紧面部，随后仅垂了垂视线，算是打了个招呼。

阪田夫人沉睡在午后的阳光里，面色一片平静，几乎看不到痛苦的痕迹。阪田慢慢走到她跟前，凑近了脸去瞧，似乎是想看看妻子是不是真的已经死了。

"爸爸……"小女儿把脸埋到站着的阪田怀里。看到这里，我离开了病房。

第七章

　　暖空气笼罩了整座城镇，出门后这种感觉更加明显。我在温暖的天气里匆匆赶路。和桐子约好六点在一家餐厅见面，等我赶到的时候，距离六点已经过去了差不多二十分钟。"你迟到了。"桐子看着时钟说。她看起来并没有生气，转而叹息说最近几天很暖和，半个月前朋友便宜卖给她的绒鼠皮草都派不上用场了。我听着她的抱怨，把生日礼物递给了她。礼物是我十天前去Ｓ市的时候买的项链和手镯。项链是黄金做的，中间垂着景泰蓝吊坠，款式预先问过桐子的喜好；手镯是我按自己的想法挑选的，是个银镯子，其中一段是圆环。桐子当场拆开包装，戴上项链和手镯，夸我眼光还不错，接着就去卫生间照镜子了。回来落座后，她对我说了"谢谢"，又把首饰放回盒子里，连盒子上的丝带都重新系好了之后，才把盒子收进了包里。

桐子心情好的时候话就会变多。她说话时眼睛闪着光亮，手舞足蹈。我手里的餐刀打滑，把菲力牛排切到了一半，她就特意帮我切起了牛排，甚至还把切好的一块往我嘴里喂，我自然拒绝了。桐子心情这么好不是坏事。我心想要不要告诉她阪田夫人死亡的事情，转念又想，我们两个难得有这么融洽的时候，还是不要提别人死亡的话题了，于是就没说。

　　只喝了一支夏布利白葡萄酒，我们就感到非常愉悦了。吃完饭接着吃餐后甜点的时候，桐子像是突然想起来了一样，说希望我今天带她去一个不一样的地方。说话的时候眼里还带着隐约的笑意。我问她什么叫不一样的地方。"'猫头鹰屋'啊。"她说着就耸了耸脖子。那家旅馆我之前听人提起过。距本市六公里远的东南方向有一个欧浦莲湖。那里说是湖，其实水很浅，更像是一片沼泽。冬天的时候，那里会自然结冰，变成附近孩子们的溜冰场。从国道去那边，途中会经过一片山毛榉与白桦树树林，旅馆就坐落在那片树林里。那家旅馆过去似乎是附近土地的所有人名下的别墅，主人去世后就被卖了出去。买下别墅的是一家房产公司。半年前，他们把别墅改造成情人旅馆，起了个名字叫"猫头鹰屋"。只听名字，不会有人把它和情人旅馆联系到一起去。听去过的人说，那里非常静谧，静到好像都能听到猫头鹰的叫声。现在是冬天，比起夏天来，周边的树林肯定会显得冷清一些。我听说院里的 X 光片技师和女朋友去过一次，他回来后常常带着炫耀的语气讲述那段体验。

我和桐子曾经聊起过"猫头鹰屋"，当时只说到新出了个豪华型的旅馆，没有真的去体验过。桐子今天突然说想去，可能是因为喝了葡萄酒，整个人略有醉意。对她的提议，我没有异议。偶尔去那种不太一样的地方体验一下，也许是不错的选择。我点点头，站起身来。

走出餐厅，外面起了层冬天罕见的薄雾。

"像是到了春天呢。"桐子说。温暖的天气确实让人觉得不似冬季。冬天快结束的时候，这种暖和的天气常常会出现个一两次。然而即便如此，白茫茫的一片冬景里，天气暖和到都不需要穿外套了，还是让人觉得太过奇妙。春天确实快到了，但不知为何，我心里却有种不安的感觉。

我们站在天气暖和后稍微有点儿积水的路边等车。城镇里按说不会有串街揽客的出租车，不过到了晚上，很多出租车会开到这一带来揽客。等了大概五分钟，一辆空车开了过来，我举手拦下了车。上车后，我有些不好意思地说了声"去'猫头鹰屋'"。司机看起来不认识我，面无表情地点点头，立刻把显示空车的标牌翻了下去。车开动后，桐子贴着我坐了过来。

出租车穿过积雪融化后凹凸不平的路面，驶上了国道。或许是因为笼罩了一层含着暖意的薄雾，对面驶来的车打出的车前灯看起来都膨胀成了圆圆的一团。国道上的雪几乎都化了，只有路旁的小山还覆盖在白雪之下。由于路上没有雪，防滑轮胎跑在柏油路上，发出了不愉快的噪音。

"我早就想去见识一次了。"昏暗中，桐子低喃道。车开了一会儿，我的右手边终于出现了机场大楼，彩灯照射下的飞机跑道浮现在夜色当中。航空警示灯闪烁着红光，下方的电子显示板显示着气温为6摄氏度。"最后一班飞机已经抵达了啊。"桐子靠在我身上说道。"现在是八点半，航班准点的话，应该稍早前就到了。"我说。桐子接着又说想去南方看看。

又开了十分钟左右，出租车向左拐了个弯，穿过树大林深的雪路，停在了"猫头鹰屋"前。听到车来的声音，旅馆里走出一位身穿和服的女服务员，给司机递了支烟。"普通房可以吗？"服务员问。我们没有说话，她接着又问："是住日式房间还是西式房间呢？"我看着桐子，说了句"日式房间"。"猫头鹰屋"四周群树环绕，外观看起来就像普通人家住的房子。服务员走在前面给我们带路。走廊里十分昏暗，两边似乎是房间，不过都关着门，墙上随处可见映照在淡淡光线下的熊皮、鹿角。

我们被引到了二楼的房间，进门处有一个小台阶，再往里走是客厅和卧室。服务员拧开浴室的热水开关，对我们说了句"请慢用"，随后就离开了。房里只剩下我们两个人，桐子开始参观起房间来。房间的地板上铺着鹿皮；拉门门框上还雕着熊的形状；客厅里有冰箱、电视、梳妆台，摆设齐全；拉开门就是卧室，卧室中央摆着张双人床。靠床那边拉下整面黑色窗帘的墙上镶嵌着一面镜子，甚至连脚下和天花板上也都安装了镜子。"快看，按一下这个按钮，床还会动呢。"桐子边鼓捣边说，"动来动去的，我不喜欢。"说是这样说，我看她似乎对那些讲究的设施充满好奇。转完一圈，我们就去了浴室。桐子一开始不太想和我共浴，不过在我的再度邀约下，还是和我一起进了浴室。然而刚进浴缸，她就发现浴缸底部是用玻璃做的，立刻惊叫着逃开了。旅馆确实有值得热议的资本，处处都暗藏玄机。"真是一点儿都不能掉以轻心啊。"桐子叹息着说道，脸上却盈着笑意。

我从浴缸中起身，喝了点啤酒，接着就开始和桐子做爱。刚开始的时候，桐子很不好意思，不过渐渐就忘了镜子的存在，行为越发大胆。我自然也随之变得狂热。比起在熟悉的房子里做爱，这里确实更能让人感到放纵刺激。我早已忘了傍晚时死去的阪田夫人，忘了关于医院的一切。

不知过了多久，再次睁开眼睛的时候，我和桐子相触的地方只有腿上的一部分，上半身几乎完全分离。看来，我们是在不知不觉中选择了更易入睡的姿势。现在几点了呢？我环视四周，毫无头绪。房间里有些陈设都可以说是多余了，却偏偏没有时钟，也不知道是为什么。桐子还没有醒，俯趴在床上，屁股稍稍偏向我的方向。我碰了碰桐子的身体，又一次环视周边。进房间的时候，窗户就被窗板和窗帘封锁起来了，看不到外边的景象。枕边有一盏淡红色的台灯，墙边和脚下的镜子在灯光中微微显现出来。

　　四下一片寂静，正合了"猫头鹰屋"的名字。我看不到外边的天色，从周遭闭塞的空气来看，至少应该是过了三点。

　　我拂开桐子放在肩头的手，起身下床。房间里通了暖气，非常暖和。我穿着旅馆的浴衣走到客厅，看了看放在桌上的手表，时间是三点半。我们是十二点后入睡的，这么算来睡了得有三个多小时。我感到喉咙干渴，就拿起桌上剩下的啤酒喝了一口，接着又抽了支烟。我突然想起了阪田夫人和诚治。阪田夫人一定已经入棺回家了，这是她离世的第二天，那就该是昨天的事了。一直到昨天傍晚她都睡着的那张病床上，应该已经没有了被子，剩下的床垫上或许还留有被她睡出来的凹陷。阪田夫人和陪护在一旁的女儿们住的那间病房，如今已空。死过人的病房什么时候看，都会让人心里不舒服。看到床垫上遗留下的人形凹陷，就会觉得当事人在存活时所做的一切努力最终都毫无意义。阪田夫人忍受着痛苦，抵抗着恶寒与颤动，这一切的努力究竟算是什么呢？已死之人付出过的艰辛努力，就在病床周边的方寸之间失去了居所，惶然徘徊。

不知为何，我总觉得医院现在正沐浴在月光之下。阪田夫人住过的那间病房，也在月色中静谧着。病人死亡的时候，往往要么是在寒意逼人、月色清冷的天气，要么是在微微转暖、空气滞涩的天气。我并没有做过统计，这只是我的一种感觉。

总之，阪田夫人已经离世了。我边吸烟边想，从今天起，查房的工作就少了一点。在此之前，阪田夫人并不是个很麻烦的病人。至少在使用了麻药之后，她也成了无须费心的病人之一。然而即便如此，她依然还是我的负担。我虽然不用再纠结该对她采取什么样的治疗措施，但负责了一个不知何时就会死去的病人，总会让人心情沉重。我无法具体说出自己的负担在哪儿，但那种始终都被束缚着的感觉是不可否认的。重病患者去世后，我常常会在松了一口气的同时，又感到茫然若失。这种感觉不同于病人家属的失落或寂寥。我会在误以为病人还活在世间的错觉下走进病房，然后再重新意识到病人已经死亡的事实。病人去世后我所感到的，就近似于这种被人辜负了一般的空洞感。总而言之，今后我再也没有查阪田夫人的房这项工作了。

思考完阪田夫人的事情，我又自然而然地想到了富子。她现在是不是正在沼田的家里睡觉呢？打完胎后的出血症状有没有稳定下来呢？她是在怀胎四个月时打的胎，应该不会留下什么后遗症。看着脸色苍白躺在床上的姐姐，上初中的弟弟又会怎么想呢？据福利机构的野崎说，他们什么都没有告诉弟弟。弟弟如果没发现的话，最好也不要主动告诉他。他们沼田的那个家，是不是也和医院一样，正沐浴在月光之下呢？姐弟两个现在是正在思考着什么，还是在一心睡着觉呢？诚治也在睡觉吗？我有种感觉，即便诚治昨天思虑良多，晚上也还是会进入梦乡。昨天是忙乱而奇妙的一天。在这一天里，胎儿被扼杀，阪田夫人死去，之后又是我与桐子在旅馆相拥。

我止住思绪，去了一趟卫生间。回到卧室，桐子躺在床上问："怎么了？""没什么，就是睡醒了而已。"我说。桐子问我几点了，我说已经过了三点。听到这里，她叹出一口气，问我接下来怎么办。像往常一样，我只要赶在九点之前到达医院就可以了。桐子工作的餐厅十点开始营业，她和我一起走，时间上应该也是来得及的。"现在可以退房吗？"桐子问。"这种类型的旅馆应该没有特殊的时间限制。"听我这么说，桐子稍稍思考了一会儿，然后开口说："可这个时间点回去也没什么意义了，还是先睡觉，明天早上再早点走吧。"现在的天气虽然暖和，但到了深夜还是会寒意逼人，冬夜里换上衣服出门也实在是麻烦。我关掉客厅的灯，喝完剩下的啤酒，躺回到桐子身边。

再次睁开眼时，时间已过七点。从窗边漏进来的细小光束和小鸟的叫声里，我知道现在已经到了早晨。即便在冬天，不少鸟儿还是会聚集在一起，不停地发出呼朋引伴的细小叫声。桐子中途似乎起来过一次。她不知什么时候穿上了内衣和浴衣，现在仍在熟睡。打开窗户，推开挡雨窗板，就能透过树林间隙看到远处的蔚蓝湖泊。看着眼前的风景，我想起外面还是冬天，而这里是欧浦莲湖的湖畔。或许是感觉到我已经醒了，桐子也睁开了眼睛。

"完了完了。"桐子昨天自己说要在旅馆留宿，结果今天早上就显得有些狼狈。旅馆里似乎有早餐，但我们穿好衣服后，立刻就约了一辆出租车。桐子边梳头边说，自己还是第一次出远门过夜。过了大概十分钟，我们接到电话，说车已经到了，于是就离开了房间。穿过昨天那条昏暗漫长的走廊，走出旅馆，外面是耀眼的阳光。"谢谢惠顾。"女服务员恭敬地低头行礼道，然而声音里却似乎含着讽刺。

司机开着广播启动了车子。早晨的国道上没有多少车，畅通无阻。今天又是一个暖和的晴天，两边的雪原上到处都是翻出来的黑土，令人感觉到了春天的临近。桐子没有像昨晚那样贴在我身旁，而是靠在窗边朝外看着，可能是从旅馆赶早回家，精力不济，又或许是在思考该找个什么样的借口应付姐姐。我稍稍打开车窗，吹着微风，把阪田夫人去世的消息说给桐子听。她看了我一会儿，像是被惊住了，接着开口问："为什么会这样呢？""总而言之，就是寿命到了。"桐子听了，沉默地点了点头。之前棉被店的老人去世后没多久，我就和桐子上了床。为此，她还发过火，而这次她却没有生气的意思。她看着窗外，似乎深深地陷入了自己的思绪里："那今晚就是守灵夜了吧。"昨天阪田夫人的遗体清洗完毕后，我就立刻出门来见桐子了，因此并不了解葬礼是怎么安排的。"你会去的吧？"桐子问道。我回答说会去参加。

车子驶入早晨的城镇，孩子们已经走在了上学路上。我先把桐子送到，然后回了自己的住所。回到家是八点，我打开暖气炉，拿起报纸看了起来。简单看了看报道的标题后，电话铃声突然响了起来，我接起一听，是护士长打来的。

"您去哪里了？昨晚一直都不在呢。"昨晚不是我值班，再说下班后想去哪里是我的自由。"怎么了？"我回问道。护士长立刻就说道:"千代今天早晨去世了。"怎么会?"我说完立刻又接着问,"是怎么死的?""不清楚,总之还请您尽快过来。"

护士长说的话令我不敢置信。我想,她会不会是在开恶意的玩笑呢?但她原本就不是那种擅长开玩笑的人,也没道理特意在早上打来一通这样的电话。我没有洗脸,穿上衣服就直接走出了家门。

到了医院,护士长罕见地站在正门玄关等我。她招呼也没打,上来就说:"我们早上七点左右发现千代已经死亡。"

我问起千代的死因,护士长只说"有些可疑"。我们并排走在走廊上。护士长走得很快,这让我感觉到了她的激动。

"早班护士去量体温的时候,千代的被子被拉得很高。她以为千代在睡觉,结果拉开被子一看,千代面色发黑,已经没了呼吸。"

千代是死于窒息还是脑溢血呢?不管是哪种情况,只要有人陪护着,应该就能及时发现。我问起了诚治。护士长像是早就在等我问她一样开口说:"护士去量体温的时候,诚治不在病房里,过了十分钟左右才出现。听我们说千代死了,他非常忐忑,说自己刚才去了趟卫生间。我当时也在。他的脸色十分苍白,像是拉肚子拉的;问他千代怎么死的,他就胆怯地摇头,说自己不知道。不过,他说的真是实话吗?明明就待在千代身边,竟然会没有注意到!"千代就算死得再怎么悄无声息,前前后后也总会扭动,会痛苦;即使表现得不明显,应该也会存在与之相似的异常状况。陪护在一旁的诚治自然应该注意到她的异常。如果没注意到,那他这个陪护的存在就完全没有意义。

我起初还在想,诚治是不是像从前那样溜出了医院,但自从和富子的事情暴露后,他就一直规规矩矩地守在病房里。即便是出去了,他也不可能和刚打掉孩子的富子发生什么。

"他昨晚确实在医院,值班护士还去确认过。"护士长说完这句,突然指着脖子的中间部位,拉低声音对我说,"她这里有个可疑的痕迹。"

"那是什么?"我问。护士长只是看着前方摇了摇头。

五六个病人聚在千代的病房前聊天,似乎是听到早晨有人猝死的消息后赶过来看热闹的。护士长直接推开了病房门,进去就看到千代仰躺在病床上,身上盖着白布。她与村上里之间立了座屏风,将两边遮挡开来。我进去的时候,诚治坐在床边的椅子上,见我进来了,慌忙从椅子上站起身来。如护士长所说,诚治脸色苍白,看起来非常疲惫。我让他先到病房外面待一会儿。诚治站起身,看起来像是有话要说,却很快就出去了。

千代已经死了,无须我再去检查确认。她细窄的脸稍稍有些浮肿,眉头轻皱,右眼微微睁着,嘴唇与下巴往下耷拉着张开,露出发黄的牙齿。她面容安详,却仍然透露出死亡的蹊跷。长年见识死者遗容的话,就能渐渐看出其中的异常之处。观察完千代的表情,我用双手把她的脑袋移到侧旁,露出她的脖颈。她瘦弱的脖颈上浮现着细纹,右侧有一个小小的伤痕。伤痕是拍脑动脉影像时留下来的,我早已见过无数次。然而除了伤痕,她的喉结左右两边又新出现了鸡蛋那么大的黑色瘀斑。瘀斑像是两个重合在一起的半圆形,中间最为狭窄,形似葫芦。

我又从她的脖子前方开始往后检查。仔细观察会发现,她的脖子侧旁还有硬币大小的黑色痕迹,用手指轻抚按压后再拉扯皮肤,黑色的瘢痕依然维持原样。我不是专业的法医,关于这方面的知识,在上学时学到过一些;其次是从大学去往地方出差的时候,曾经受托做过两三次尸检;再就是看书时学到的一些知识。虽说对这方面并不是十分了解,我还是很快就明白了过来,黑色瘢痕是皮下出血造成的。在人死后压迫皮肤,并不会出现这种发黑的瘢痕,细小的静脉与毛细血管断裂出血的现象只会发生在人还活着的时候。换言之,它是活人的生理反应,这是法医学里非常基础的知识。据此推测,缠绕在千代颈间的血斑，必定是在她还活着时候，因为受到某物压迫而产生的痕迹。

"怎么样？"护士长问。我没有回答，只是轻轻抬起了千代的头。千代的脖子正面和下巴左右两侧都有血斑，正面是拇指大的压迫痕迹，左右则是连接在一起的点点瘀痕。从正面看起来，这些痕迹就像是有人用两只手按压千代的颈部后留下来的。我想起了诚治那双骨骼粗大的手。那双手放到千代颈间，恰好能圈住她的脖子，留下差不多大小的伤痕。我挪开放在千代颈间的手，吐出了一口气。在白色屏风投射下来的晨光中，黑色的瘀痕看起来越发明显，就像是栩栩如生的活物一般。毫无疑问，那就是受到什么东西压迫后产生的痕迹。

我把千代略微偏移的脖子移回到枕头中央，这时门被敲响了，护士有事来找护士长。两人站在门口说了两三句话，护士长就离开了病房。

我问睡在隔壁的村上里昨晚有没有发现什么异常情况。千代的死亡似乎让她受到了不小的冲击。她怯怯地埋在被子下方，开口对我说："我睡着了，什么都不知道。""真的没听到一点动静吗？"我再一次开口问道。村上里胆怯地望着天花板说："黎明的时候好像听到她发出鸟一样的叫声……"我问她那是什么时候的事，之后又发生过什么。村上里似乎已经犯起了迷糊，没有把话说清楚。她看起来也不知道那时诚治在做什么。

我又触摸起千代的手脚，估算她死了多长时间。千代的四肢已经凉透了。拨开眼皮，只见她的视网膜浑浊不清。千代的颈项和侧腹部出现了尸斑，用手一按就消失了。由此看来，她应该死了有三四个小时了，至少在三个小时以上。这么算起来，她的死亡时间最迟是在今早四点，特殊情况下也有可能是在凌晨三点左右。

思及此处，我回想起自己昨晚在"猫头鹰屋"里醒过一次。说是昨晚，其实也就是今天，可能就在同一时间，千代死在了医院里。我不相信什么"冥冥之中自有感应"，只是她的死亡时间确实就是我清醒过来的那段时间。莫不是千代有话要向我倾诉，所以才叫醒了我？那个时候，我正与桐子腿脚交缠，躺在镶嵌着镜子的床上熟睡，虽然暂时清醒过一段时间，思考过诚治和富子的事情，但几乎没有想到千代，后来就又与桐子肌肤相贴着入睡了。"猫头鹰屋"与医院的地点、环境迥然不同，所谓"冥冥之中自有感应"，大概只是我自己想得太多了。

护士长没多久就回到了病房，问我检查得怎么样了。我沉默地看着千代。现在还不能断定千代的死因，我必须慎之又慎。

我问护士长昨晚有没有什么可疑的人来过医院。护士长说，她已经问过值班人员了，值班人员说昨晚十点就锁了门，之后也一直没有出现什么异常情况。实际上，哪怕真的有人偷偷溜进来过，也不能说明潜入者和千代的死有关系。我把千代僵硬的手放回到被子里。不知是不是云层遮挡了阳光，天色突然间昏暗了下来。千代的脸看起来黯淡无光，门牙露在外面。我想给她合上嘴，但她的躯体已然僵直，无法再合拢嘴巴了。

我给千代盖好白布，离开了病房。诚治蹲在门口右手边，看到我出来，依然保持着原本的姿势，只是把目光投向了我。空洞的目光看起来像是怯弱，又像是怀疑。我一句话也没说，和护士长一起回到了值班室。

八点半一过，值班室就开始忙碌起来，护士们忙着准备今天要用的药物和注射液。我洗洗手，坐到了值班室里面的沙发上。"您不觉得奇怪吗？"护士长跟在我身后进来，坐下的同时开口问道。

我问她院长知不知道千代已经死亡的事情。护士长说："院长因为医师协会的工作，今天一早就去了S市，晚上在那边留宿，明天才会回来。"我想起前天曾经听院长说起过这件事，昨天还记得清清楚楚，到今天早上就给忘了。

"我们怎么处理呢？"护士长似乎从先前开始就急着要我

给出结论。

我问护士长千代死亡的事情是不是还没有告知其他人。

"我们已经联系了她的家人和福利机构那边,不过她家离得远,福利机构也是九点才上班,两边都还没派人过来。"也就是说,目前只有护士看过千代的遗体。我问护士长是不是这样。护士长流露出"当然是这样"的表情:"您过来检查之前,我们都没清理过遗体,一直就那么放着。"

我点点头,燃起一支烟,告诉她可以清理遗体了。护士长立刻看着我,问道:"您不觉得可疑吗?"我沉默着没有说话。护士长又看着我说:"千代死得有些蹊跷,您就不觉得可疑吗?"

我很快明白过来,护士长是在怀疑千代的死另有隐情。别说护士长了,但凡有些医学常识的人,应该都会发现其中的异常。"是不是该报个警呢?"

我心不在焉地看着窗子。上午的阳光照射在窗玻璃上,让积攒了一个冬天的脏污无所遁形。我看着窗户开口说道:"先做清理再说吧。"

护士长再次看向我:"就这样处理吗?"我告诉她,死亡诊断书我会自己写,暂时就先这样,随后离开了值班室。离门诊开始还有段时间,我就先回了公寓。从"猫头鹰屋"回来后,我立刻被叫到了医院，连脸都没来得及洗。珇在来喝杯咖啡，还想先一个人想想事情。

回了家，躺倒在沙发上，我再一次思考起了她脖子上的瘢痕和昨晚的情况来看，千代死于诹毫无疑问的。即便事实并非如此，正确的做法也千代横死的事情。我心里明知该这么做，却无论决心。要不要就这么掩盖过去呢？我正迷茫着的来了电话。

"还好还好。"桐子的声音听起来非常轻松姐姐还没有醒，两人没碰上面，接着又问我怎么片刻，告诉了她千代死亡的事情。

"啊，是那个长年瘫痪在床、需要丈夫手吧？你不是说她情况还很稳定吗？怎么就死了着我之前和她讲过的事情。

"目前还不清楚。"我答道。"刚回来就发辛苦吧。"桐子说完就挂了电话。

休息了大概一个小时，我又去了医院，门了一批看病的人。今天院长不在，我必须一个人原本打算走向病房的脚步，回到门诊给病人看三十分钟，护士长再次过来找我，问我准备怎么情。她的脸上明显透露出对我的不信任。我让她去把千代的病历和死亡诊断书拿过来。

"真的不报警吗？"我没有回答，继续给门诊病人看病。护士长离开了。过了十分钟，住院大楼的护士代替她过来，把诊断书交给了我。给一个感冒病人看完病后，我在诊断书的死因一栏里写下：

间接死因，脑血栓后遗症
直接死因，窒息而死

又在诊断书下方签上自己的名字，盖好章递给了护士。护士看了会儿诊断书，然后面无表情地转身离去了。我没有休息，又继续看起了门诊。听病人讲述病情，用听诊器听音，给病人换纱布……就这样，我一刻也不停地驱使着自己。我想，这样一来就能把千代和诚治都抛到脑后。

不知过去了多长时间，门诊快结束的时候，秘书长过来了，说是有话要和我说。我说门诊还没有看完，他就说这件事比较急，态度非常坚决。看完两个病人后，我站起身，和秘书长一起去了门诊室里面的更衣间。刚走进更衣间，秘书长就关上门，说："我想和您谈谈茂井千代的事。您在诊断书上那样写，真的没有问题吗？"我站在那里，看着窗户点了点头。秘书长站在我对面，再次确认般说道："护士和其他陪护人员之间都有传言，说千代不是自然死亡，而是被诚治杀死的。您写的诊断书真的没问题吗？"

我不知道那样写有没有问题，总而言之，我是照自己的判断写的诊断书。我把这话一说，秘书长就怀疑地看着我："是不是诚治请您这样做的？"从昨晚起，我就没有和诚治说过一句话，他也没有拜托我做任何事情。

"您要说的就是这个吗？"我问道。秘书长叹出一口气，含糊地说："其实只要棺木一到，千代就会被送回家，但是员工之间有着这样的传言……""这种事用不着担心。"说完，我就接着回去看门诊了。

下午我有两台手术，这在平时并不多见。一台是阑尾手术，一台是右小腿接骨手术。阑尾手术难度不大，接骨手术则耗费了近两个小时。以前做大型手术时都会出现在手术现场的护士长这次没有出现。

开始做第二台手术的时候，值班室的护士进来告诉我，诚治说想和大家一一道个别。我原本以为他已经回去了，结果听说因为在棺木和葬礼费用的支付方式上没有谈拢，他现在还没有把千代接走，最终定下的方案是由医院先垫付费用，遗体则由福利机构派车送回家。

"守灵和葬礼的日子定下来了吗？"我问。护士回答说不清楚，不过听福利机构的人说，守灵就定在今晚，明天出殡。我一边给骨折的病人摘除血块，一边想起明天是周六。

"您要去见诚治吗？"护士还在等着我答复。我做着手术，内心有些迷茫。我想在千代的遗体被送离医院前见一眼诚治。如果可能的话，我想知道他对千代究竟有没有起过杀心；如果是他杀的千代，那他究竟是在什么时候，用什么方式杀的呢？这是我想知道的问题。当然，我并不打算再改死亡诊断书。

千代的死亡是无可挽回的事实，即便改了诊断书，她也不可能因此复活。我只是想知道诚治内心真正的想法。面对着瘫痪两年的妻子，他心里究竟是怎么想的呢？和女儿有了不正当关系之后，他是不是就把妻子当成了眼中钉呢？还是说，看着大小便无法自理的妻子，他心生怜悯，于是就掐死了妻子呢？眼下并不适合问这些问题，毕竟我还在做手术，而且旁边还站着护士。再说了，事已至此，问这些或许也没什么意义了。无论他是真爱妻子，还是嫌妻子麻烦，他都已经杀了妻子，结果并不会因为他的想法而有任何改变。他是出于要杀妻子的动机而杀了妻子，这个事实现在已经明显浮出了水面。

早上的时候我已经在病房里见过诚治了。他坐在死亡的妻子身边，脸色疲惫至极。看到我之后，他似乎有话想说，最终却没有开口。如果我现在去见他，他必定还是那副样子。

"你告诉他，我现在在做手术，让他直接回去吧。"我对护士说着，接合了病人的骨折部位，并用薄金属板固定。我边拧螺帽，边在心里思索诚治要来找我道别的用意。说是道别，照诚治那个性格看，我根本就不知道他会说些什么。他或许会像之前那样，只轻轻地低头示意。诚治现在应该已经知道我把千代的死定性为病逝。他会怎么想呢？会认为我在帮他遮掩吗？还是会认为我是个连绞杀痕迹都辨认不出来的无知医生呢？他说要来道别，或许是为了感谢我放了他一马。

然而事已至此，我感觉自己做的事情其实并没有多么重要。我伪造诊断书不是为了诚治，更不是为了让诚治感激我，只是在看着千代的时候，不知为何，就想给她一个平凡的死亡方式，让她直接下葬。确实，一旦对千代的死心存疑虑，就能源源不断地找到疑点。只是如果以横死为由报了警，就会立刻引起周边人的骚动。无论千代究竟是怎么死的，让她的死亡悄无声息才是最好的选择。即便把事情闹大，我们也不能拯救千代、诚治、富子当中的任何一个人。除了"千代已死"，我不想再思考其他任何事情。为此，我选择了忠于自己在那一瞬间产生的想法。

我决定直到手术结束之前都不再思考关于诚治的事情。幸运的是手术难度很大，让我暂时忘记了诚治。

二十分钟后，手术结束了。我摘下面罩和手套，一进更衣室便看到外科护士正瞧着窗户那边，手里拿着弄脏的罩衣。我问她在看什么。她说，千代的遗体就要被运走了。我刚站到窗边，护士就离开了更衣室。

傍晚的斜阳把医院前的广场照得透亮，广场中央停着辆后门敞开的面包车。那是本市防疫站用来巡诊的车，米色的车身在夕阳的照射下变成了亮灿灿的金黄色。车子座位中央有一副棺木，上面铺着白布，两三个人围坐在棺木旁，看来千代的遗体应该已经运进车里了。车子周围还有十来个人站在雪地上，其中就有福利机构的员工。几个护士不断地小幅度跺着脚，可能是因为阳光虽然明亮，吹起的风却很冷。穿着红靴、体型微胖的护士长站在人墙中央，正与福利机构的野崎说着什么。没过多久，两人回转过身，视线正对着诚治出现的方向。诚治依旧戴着那顶遮到耳际的帽子，两手扯着稍短的大衣，略弓着背走了过去。

围在车身周围的人没再说话，全都看向诚治，其中还有穿着黑色大衣、手里挂着拐杖的村上里。诚治慢悠悠地走在广场上，似乎毫不在意周围的人投来的视线。夕阳的余晖中，他高大的身形在雪面上拖出了长长的影子。走到面包车旁，诚治停下脚步，回头看了眼医院。他的左半边脸被阳光照得发亮，右脸则隐没在黑暗之中。车里似乎有谁唤了一声，他弓下身，从开着的后门钻了进去，之后小个子野崎也大步跨进了车里。面包车像是一直都在等着这两个人一样，后门随即关闭。

　　冬季的一天结束前，偶尔会出现神圣庄严的晚霞景象，现在就是如此。倾斜的阳光直直地穿透了广场、防雪林，还有远方的雪原。视线投向远方，雪原看起来就像是晚霞的波浪，又像是一片草原。灿烂而静谧的傍晚已经来到了医院的前方。千代的遗体与诚治所在的那辆车就在这样的暮色里，悠然驶向了国道。

第八章

　　我的想法似乎过于天真了。我原以为只要等千代的葬礼结束，诚治回到老家之后，有关千代死亡的传言就会自然消失。即便医院里仍然有部分人对千代的死因窃窃私语，一切也都会随着时间的流逝渐渐被人淡忘。然而实际上，传言非但没有消失，反而愈演愈烈，并且被怀疑的对象不仅仅是诚治，还涉及到了我。

　　千代的葬礼结束一周后，福利机构的野崎前来拜访我。见到我之后，他照例客套了一句，说近来给我添了不少麻烦。这样的客套话原本该由诚治或他的亲属来讲，现在从野崎的嘴里说出来，稍微有些不太对劲。"事情总算是了结了。"野崎舒了一口气，接着就聊起了种种近况，包括他们现在正在拜托多方机构替诚治找工作，富子的身体也恢复了，不过学校很快就要放春假了，因此先让她休养着，下个月起交给千代的姐姐照顾等事。

"母亲刚死就让她离家，我觉得挺不忍心的，但是让她和诚治待在一起，不知道又会发生什么。"野崎像是要寻求我的认同似的说道。我对此自然没有异议。

"经过这件事之后，我终于理解亲戚们为什么都疏远诚治了。真是从没见过那么不像话的葬礼。"野崎告诉我，去参加千代葬礼的人只有他们家附近的农民和诚治的哥哥，千代那边的亲戚一个都没有出现。去的人也没有劝慰诚治，只在千代的灵前低头表示哀悼。葬礼现场冷冷清清的。

"诚治身为主人，竟然就坐在房子的角落里，完全不去招呼客人，看他的神色，简直是把自己当成了客人。可守完灵后，他喝着酒又毫无预兆地哭了出来。那个男人整天究竟在想些什么啊？"

被野崎问到这个问题，我也不知该如何作答，只能说诚治大概也有他自己的痛苦。听我这么说，野崎暧昧地点点头，开口问我："千代真是病死的吗？""要不是病死，那是怎么死的呢？"我反问了回去。野崎慌忙摇头："我只是听说了一些奇怪的传言，千代肯定是病死的。"

野崎对我如此客气，或许是因为他不是医院的内部员工。而身为外人的他问起这个问题，大概是因为有谁告诉过他关于千代死亡的传言。一周后，军队又问了我同样的问题。他问得更加直接明了。

那是一个周六的下午，我和军队在医院当值。自从知道要和军队一起值班后，我就预感到自己会受到他的追问。事实证明果然没错。下午，我正待在医务室里晒着太阳看杂志，军队若无其事地走了进来，装出一副偶然经过的样子，对我说今天当值，请我多多关照。接着，他就开始聊起去山上滑雪的经历，聊完后像是终于瞅准了时机，问我知不知道大家最近都在讨论我。突然被他这么问，我一时间没有反应过来。见我沉默不语，军队开口说："有人说您这个人很可怕，眼看着病人救不回来了，就会把他们一个个地杀死。"他愤慨般挠了挠头，接着假咳两声，问我知不知道大家都对我心存戒备。

我当然不是毫无感觉。此前一直为了病人的事情频频找我商量的护士长，近来已经没那么唠叨了；护士们对我的态度也显得疏远了；其他员工看着我时也常常露出戒备的眼神。尤其是药剂师高田靖子，一看到我就会逃离般移开视线。我知道她是有意做出夸张的表情。

必须承认，自从千代死后，医院的员工对待我的态度就慢慢发生了改变。然而，实际看到过千代死状的只有我、护士长和当天早上在住院大楼上班的两名护士。真正明显对千代的死心存疑虑的，应该也只有护士长和护士主任两个人。现在，流言却传遍了整个医院，大概是她们中的一人散布出去的。

"他们这样说您,您不觉得不快吗?"不用军队说,我自然是不痛快的,至少心情不会美妙到哪里去。然而,我写下疑点重重的诊断书是事实,没有追究千代真正的死因也是事实。说句实话,我也确实觉得像千代那样的病人早点死了会更好。如果今后再出现阪田夫人或千代那样的患者,问我怎么处理为好,我的答案或许就是让他们死去更好。我本人并不觉得这样的想法有错,但要是被别人解读成杀害重病患者的恐怖医生,那我还是会觉得窘迫。这样一来,我就很难再继续自己身为医生的工作了。"这么说有点儿夸张了吧。"听我这么说,军队就说,传言本身就是夸张的。我自己心里很清楚这一点。

"那之后您一直保持沉默,什么都不解释,我觉得那样反而不好。我不是专业人士,不清楚具体情况,但既然护士长和护士们说了那些对您不利的话,您就该解释清楚,反驳她们。只要好好解释了,大家都会理解您的。"军队说的话确实在理。护士有了疑问,把问题解释清楚或许就是医生的责任。然而,我比任何人都清楚,自己写的诊断书其实是错误的。比起承认错误,瞒天过海应该会更加困难。也不知道军队究竟知不知道这一点,他只是对我说,尽管大家说了我种种坏话,他却依然选择相信我。

军队似乎一直非常偏袒我。我知道他现在依然对我怀有善意，但那种善意却有种强加于人的感觉。"护士长和护士们都说千代是诚治杀的，这不是事实吧？"

我顿了顿，回答说自己并不是非常清楚。"为什么呢？"他立马就追问起来了。我在思考着概率的事情。可以说，千代有99%的可能是被他人杀死的。从周围的情况来推断，几乎可以确信诚治就是凶手。然而，剩下1%的可能是无法断定的那部分。从统计学的角度看，1%可能并没有那么重要，但我就是因为有了这1%，才能说自己并不清楚真正的情况。当然，我清楚自己是在诡辩，但即便是诡辩，我也不想断言是诚治杀死了千代。他的嫌疑很高，却并不绝对。我想就这样忘却千代的死亡。然而，对着一根筋的军队，我很难把自己的感受完全表达出来。

"还有人说您和诚治是同谋。"军队说完，似乎因自己使用了如此刺耳的表达呆愣了一瞬，接着又寻求我的赞同，"没有这回事，对吧？"见我点了头，军队又说，我的做事方法难免会使人对我产生误解。他可能是想起了我曾在深夜放走诚治的事情。军队似乎没有对谁说起过这件事，但他心里应该还没有对这件事完全释然。"您是替诚治着想，但我觉得您这样做完全没有意义，那本来就是个恩将仇报的男人。他还说过您这个人很冷漠呢。"

"冷漠？"我回问道。军队确信地点点头："那个男人说话很随意。他好像也希望妻子能像阪田夫人那样，走得轻轻松松。"

我瞬间发出小声惊叫，完全没有料到诚治会有这样的想法。这样一来，我似乎就能理解他为什么会觉得我冷漠了。

"但是，因为癌症痛苦万分的阪田夫人，和全身上下哪儿都不痛的千代情况本来就不一样啊。"军队辩解般说道。我一言不发。从病人的角度看，阪田夫人是比千代更加痛苦，但从陪护的角度看，诚治或许是更加辛苦的那一个。他祈祷妻子死亡的心情应该和阪田没有区别。唯一不同的就是，阪田的方法是来拜托我，借助药物的力量，而他是自己亲自动手。两人采取的方式不同，但祈祷妻子死亡的心情一定是相同的。

"护士长问了诚治很多问题，最后诚治突然来了句'医生也真是冷漠啊'。他都这样说您，您还是保持沉默吗？"

沉默或不沉默都好，我现在原本就没什么可说的。我自觉此前对诚治始终怀着些许善意，至少比起军队和护士长他们，我更加体谅诚治。然而，这其实只是表面现象，更深的内在其实颇为残酷。我虽然没有直接加害诚治，但本质上就是一个冷眼旁观的人。说实话，诚治对我的评价，比我今天从军队这里听到的任何话都尖锐。千代死去的那个早晨，还有离开医院的时候，他想对我说的，或许就是这句话吧，而我却天真地以为他只是想来道个谢。我为自己的自以为是感到震惊。

"您真是没一点脾气啊。"军队似乎对我的毫无反应感到焦躁,"和您一聊,我自己都看不明白了。"他脸上一直都有的热情消失了,开始浮现出冷意来:"总而言之,您现在的处境很严峻啊。"我说我心里有数,截断了他的话头。军队的说话方式依然十分夸张,不过我知道,他也是为我着想。

"那个男人说话真是不负责任。听说他下周就要开始工作了,是在一家生水泥厂做临时工。"听着军队的话,我感到自己似乎得到了些许救赎。

几天后,我意识到,军队所说的话并不都是危言耸听。这天,我正在医务室吃午饭,院长打来了电话。他先问我吃完了饭没有,接着又说如果有时间的话,就去院长办公室一趟。我一边应和着一边想,院长要说的应该就是千代死亡的那件事。去了院长办公室后,果然就是这样。院长说他最近又重新吸起了烟,吸的依旧是烟味很淡的外国烟百乐门,一天要吸十支左右,说着就给我递了一根。等我点燃了烟,他开口问我知不知道医院最近有关于茂井千代的奇怪传言。我点点头。他接着问:"冒昧确认一下,茂井千代的死真的没有任何蹊跷吧?"看来院长应该是从护士长那里听说了什么。即便如此,他依然采用了否定的问法,可能是在为我考虑。

"确实有一些地方比较奇怪。"我如果想隐瞒的话，直接断言没有任何异常就可以了，这样的回答是我在面对护士长和军队时可以采用的方式。然而对着院长时，不知为何，我没有想要说谎的想法。院长也是医生，能分辨出横死和病死之间的区别，我不可能随便糊弄过去。更为重要的是，诚治说我"冷漠"的那句话，让我失去了某种理直气壮的气势。

　　我对院长说，千代的脖子周边有血斑，从她当天的症状来看，病情急剧变化的可能性很小。院长一言不发地听着。等我说到诚治本身就是那样的人，有可能是他杀了千代，但是千代已经死了，我觉得不能再让事情变得更加复杂时，院长才终于点了点头，可能也是认同我的想法，觉得无论事实真相如何，重要的是不能把事情闹大。他又问了千代可能的死亡时间和血斑的大小，然后对我说："我也不想和这种事扯上太多关系。我的医院里出现了杀人事件，还是身为陪护的丈夫杀死了患病的妻子，这种事一旦被报道出去，后果将不堪设想。和你一样，我也希望把这件事压下去。只是总有些笨蛋管不住嘴，拜他们所赐，现在流言已经传得太广了。"院长恨铁不成钢地喷了下嘴，接着突然拉低声音对我说："听说还有人偷偷把这件事泄露给警察了。"院长似乎也不知道究竟是谁告的密。"诚治在外面欠了一屁股债，还和自己的女儿有那种不正当关系，早就有很多人看他不顺眼了。"院长说，就算有人告密，那个人应该也不是医院的内部人员。虽然有些护士在谈论这件事，但她们并不会把这件事告诉警察。院长推测说，假如真有人告密，那也应该是从护士们那里听到了传言的外人。

"千代已经死了，现在说什么都没有意义了。如果有警察来医院调查，你就咬死了说是病死。"院长说。我当然也只能这么回答了，就点点头。院长又微微笑着说："不，应该说流言这种事本来就喜欢到处乱传，传着传着就有人说，我们医院杀死了重病患者。"

院长为人谨小慎微，因此没有直接责怪我。然而，他的微笑里确确实实隐藏着一丝不安。"非常抱歉。"我坦诚地道了个歉。这家医院如何姑且不谈，对于院长个人，我并不厌恶。我只想让院长知道，自己并不是有意要给他添麻烦的。

"不过，要是当时下诊断的是我，我可能也会采取和您同样的做法。"院长说。然而，即便做法相同，我们的动机应该也是不一样的。院长隐瞒是因为不希望别人说医院里发生了杀人事件，不想因此卷进麻烦里。但是，我那个时候完全没有考虑到医院会怎么样，只是单纯地觉得写下"横死"会引来一系列的麻烦事，并且就算写了也不会有什么结果。

"我们这样的小医院也会发生各种各样的事情。"院长这么说着,又说这次的事并不会怎么样,所以希望我不要担心。但从他此前的表现来看,我知道他只是在逞强,其实他的心里非常担心。

那之后过了两天,我接到了警察打来的电话。警察在电话里说,关于千代的死有一些事情需要问我,希望我周四或者周五下午到警察局去一趟。我只把这件事告诉了院长,然后周五下午过去了一趟。时间已经到了三月末,主干道露出了柏油路面,道路两旁潺潺流动着融化后的雪水,然而医院前方的道路仍然埋在雪下,没法穿着皮鞋走路,于是我就穿着长靴出了门。

到了警察局,立马就有一个叫泽井的副局长过来找我问话。"找您过来聊这件事可能麻烦到您了,但因为有人报了警,作为警察,我们必须得进行调查。"他说完这些,就问我千代死的时候是什么样的。我回答说,千代死的时候我并不在医院,所以不清楚,但是就她死后的样子来看,应该正如我在诊断书上所写的那样,她是因为脑血栓失去意识的时候,有一口痰堵住了气管,由此引发了窒息性死亡。副局长旁边做记录的警察问我"血栓"两个字怎么写,我就在纸上写下了那两个字。副局长看到后问我血栓是什么样的病。这个病解释起来很困难,总之就是脑内的血管堵塞,导致前方组织坏死。这种病和脑溢血不一样,不一定和血压有关系。听我这么解释,副局长就说，他妻子的父亲得的就是这种病，而后又像是突然想起来一样，问我遗体上有没有什么异常的地方。

"没什么异常。"他听后点了点头，之后又问了一些关于大脑疾病和植物人的情况。那与其说是讯问，不如说是闲谈。在讯问过程中，他又问我对诚治有什么看法。我回答说，我觉得诚治有些懒惰，但他本性不坏。

"我明白了，让您在百忙之中特意过来一趟，真是辛苦了。"他最后说了这么一句，然后站起身给我行了个礼。算上来回路上所花的时间，这次讯问只占用了我一个小时左右，这对我来说并不是什么问题，而且我认为警察以后也不会再进行什么调查了。不过，走在积雪融化的城镇小路上，我重新意识到有关千代死亡的传闻正深入而隐秘地在这座城镇里不断扩散。

第二天，桐子打来的电话更加清晰地印证了这一点。当时已经是夜里十点多了，我正在房间里看电视，桐子打来电话："我刚刚听说了一件奇怪的事。有人说你们医院有个患者被杀了，然后又被秘密下葬了。那是真的吗？"我沉默着没说话。她又说："昨天你去警察那里了吧？我们店里有个客人看见你了。"之后，她说她马上过来，随即挂断了电话。

桐子在餐厅工作，她姐姐也交际甚广，这次的传闻传到她们耳朵里只是时间问题。然而即便如此，我昨天才去的警察那儿,今天这件事马上就传到了桐子的耳朵里,这个速度也实在是太快了。不过,警察局本来就在镇上的中心地带,我过去的时候又是天光正亮的下午,走在这座小小的城镇里,被一两个熟面孔看到也是理所当然。我被警察叫去问话的事,好像一开始接电话的秘书长也意识到了。我感到投注在自己身上的视线越来越多,知道自己已经越来越难在这座小城镇容身了。

桐子似乎是一路跑着爬上楼梯的。她进屋的时候,呼吸很是急促,突然就开口问我:"你该不会被警察抓起来吧?"我自然说了不会,她就让我从头开始,把一切详细地讲给她听。

我让她先平静一下,然后倒了杯白兰地,从千代的死状开始,一直讲到诚治的表现,差不多把所有事情都原原本本地告诉了她。事实上,如果不从头开始讲起的话,我就无法解释警察为什么会叫我去问话了。"我就知道是这样。"桐子在听我说的过程中,表情变得越来越凝重。讨厌拐弯抹角的她,似乎仅仅因为我被警察叫去问话了,就误以为我惹上了大事。

"为什么之前一直瞒着我呢?"她用情绪激动时才出现的尖锐声音问我。我并没有刻意隐瞒这件事,只是觉得没有必要跟她说,因此沉默着没说话。但是,从桐子的角度来看,我就是没有把这件事告诉给她这个身边最亲近的人,这让她耿耿于怀。而且,千代死的时候正是我们从"猫头鹰屋"回来的那天早上,那时我告诉了她千代去世的消息,却对她死亡的异常情况只字未提。

"那个时候你就已经知道了吧?"桐子问我。我当然察觉到了异常,但那时我觉得跟她说这件事还为时过早,所以才没有告诉她,仅此而已。

"不对。"桐子立刻反驳道,"你从一开始看到她的死状,就决定了不向任何人提起,隐瞒事实真相。"被桐子这样逼问,我实在答不出什么了。或许,我曾经确实有过那样的想法,但更重要的原因是,那个时候事发突然,我自己也失了方寸。"那你是在什么时候决定隐瞒千代被谋杀的事实,伪造诊断书的?"桐子把下滑的手镯重新往上拢,边拢边问道。

我也不清楚自己是从什么时候开始想隐瞒的。总之,我一开始并没有隐瞒的想法,只是想着千代已经死了,这件事可以了结了,接下来只要安安静静地把她送走就行了,只不过这些举动最后变成了隐瞒谋杀事实。

"可笑。照你这么说,病人怎么死的都无关紧要,是吗?"

"也不是无关紧要……"那个时候我虽然一直觉得千代死得蹊跷,但是比起这个,千代死了这个事实给我的感触更大。怎么死的姑且不论,总之她就是死了,我也因此终于能喘口气歇一会儿了。这样的感受让我意识到,自从接管千代以来,比起活着，我更在意的一直都是她什么时候会死。那天早上，千代突如其来的死亡震惊了我，但她死亡的这个事实却没有给我带来半点冲击。说句奇怪的话，我想我已经适应了"她的死亡"。这个事实不管什么时候到来，我都可以坦然接受。

"这么说，你一直在等着她死，是吗？"桐子的问题一如既往地犀利。局外人，或者说和病人没有直接关系的人往往都会问这种问题。然而，我即便在等着千代死亡，内心却仍希望她可以继续活下去。或者可以说，我心里想要放弃，却又一直犹豫不决，最终等待她死亡的心情显得稍微强烈一些，仅此而已。等待千代死亡和希望千代活下去的心情其实是不相上下的，我也因此陷入了犹疑。只盯着稍微多出来的那一小部分并妄下断言，那实在是太片面了。

"我不懂你说的是什么意思。"桐子喝了口白兰地，平复着自己的心情。我说这件事没什么大不了的，但她好像并不认同："你根本没搞明白，你这是隐瞒了和自己完全无关的病人被杀的事实，并且还试图替别人顶罪。"

然而，就像我无数次说过的那样，我做出这样的举动不是因为内心有那种想要替别人承担罪名的无私感情，而且实际上我也并没有承担罪名。"千代已经烧得只剩下骨灰了。既然你说是病死，事情可能也就到此为止了。但你确实犯了罪，并且正在接受惩罚。你看，现在镇上的人都认为你是一个包庇杀人犯的恐怖医生，都开始有意回避你了。最近来找你看病的病人没以前多了吧？"

对于城镇里的传闻，我没什么可以反驳的。我确实感觉到最近门诊的病人有所减少，也有两个正在住院的病人三天前来找我，说想要出院。睡在千代旁边那张病床上的村上里还没有痊愈，却也提出了出院的要求。我不认为这一切都跟这次的传闻有关系，但也不敢断言完全没有关系。

"我姐姐也在怀疑你。她问了我无数次，问你到底是个什么样的人，是不是真的那么怪异。"

"事情变成这样我也没有办法啊。"我小声地嘟囔着。听到这话，桐子烦躁地说："这不是说句没有办法就能应付过去的事。本来你身上就有奇怪的流言，如果连被警察叫去问话的事都被大家知道的话，大家就会越发怀疑你。这座城镇很小，你如果厌烦了这里，离开就行了，但是我要怎么办呢？你完全不知道小城镇里的流言到底有多么可怕。"

虽然只是在姐姐经营的餐厅里做帮工，但桐子本人却是个自尊心很强的女人。事实上，她的头脑也很聪明。听说不少人用"美人姐妹"来称呼她和姐姐两个人。要是自己的恋人成了人们眼里的怪异医生，她自然会感到不知所措。"真是的，你为什么会做那么愚蠢的事呢？为什么觉得那样的事能隐瞒得过去呢？"

　　我并没有特意思考过这些事情，只是想着既然千代已经死了，就让她安安静静地离开算了。突然，桐子说："我知道了，你是为了赎罪才写下假诊断书的吧？"

　　"你之前和我提过一个生来就有好几处骨折的孩子，对吧？就是那个给你寄贺年卡，但是里面所写的内容却让人完全看不懂的孩子。给那个孩子做手术的时候，你觉得自己应该夺走他的生命，但是因为太害怕了，没能下得了手。你还说过，救那个孩子是为了自己，而不是为了那个孩子。从那时开始，你就对自己做过的事怀着一种罪恶感，先不管这么说恰不恰当吧。总之，你对自己的软弱感到吃惊。你说起话来总是很强硬，但其实你也有怯弱的时候。你嘴上说着应该让受到病痛折磨、长期瘫痪在床的人毫无痛苦地离开人世，却不敢真正动手去做，除非对方像阪田先生那样，主动拜托你。这次，那个叫诚治的人杀害了自己的妻子，但是在你看来，这件事本来应该由你来做，对吧？你知道杀了千代是最好的选择，但是那个男人先动手了。归根结底，那个叫诚治的人和你考虑的事情是一样的，不一样的只是他付诸了行动，你没有而已。还有，你是医生，可以在无形中杀人，但那个人是外行，又没什么文化，于是冷不丁就用了掐死这样的方式，然而结果都是一样的。总而言之，那个叫诚治的人就是你的替身，他代替你完成了你想做的事情，所以你包庇了他，还写下了假的诊断书，想让他逃脱惩罚，是这样的吧？"桐子一口气说完一大段话。她边说边两眼放光，甚至给人一种陶醉在其中的感觉。

"怎么样，让我说中了吧？"我刚露出苦笑桐子就瞪了过来，"你是在嘲笑我吗？"

我并没有嘲笑她的意思，只是觉得她说得好笑，于是就笑了起来。其实，我是觉得自己很可笑。被她这么一说我才意识到，在此之前我说的什么"太麻烦了""人已经死了，就安安静静地送走吧"之类的话可能都是胡扯。看到阪田夫人和千代的死亡，我确实在心里的某个角落回想起了从前那个孩子的事情。虽说他还活着，却活得没有意义。阪田夫人、千代的身影时常会和那个孩子的身影重叠在一起。尽管如此，我却总是刻意拒绝回想那个孩子的事情。我的内心深处已经意识到了这一切，但我却在逃避思考。直到桐子点明，我才真正看透了自己，对这样的自己感到吃惊。之前，我表现得看似沉着冷静，其实是软弱散漫。毫无疑问，我已经被桐子问住了，但她依然没有停止对我的攻击："所以，你写下了假的诊断书，即便被警察叫去问话也能保持冷静。你想通过这么做，让自己从没能结束那孩子生命的软弱,从放任阪田夫人痛苦煎熬的罪责,从一边想着千代死了更好,一边却迟迟下不了手的算计,从这一切的一切之中逃离出去。"桐子说到这儿,倒吸了一口凉气:"你考虑了很多,也了解很多复杂难解的事情,但是最终却什么都没做。归根结底,你并不是那种会为了别人伤害自己的人,而且你比任何人都清楚自己的胆小怯懦。你从很早以前就开始讨厌这样的自己,所以这次才写下了假的诊断书,想借此把这样的自己逼入绝境。"桐子的话就像是一个优秀的拳击手不断挥出的拳头,每一拳都准确地打在了我的身上。她好像对戳中了我的痛处这一点感到非常满意,还在喋喋不休地说着,而我就像被打中的拳击手那样垂下脸庞,喝起了浓浓的白兰地。

　　自那之后过了一周,我决定去见一见给我寄送贺年卡的孩子——牟田明朗。这个想法的出现没有什么特别的缘由。在一个没有手术的清闲午后,我看着窗外下起的春雪,突然间就产生了这样的念头。那一瞬间,我震惊于自己的唐突,自己问自己为什么。

　　当然,毫无缘由的灵光一现不可能存在合乎逻辑的理由。"有理由就不是突然闪现的念头了。"我这么想着。然而,这个疑问一出现在我的脑海中,就再也挥之不去了。它像细胞分裂一样一点点地变大。那一整天,我都在固执地思考自己为什么会出现那样的念头。

可能是下着雪时仍有阳光,这种奇妙的天气使我产生了那个古怪离奇的想法。大部分人听到这样的话可能都会笑,但是雪或者雨,还有太阳被云层遮住、阳光变暗的景象,有时确实会唤起人心中出乎意料的念头。黄昏的临近或是空气的味道有时也会动摇人的心神,不过这种理由实在是太过无聊了。我大概一开始就知道它很无聊,只是暂时放任自己的思绪游走在这上面而已。

我向后靠在旋转椅的椅背上,把脚搭在了病人看诊坐的圆椅子上。护士们都待在门诊室旁边的检查室里,一边闲聊一边做着清闲时搓棉球的工作。我一边用脚转着圆椅子,一边思考起自己现在的处境。就像军队和桐子说的那样,近段时间,我的处境确实变得有些难以言喻。首先,医院的职工们对待我虽不至于失礼,但态度都非常冷淡,面上没有一丝表情。他们表面上仍把我当作医生,背地里却都对我心存警惕。找我看门诊的病人也少了,住院的病人也比前段时间减少了一半。现在不是隆冬时期,没有因为滑雪骨折的病人,算是进入了淡季,这可能也是原因之一。然而即便如此也不能否认,这次的传闻确实带来了一些负面影响。

或许是我的错觉吧,我感觉"Zaza"的老板和"鹤屋"

的厨师们对我说的话也比从前少了。他们还常常用一种探究的眼神看着我。

院长表面上一如既往,然而毫无疑问,病人变少的事情让他很是在意,这一点从他每天很早就到医院给病人看门诊就知道了。只有一个人没变,那就是桐子,不过她最近这段时间也总是因为一些无关紧要的小事哭哭笑笑,情绪很不稳定。

可能确实到了该辞职的时候……一周以来,我一直都在考虑这件事。我不想承认关于千代的那件事正在持续影响着我,但毫无疑问,这座城镇确实越来越容不下我了。我想去见一见牟田明朗,可能就是因为自己周身所处的环境发生了变化吧。

然而,即便见到了明朗和他的母亲,眼下这种走投无路的处境也不会发生变化。千代的死和他们母子俩没有任何直接关系,那我这种突然想要与他们见面的念头究竟是怎么产生的呢?至此,我才终于意识到自那台手术以来,明朗的身影就一直留存在我的脑海里,不断影响着我。

当然,明朗在我心里留下的痕迹并没有那么明显,我并不能时时刻刻意识到他的存在。除了他每年一次宣告自身存在的贺年卡,其他时候我基本上都想不起他来,有时即使想起来了,也会像看见了什么恐怖的东西一样,慌慌忙忙地把关于他的那些事情都赶到记忆之外。如今五年过去了,想要忘掉关于明朗的事，想把关于明朗的记忆清除出去，这些意愿无疑证明了明朗一直在我心中占据着沉甸甸的位置。应该说，现如今我突然产生的想去拜访他的念头，其实出现得并不唐突。它时常在我的心底蠢蠢欲动，只是这次借由千代的死，终于像洪水破闸一般涌了出来。

我从决定去见明朗和他的母亲，到最终确定出发，前后只花了不到两天的时间。这种急切也进一步说明了明朗的事已经在我心里深深地扎下了根。去见明朗的事我只告诉了桐子，她是唯一知道我和明朗之间全部故事的人。这件事原本也没有其他应该告知的人了。

我本以为桐子会感到震惊，没想到她竟然十分平静："想见就去见一见吧。"她说完又接着说："那个孩子就是你做这些事的起点吧？""起点"这样语义含糊又装腔作势的词我并不喜欢。它里面好像包含了某种意味，又好像什么意思都没有。现在，我的全副心神都放在了明朗身上，这一点毋庸置疑。可能是过了五年，我现在终于能够鼓起勇气与他见面。

决定见面后，我再次拿出了贺年卡。每年年末之前，贺年卡总会在不知不觉中四处散落，消失几张，可今年的还好好地收纳在书架的抽屉深处。从三十几张贺年卡里找出明朗送的那张非常容易，也不知怎么放的，他的贺年卡就是从上往下数的第二张。

"长野县埴科郡 M 町袋泽",这是我第一次认真地看明朗的地址。从地图上看,他住的地方离长野比较近。我以往看贺年卡都只看背面的正文,看完就急急忙忙地收起来了,从来没有分神去看过正面的地址。不过,在我还在大学附属医院做他的主治医师的时候,明朗应该是住在东京的,明朗的母亲确实说过他们住在世田谷那里,从世田谷到医院,两边往返非常辛苦。可明朗是什么时候搬到长野的呢?这个我已经记不清了。仔细想想,他们似乎是在两三年前变的住址。看看明朗之前的贺年卡,或许一切就都清楚了,然而从前的那些贺年卡都已经不见了踪影。

他们为什么会变换住址呢?个中缘由我自然是不清楚的,不过从长野到东京,路上就需要四五个小时。我马上去找院长,想连着周日一共请四天假。我从正月开始就一直在连轴工作,院长之前说过要我好好休息一下,所以这次应该不会拒绝我的请求。然而当我提出申请时,他却有些犹疑地问我为什么要请假,或许他是怀疑我要辞职。我回答说,家里有事需要回去一趟。院长点点头说,家里还是得时常回去看看。

"您随意,不着急。"这样一句话里似乎既包含着容许我辞职的意思,又包含着希望我回完家之后再来医院的意思。不过，我现在不想去思考是否辞职。无论如何，去见明朗一面才是首要的事情。

出发的那天早晨，医院周围还覆盖着积雪，然而等到了东京，我才发现这里早已进入了春天。在东京，大衣已经派不上用场了，不过 M 町在信州，那里可能还有残雪。到东京的第二天，我带着出门时穿在身上的大衣，坐上了从上野车站发出的列车。

在东京，我通过明朗在 M 町的住址查询过他们的电话，然而牟田这个名字下没有电话号码。对没有预约就突然前去拜访这件事，我感到些许不安，但也只能循着他们的住址找过去了。上车之后，我又一次思考起自己为什么想去见明朗。桐子说明朗是我一切行为的起点。想着想着，我渐渐觉得接下来要去见的其实是我自己。那台手术已经是五年前的事情了，和现在的我没有直接关系。然而，随着与长野的距离越来越近，我又陷入了要去确认自己的所做所为究竟招致了什么结果的紧张感中。这种紧张就像是犯罪者去犯罪现场确认犯罪事实一般。

列车三点多抵达长野。车站前的广场上阳光灿烂，然而吹起的风却很冷。我穿上原先拿在手里的外套，走向车站左手边的观光引导处。工作人员告诉我，去 M 町可以坐私营铁路公司的电车，开车去的话则只需要二十分钟。于是，我又一次回到车站前，坐上了一辆出租车。

出租车从热闹的站前大道驶出，穿过老房子成片的街道，开上了国道。从引导处给我的地图来看，车子正在向南行驶。近处有座大桥，河水因为山上积雪融化汇入的雪水而上涨了不少。河岸两边开阔宽敞，远方和左右都能看到连绵的山脉。如此看来，这一带应该是盆地。田地里的雪似乎才刚刚消融。为了让土地吸收太阳的热量，农人们已经把黑土地犁过了一遍，土地上随处可见残留着的雪水。车子的左边好像是北方，那边的群山上还能看到残雪。司机说三天前鸟居山山顶还下了雪，不过我不清楚那里究竟是在什么方位。

路上一时没了人烟，不久后又渐渐出现了人家，还有一家超市。车子似乎已经进入了 M 镇，写着镇名的标牌映入眼帘。"这里在明治时期似乎还很繁荣，但是后来因为远离铁路干线而逐渐没落，现在已经完全落败了。"司机说着，又开始谈起此行的目的地袋泽。他说袋泽南边被山挡住了，只有半天日晒，以前就被叫作"背阴村"或者"半日村"。我想着明朗，心情变得有些忧郁。

这里似乎是个很有些年头的老城镇。城镇里的道路狭窄，还弯弯曲曲的，没多久就断了，左右两边再次出现了广阔的田地。这里的土地也被翻耕过，到处都是覆盖在早期栽培的蔬菜上的塑料薄膜。车子逐渐接近山脚，流光向后闪去，前行的路逐渐变成暗影，周围的老式农房和新建的住宅混杂在一起。出租车开到山脚前停下了。"大概就在这附近，问问周围的人应该就知道了。"司机说道。于是，我下了车。

站到路上一看，前方确实是农田，后方则矗立着一座两三百米高的小山。山遮住了阳光，现在刚过下午三点半，但山脚下的光线已经变暗，北侧斜面的洼地里还留有残雪。我在那里站了一会儿，向对面一个提着购物篮走来的女人询问明朗的住处。

"牟田家？"女人想了一会儿，然后告诉我往回走一百来米，再往山脚方向走，看到的第二家就是。我照着她说的方向走去，右手边分出了一条只能容纳一辆车通过的岔道。这条岔道缓缓朝山上延伸，旁边流淌着来自山上的清泉。数到第二家，眼前是一个老式农房的小矮门，再往里是一栋乳白色的雅致二层小楼，与矮门极不相称。入口左侧的门牌上写着"广井"，右侧还有个小小的门牌写着"牟田"。给我指路的女人当时想了那么一会儿，可能就是因为一时间没想起来右边的这个门牌吧。

我在这家门前站了一会儿，然后按响了旁边的门铃。门铃连着响了三次，屋内却一片寂静，没有人应答。我等了一会儿，又按了一次，一个人影隐约投射在了门上。"请问是哪位呀?"声音听起来像是个中年妇女。"我是村中。"我隔着玻璃门回答道。屋内人影动了动,门被打开了。

开门的一瞬间,那个女人把我从头到脚打量了一遍,而后小声地叫了出来:"村中医生……"

志津子还是五年前的模样,一点儿也没变。当时她应该是二十七八岁,现在该有三十二三岁了。她穿着蓝白相间的毛衣和黑色的阔腿裤,气色比起那时好了很多,整个人可以说是容光焕发。

"发生了什么事吗?您竟然来这儿了!"被她这么一问,我有些不知所措,于是回答说:"没什么,就是来附近办点事,顺便过来看看。"

"您要是提前联系我的话,我就去接您了。"她边说边给我摆好拖鞋。

"请进。"她先进到屋里,然后带我走进了里面的客厅。客厅正对着走廊,拉门也完全敞开着,然而阳光却不强烈,带着瀑布口的池塘看起来寒气森森的。"您来这儿,肯定受不了这么冷的天气吧。"她说着,马上燃起了暖气炉。"我来的那个地方雪积得更深。"我说。"是吗?"她像才意识到这件事一样,说着就笑了。

我拿出在东京买的点心,询问明朗的情况。"托您的福,他已经八岁了，现在非常健康。"她说着就过来给我泡了茶。我想立刻见到明朗，她却一直在和我说话。她告诉我：这里是她的娘家；自那次手术过后，明朗又接受了三次手术，但都不怎么顺利；他们两年前搬到了这里。

"他那样的孩子在东京也没法去学校上学，去游乐场也要被别人目不转睛地盯着看。再三考虑之后，我们最终逃到这个乡下地方来了。乡下人也喜欢说三道四，但我们一早就做好了心理准备，所以反而觉得挺轻松的。这个镇上正好有残疾人士的疗养所，他每周可以去那里检查两次，挺方便的。"志津子以前是个话很少的人，现在却主动积极地跟我说话。

家里好像没有其他人在，屋里非常安静。我停顿了一下问她："您丈夫呢？"她一瞬间不知所措地别开了脸，而后回答道："我们分居了。"

我想起了她那个子高高的丈夫弯下腰，担忧地凝视着自己孩子的身影。"我们现在过得很好。"她仿佛在给自己鼓劲一般说道，而后问我，"您要见见明朗吗？""当然，我来这里就是为了见他。"听我这么说，她留下句"请您稍等"后离席而去。没过多久，她又走回来，站在我前面带路："请这边走。"

L型走廊的拐角处是一间沐浴在夕阳之下的房间，明朗就住在这里。

"明朗,这位就是妈妈一直和你说的那名医生哦。"八叠大的房间里,明朗整个人匍匐在地板上,只把脸抬了起来。那一瞬间,我感觉自己好像看到了一只大蜘蛛。明朗的右腿贴在地上,膝盖部位向外侧弯曲,到了脚踝那里又再次向外侧扭转。他的左腿也变成了 X 形,膝盖往下的部位就像萎缩了一般骤然变细,左脚扭曲,能看到露在外面的脚后跟。双臂也从肩头开始向外弯折,手肘以下的部位基本上都贴着地板。他的四肢弯来弯去,错综复杂,看起来就像蜘蛛的腿一样。

"明朗,说'您好'了吗?"在他母亲的催促下,明朗开口了:"您——好——"他一字一顿地慢慢说了出来。不知道是不是因为下颚的骨头也骨折变形了,他说话时嘴巴歪斜,只说了那几个字,唇边就流出了口水。志津子用拿在手里的毛巾擦了擦明朗的嘴角,明朗只是毫不在意地继续看着我。

我从最初的震惊中清醒过来,走到了明朗身边。确切地说,他的情况并不像我想象的那样。他不但没有恢复过来,而且随着成长发育,当初的畸形反倒更加突出了。但出乎意料的是,志津子的表情很是明媚。

"做个'欢迎光临'的动作试试。"志津子说。明朗把抬起的头前后慢慢动了动。"真棒!"我摸了摸明朗的头。他的头发长长的,摸上去就像岩石山那样高低起伏,这是因为自幼时开始的多次骨折已让头盖骨变得凹凸不平。

我又摸了摸明朗的手和脚。"那里是您做过手术的地方。"如志津子所说，明朗的右膝上有道长三厘米左右的疤痕。当年做手术的时候，我留下的伤口似乎有将近五厘米长，大概是这五年里缩小了一些吧。明朗的左脚搭在膝盖上方，向外侧弯曲，到了膝盖下方又是一个大角度的扭曲。就算治好了一个地方，肌肉和肌腱力量的不均衡也会使得其他部位异常受力，导致其他部位发生骨折。明朗身上还有另外三处手术疤痕。显然，每次手术均以失败告终。"明朗不想再痛痛了吧。"志津子这么一说，男孩就立刻点点头，凹陷下去的眼眶内浮现出泪光。

"乖，不会做手术了，咱们不做手术了。"志津子慌忙抚摸他的背。

不知是不是因为听到了"痛"这个字眼，男孩转了个身，向着房间的角落爬了过去。角落里放了一张床，大概他害怕的时候都藏在那里。床旁边有个书架。为了防止明朗从床上滚落，床的周围都围上了围栏，围栏顶上垂下来两根带子，不知道这是不是为了在他睡觉的时候把他绑在床上。书架上摆放着各式各样的绘本和漫画书，旁边的玩具箱里装满了玩具小车和布偶娃娃。

明朗弯着腰爬行移动。他的腿靠膝盖支撑着，每动一下小腿，小腿的下部就向外侧转动一下。可能是因为从来没有站立过，他的脚踝瘦小而洁白。手臂从手肘到手掌的部位都贴在地板上，只有腰部高高地耸起。不知道是不是因为还穿着纸尿裤，他的腰部附近看起来很宽大。明朗的移动速度出乎意料地快，他像一只蜘蛔蠕动的虫子一样，没多久就钻进了床下。

"明朗，出来呀，给你拿医生带来的点心哦。"志津子呼唤着他。明朗躲在昏暗的床底下警惕地看着这边。"不会给你打痛痛的针啦，赶快出来吧。"志津子直起身走出了房间。看到这一幕，男孩似乎感觉到了不安，从床下探出了头。

"过来。"房间里只剩下我们两个，我试着主动和他讲话。明朗惊奇地看着我。"过来呀。"我对着他摆出笑脸，于是他也微微地笑了。"过来。"我向他招招手。他注视着我的脸，慢慢地爬了出来。身体爬出来大约一半，他又停下来观察了会儿情况，而后慢慢地向我靠近。明朗说话很费力，但是我说的话他似乎都能理解。"真棒。"我抚摸着身前明朗的头。他像是终于放下心来，笑着发出了声音。

"嘟——嘟——"明朗这么叫着，又一次转过身爬动起来。他再次钻进床底下，接着又向我爬过来。这次他没有犹豫，径直朝着我过来了。明朗爬动主要是靠肩膀到上臂的力量，可能也是因为这个，他肩头的骨骼反复骨折。在一次次地骨折中，他的肩膀不断变厚，就像美国橄榄球选手的肩膀那样高高隆起。他与地板接触的膝盖和手肘都很坚硬，上面长出了老茧。"嘟——嘟——"明朗又一次靠近，然后再次离开。他大概是在扮演汽车。

房间的南面和西面都有窗户，可能这个房间是这个家里最亮堂的一个房间了，然而此时南面的窗户已经笼罩在山的阴影下，只有西面的窗户还能透进阳光。明朗就在斜射进来的光线里不断地往返于我和床之间。等他重复完第三遍的时候，我也把双手放在地上，做出了用两手爬行的样子。明朗一边大叫一边逃走了。趴下之后，我才注意到，铺着灰色绒毯的地板上到处都是磨损的痕迹和深色的污点，不知是不是男孩一直在上面爬来爬去造成的。

志津子端着盛放着蛋糕和果汁的托盘走了进来。见我也匍匐在地，她笑着说："有您陪着一起玩，明朗可真幸福啊。"她说着，就把削成半圆形的桌子摆到房间的角落里，以背靠墙壁的姿势固定好明朗："这是医生给我们带来的点心哦。"志津子把蛋糕和果汁摆到了明朗的专用桌子上。我和志津子两人在面朝明朗方向的沙发上坐了下来。明朗用严重扭曲的左手抵着桌子，右手缓缓抓住蛋糕，然而因为手腕向外弯曲，他很难把手里的蛋糕送进嘴里。明朗把脸凑近蛋糕，嘴角活动了多次，终于咬住了蛋糕。"慢慢吃，慢慢吃哦。"志津子告诉我，明朗之前一直用右脚脚尖抓东西，最近才开始学习用手抓东西，因此运用起来还非常吃力。

我觉得眼前的这个孩子似乎已经不再是五年前那个接受手术的孩子了。那个时候，如果让乙醚麻醉再持续一分钟，明朗就不会活到现在。而如今，他就在我眼前吃着点心。我自然知道明朗还活着，每年都会收到的贺年卡会不由自主地让我记住那一切，但我没有料到他会活得这样顽强积极。我原本以为，明朗会待在一个更为昏暗的房间里，蜷缩在床上，偷偷摸摸地存活着。

"每天都忙着照顾这个孩子，回过神来的时候一天就过去了。"嘴上这么说，志津子的表情却很明媚。"您比待在医院那会儿更有精神了。"听我这么说，志津子把两手贴在颊上："是吗？"她接着又说："我要是不行了，这孩子就麻烦了。"说完就笑了起来。

我问她，今年寄给我的贺年卡是不是也是明朗自己写的。"一直到大前年，他都还在用脚写字，不过从去年起，我开始让他学习用手写字了，所以去年和今年写得就比以往差了一些。"志津子说的这些我完全没有注意到。每年寄过来的贺年卡上都是一样的内容，我简单看过一遍就作罢了。

第八章

"给您寄贺年卡,只是想让您知道我们过得很好,不过您的病人那么多,我想您大概已经不记得我们了。"说完这句,志津子慌慌张张地跑到了明朗身边。明朗差不多吃完了整块蛋糕,奶油和蛋糕碎屑掉得到处都是。"不可以这样哦,弄得这么脏会被医生笑话的。"志津子拿毛巾擦干净明朗的脸和桌子,把装着果汁的奶瓶递给了明朗。大概是渴得很了,明朗把奶瓶塞进嘴里,边摇头边大口喝起果汁来。

志津子没有问我明朗的病情,这让我心里很不安。我之前就想过了,只要见到明朗,就肯定会被他的母亲问到他的病情。那个时候我应该怎么回答呢?如今还没有可以治愈明朗的方法,过去的手术也几乎没有起到任何作用。坐在车里往这边走的时候,我思考着这些问题,不由得心情沉重。然而真正到了这里,志津子却完全没有要问我那些问题的意思。她不问,我反而觉得更加不安,于是主动开口说:"我想,如果身上有了力气,明朗的胳膊和腿会更加强健一些。"那一瞬间,志津子微微点了点头,但脸上却不见喜色,眼神也十分平静。

"明朗,慢慢喝。"她将注意力投向明朗,而后开口说道,"他能活到现在,我已经非常感激了。"听到这句话,我才意识到自己说的话是多么凄凉。身为医生,我总是习惯性地对治愈无望的病人说一些带有希望的话,然而没有人会比志津子更加了解明朗的情况。她知道孩子的病是治不好的，也知道做手术不会起到任何作用。她所了解的，不是像我一样，从医学书籍上收集到的种种概念，而是在现实生活中陪护着明朗，二十四小时都和他待在一起，从这种周而复始的生活中体悟到的东西。照这个程度观察明朗，她完全没有再来询问我的必要。她刚刚虽然点了头，但在心里必定也知道我说的那些话只是一种安慰。非但如此，她甚至可能知道肌肉有了力气之后，反倒会加重骨骼的变形程度。

"明朗，没有尿尿吧？"志津子把手伸进了明朗的纸尿裤。这时，身后的门打开了，一个六十岁上下的妇人出现在门口。"啊，有客人来啦？"妇人似乎对我的出现感到非常惊讶。

"妈妈，今天回来得挺早啊。"志津子站起身，给我介绍了她的母亲。妇人似乎是刚从外面回来，身上还穿着大衣。她急急忙忙地低头问好。"这位是之前给明朗做过手术的医生。"听到志津子的介绍，妇人再一次深深地低下头说："当时真是麻烦您了。"她整个人绷得紧紧的，脸盘细长，和志津子一样。

"来，到奶奶①这里来。奶奶给你买了书哦。"妇人试图抱起明朗。"妈妈，您抱不动的。"哪怕身体发育不良，八岁孩子

---

① 奶奶：日语中，"奶奶"可同时指代汉语里的"奶奶"和"姥姥"。

的体重对六十多岁的祖母来说还是过于沉重了。"那你帮我抱过来吧。"妇人道了句"失礼",随后离开了房间。

我向志津子告辞。她说:"您再多待会儿,吃完晚饭再走吧。"我说自己此行见到明朗就足够了,请她帮我叫辆车。她看了看时间,对我说:"还有十二三分钟开往长野的公交车就到了,我把您送下去吧。"我拿着大衣站起了身。

"明朗,医生说他要回去了。"听到母亲的话,明朗保持着趴在地上的姿势,不安地抬头看我。"再见了,多多保重哦。"说完这句,我又加了句"好好活着"。明朗依然看着我。在夕阳的照射下,他凹凸不平的脑袋,扭曲的四肢,还有围着纸尿裤的腰都发出闪闪的红光。

"再见了。"我握住了趴在地上的明朗的右手。明朗的手朝外翻着,除了大拇指和食指,其他手指全都粘在一起。我把他能够自由活动的那两根手指紧紧握住,又一次道了声"再见",然后松开了他的手。

志津子在毛衣外又加了条披肩,走过来送我。"您又要回到有雪的地方了吧?"听到这句话,我突然间想起了诚治和千代。桐子、军队、院长那些人一时间都被我抛在了脑后。

"您什么时候经过附近了,可一定要再来坐坐。"我点点头,问志津子是不是打算一直待在这个地方。

"除了这里,我也没别的地方可去了。"接着她又说,"只要那孩子还在……"

走到玄关处,妇人又过来与我打招呼:"您特意从那么远的地方赶过来,真是太感谢了。"她又一次礼貌地低头示意。

到了傍晚,外面突然变得寒意逼人。虽然没有下雪,但寒冷的程度好像和我工作的那个北方城镇差不了多少。我们走下坡道,到了我来时下车的地方,从这里再往前走一百米就是公交车站。我和志津子并排朝公交站的方向走去。我想了又想,最终决定问出那个问题。

"那个时候,您有没有产生过盼望明朗死去的想法呢?"志津子立刻止住脚步,讶异地抬头看我,回了句"没有"。又走了两三步后,她开口说:"说实话,当时确实有那么想过,但那只是活人一厢情愿的想法。生病也好,残疾也好,该是你的就是你的,别人再怎么想东想西也改变不了什么,那是从一开始就定好的命。人能做的就只有守着命活下去。"她说完了,又笑着告诉我:"我这个人好像总是有办法好好活下去。"

我想起刚刚看到的明朗的样子。他现在可能还在缠着祖母玩,吃东西,讲话。或许,他在做完手术后捡回一条命,并且活到现在,这件事不是我决定的,也不是母亲希望的。进一步来说,我救了他这样的说法就是一种僭越,是命运让明朗活到了现在,并且还要让他继续活下去。

"对着您我就实话实说了。就是因为有了那个孩子,我才能活到现在。也许您不相信,但我想说,我现在过得非常平静,也非常充实。"

她说的话我非常理解。比起在医院的那个时候,现在她的表情看起来既明媚又快乐。"我还得继续活下去,只要明朗还活着,我就得活着。""这是当然。明朗什么都要靠您,要是您不在了,明朗的日子会非常难过;就是因为有您在,他才能够活到现在。"听我这么说,志津子笑了笑,没有说话。这时,公交车从我们身后开了过来。

车站还在二十米开外的地方。"您上车吧。"说完这句,她又低下了头,"今天真是太感谢您了。"我点点头,一路跑到了前方的公交站。车停了,下来一个人,等在车站的两个人上了车,我跟在他们后面上了车。车门很快就关上了,公交车再次开动起来。

我回头望去,只见落日之中,志津子正朝着公交车的方向挥手。似乎是吹起了风,她又用举起的那只手理了理散开的头发,接着又继续挥起手来。她往车这边看了会儿,没多久就背过身去,顺着坡道的方向往回走。

她的背影在环绕着田地与小山的道路上缓缓移动,右手边树木的前方可以看到那栋奶油色两层小楼的屋顶。明朗爬动的那个房间就在屋顶下的西边。峡谷间漏进来的一线斜阳像被截断了一般,把那一角烘托成了红色。

看着逐渐远去的明朗家,我开始思索起接下来将要回去的那家雪中的医院。现在那里正是傍晚,一扇扇窗户都开始折射出夕阳的光线。阪田夫人死去的那间病房里住进了一位脑溢血老人,千代所在的那间病房里又新来了一个脚部骨折的青年。那位老人可能正在接受陪护的照料,青年可能正拄着拐杖欣赏眼前的这个傍晚。

我的眼前是一个神圣的落日,诚治离去的那天也是如此景象。

在燃烧正炽的落日前,其他一切光辉都被湮没其下,黯然失色。在寂静的落日里,一切的语言、争论、思想都欠缺了精彩,失去了意义。

现在我明白了,我来到这里,就是为了见证、接受这一点。